风再起时

When the Wind Blows

赖　彬》著

中国言实出版社

图书在版编目(CIP)数据

风再起时 / 赖彬著 . -- 北京 ：中国言实出版社，
2022.1
ISBN 978-7-5171-4015-3

Ⅰ . ①风… Ⅱ . ①赖… Ⅲ . ①长篇小说—中国
—当代 Ⅳ . ① I247.5

中国版本图书馆 CIP 数据核字 (2022) 第 017048 号

风再起时

责任编辑：张国旗
责任校对：王建玲

中国言实出版社出版发行
地址：北京市朝阳区北苑路180号加利大厦5号楼105室（100101）
编辑部：北京市海淀区花园路6号院B座6层（100088）
电话：64924853（总编室）　64924716（发行部）
网址：www.zgyscbs.cn
E-mail：zgyscbs@263.net

经销：新华书店
印刷：三河市华东印刷有限公司
版次：2022年5月第1版　2022年5月第1次印刷
规格：880毫米×1230毫米　1/32　9.625印张
字数：215千字

定价：58.00元
书号：ISBN 978-7-5171-4015-3

序

李　浩

它会让人触动，百感交集。

它会给人以复杂的回味，当你在阅读中悄然将自我代入，跟着志诚一路起起伏伏，面对内心的层层波澜或者迎面的风起云涌。

《风再起时》，一个很有意思的书名，它用到了“再”，也就是说在这里的“风起”具有复数的性质，波澜是多重的；也就是说，在经历了之前的风起或数次的风起之后，小说中的主人公将面对新一次的风起，它或许更为凛冽、强劲……

在《风再起时》中，我首先读到的是志诚的成长史，是他作为个人的、具有魅力和丰富性的成长经历，是他的情感演变和反复波动，是他在生活中、时代中、环境中的坚持、挪移和碰撞，是他内心里一层层地回旋着、不断强化着的情感涡流……是的，它是整个故事的核心，这一部分的故事足以动人，而且作家赖彬写得足够丰富、曲折。然而，《风再起时》并不止于提供成长史、情感史，不止于提供给我们一个（或多个）更多关于辗转、悱恻的情感故事，尽管它是这部小说中最大的、最有力量的牵引——赖彬试图提供的要比“讲好情感故事”多得多，丰富和复杂得多。是故，我们在小说的各章节，都会看到作家赖彬为我们精心提供的“时代索引”，譬如我随手翻至的第四章：“1998 年，是内地一个标志性的年份，这年内地商品供需关系从供不应求转化为供过于求，得益于低廉的生产要素价格和刻苦耐劳的创业精神，内地产品在国际上有很强的竞争力……”他试图将属于时代的、历史的宏大背景用个人的方式使其略略呈现于读者面前，他是用这样的方式提示和告知：在这部书中的风起云涌并不只是来自个人生活和个人情感，它还来自时代和集体命运，来自中国的变化和中国所站在的位置，而这对个人的命运、生活和情感的影响都是巨大的、深入的（这也许是小说选择以临港小城为叙事支点的原因之一。它是前沿，在许多的角度上都是；它可以近距离地体会到中国香港及其影响，成为两种文化和生活方式重要的交汇点……）。赖彬有意地提供了这一层的丰厚质感。与此同时，我想我们可以看到《风再起时》还是一部生活变迁史，是我国内地民众生活由贫穷和匮乏经由改革开放走向富裕的发展史……在这部小说中，赖彬想要说出的实在是太多太多了，就像伊塔洛·卡尔维诺在《树上的男爵》中的表达：“我将我的理想、思想和梦都放置在这部书中，想不出有更好的表达。”——他几乎想要将它变成一部“百科全书”，至少尽可能地如是。

必须承认，我被《风再起时》的故事和情感吸引，被志诚的成长经历和情感经历吸引，但我更赞赏的是赖彬在这之上或之后的另外赋予，是前面提起的这些“另外叠加”。它使小说变得丰厚、深入，也有了更多的向度。它的耐人回味就不止于让我们回味个体情感，而是一种综合，成为对于时间和时代、对于国家发展和自我、对于各时段人生价值以及取舍之间的综合回味。它更有沉郁感，也更有力量。

《风再起时》有一个良好的故事质地，赖彬精心而耐心地讲述了一个极有吸引力的好故事——这一部分我不准备在序言中多提，那样很容易变成剧透，我更愿意这本书的阅读者能在阅读中体会。题外：说实话，在我完成这篇序言的时候并不认识作家赖彬，没有任何的往来——是《风再起时》的策划人找到的我，而我当时也并未完全答应，我答应的是，看过作品再说。而我一口气读了进去，用了近三天的时间全部读完，然后再读——我决定为这部小说说话，这篇序言，我要写。我相信真正的阅读者会和我有大致相同的感受，它顺畅、丰盈、好读，具有故事吸引力，会让人在阅读前几章之后“急于”知道：后面还会发生什么？志诚怎么样了，晓晴怎么样了，博新、露娜又会过上一种怎样的生活？……

细致，绵密，有一种娓娓道来的感觉，部分属于低语呢喃，间或有泉声微喧……在阅读《风再起时》的过程中我偶尔出神，想到怀斯的蛋彩画《克丽丝蒂娜的世界》，或电影《城南旧事》中的光影——它们当然不同，然而它们内在的叙述性却有着相似。赖彬的叙述是有魅力的，但这个魅力不是依靠语言上的惊奇、变化和丰沛色彩来实现的，而是一种“慢渗”，一种平静中的缓缓渗入，直到你和它融于一体。赖彬的语言还有一个鲜明点，就是烟火气重，非常具备生活质感，能够让人轻易地进入到他构建的场景和情境中。譬如，“晚上，志诚和博新迫不及待到楼下游玩。明月高悬，秋空朗朗，街道两边的房子内，大人们正张灯结彩为赏月做准备，上了年纪的还焚香拜神，千家万户的厨房里传来‘咯咯咯、咯咯咯’的炒田螺声音，‘沙’一声响起，烧酒洒入锅内，扬起双蒸米酒和蒜头豆豉的小炒味儿，传遍整条街……”再譬如，“一缕斜阳照在门口，金灿灿，暖洋洋，他想起自己与盈盈以前在工厂一起看日落的情景，不由得归心似箭。可是车到门口的闸口前被前面一辆电动自行车挡住了。只见电动自行车上是一家人。这时两夫妇已经下车吵起来，都穿着志邦工厂的制服，显然都是厂里的工人。男的年纪与志诚相若，头发稀少，头上薄薄地留下了一层大汗后的油，眼眶轮廓清晰，两只黑色的眼珠陷得深，浑浊无神，那张仿佛稚气还没脱的脸上已经起斑……”

书写个人成长、时代变迁的小说和影视可谓多矣，新时期以来，我们的文学史、艺术史上就至少有十数部可以枚举出来，然而，我想我们必须承认，《风再起时》确有它的新颖、独到和特别之处，有它提供的独特内容。它是全新的“这一个”。我们前面提到的每一章节开始部分“时代索引”，是这部小说的一个冒险性的做法，是它的独特处，当然也是冒险处：因为它有“新闻语言”的概括性和简略性，而小说要的是生动、质感、多彩，有丰富的言外之意和神经末梢感受，两者的相融性极差——可是，赖彬的这部小说使用了这种“拼贴”，因为有效的控制和适度的调整而使得它们并不显得特别隔、是两层皮。在故事书写和情感构建上，赖彬也有他提供的独特内容和价值，有些地方让我“耳目一新”，是我在其他的小说阅读中所未见的，譬如小说前半部分露娜老师与志诚之间的那种略含微妙的关系和露娜老师极有控制的“移情”，她帮助志诚完成的写给晓晴的情书；譬如博新的“香港求学之旅”和他在中途突然的返回，以及他的父亲为他的种种付出，等等。再譬如，小说并没回避人性的复杂、情爱的复杂，而是以一种探幽入微的方式真实写出，这种方式在我们中国的小说中也不多见。我们太懂得回避了，我们宁可减弱力量也要极力避免；但《风再起时》却是迎难而上，迎刃而解，并且处理巧妙。

我想我们很容易就注意到《风再起时》对于流行音乐的重视，它反复被提及，并且构成与“时代索引”同构的时间推进、命运推进，它甚至显得有些“过多过重”。这是这部小说的另一特点，它用这样的方式为自己的书写建立标识，同时唤起那些具有时代经验的人的情感共鸣，让他们的自我情感情绪在这里获得充分的叠加。我想我们也很容易就注意到《风再起时》对于“物”的注重，譬如大白兔奶糖和瑞士糖，譬如大队长袖章，譬如万宝路香烟，譬如放映棚和可乐，譬如 SONY 的 CD 随身听，譬如互联网和电子商务兴起……它们和所提及的流行音乐互为映照，相互补衬，为小说建立强烈的时代感，同时唤起我们在时代中的记忆和情感共鸣。可以说，《风再起时》充分地调动着各种可以充分“利用”时代变迁所给予我们的印记，为它的故事书写提供补充。它做到了。

那，下面，让我们进入到对这部小说的阅读中吧。它会是一场充满着丰沛情感和新颖故事、充满着让人感喟之处的美妙旅行。

目录

122 **神话情话**

彻底审视意中人是对自己一种极端冷酷的行为，需要把心里盘结最深的根拔起，清洗、修剪，何尝不是一种刻骨铭心的痛？

171 **忧患向生**

在残酷的现实面前，那些在伊甸园留下的伤疤只是轻描淡写的划痕，回首过往萧瑟处不免笑自己的“傻与天真”，而现在已练就出“也无风雨也无晴”的心态。晓晴的伤痛也逐渐变得淡然。

240 **轻狂有悔**

现在他与晓晴默然，各自躺着，望着那熟悉而陌生的天花板，没有生活承托，悬浮半空，空虚来袭，逐渐焦虑，再逐渐，有点内疚。

296 **怒目低眉**

志诚还是沉默，他等着她在他身上捶打撕扯、歇斯底里地发泄心中的愤恨，却并没有等到。那伟岸的身体还是绷得紧紧的。

引 子

志诚坐在驶往香港的车上，听着香港歌手 Dreamy Lam 唱的《深爱着你》，熟悉的词曲、轻柔的嗓音，如泣似诉地讲述着他、晓晴和这座孕育晓晴的小岛的故事。

歌唱着“你说过爱在这一生里 / 有过快乐与心碎 / 你说过爱在我的身边 / 悄悄看我熟睡……”绵绵淡淡，戚戚忧忧，令志诚想起了小岛的昨日，它和晓晴都给过他快乐与心碎，但温馨和谐仍是主旋律，几度令他神往。

歌又唱着“听说你在这刻想我 / 听说你在记起我 / 我也记着每刻往事 / 也记挂你在哪儿……”他与晓晴已经疏远，好久了。那天晓晴发了这首《深爱着你》给他后，就什么都没说了。她是否记起了他？有关小岛的报道每天不断，充斥着他的耳目头脑。而他却只是想起了晓晴。

旋律转入高昂，“时日如飞 / 今天在我心里 / 是充满不褪的记忆 / 时日如飞 / 我似呆在这地 / 任一天天过去 / 任一生飘过去 / 任一切飘去再没法追……”此时歌曲在志诚脑海里勾起的已经不是平静温馨，一幅幅历历在目，使志诚心境转入悲凉。他爱这座城市，即使从来没有深刻地了解过它，但它千遍万遍淡淡地出现在歌曲里、荧幕上、生活中，正如那一阕歌词“时日如飞 / 今天在我心里 / 是充满不褪的记忆”，这一遍遍的“淡淡”，竟在不知不觉间刻骨铭心。

歌曲旋律转入铿锵，“心中想你，如今想你 / 怀念昨天的你 / 怀念着你，怀念着你 / 红着泪眼在记起 / 心中想你，如今想你 / 怀念昨天的一切 / 怀念着你，怀念着你 / 流着泪自觉地深爱着你”。一阵激动上涌，眼红了，他怀念这座城市昨日的繁荣，也怀念它的平静，正如那吹上太平山的拂面海风，湿湿暖暖轻抚着他的发肤，泛起心中涟漪，夹着这座城市的烟尘与亚热带树木的气息，熙熙攘攘中又不失让人安然的温湿余香。然而世事如潮，哪知涟漪泛起后，却是卷沙聚浪，一遍遍地淘着，淘得这座城只剩今天这副空凉的骨架。歌曲又唱道“任一天天过去 / 任一生飘过去 / 任一切飘去再没法追”。是的，往事如烟，追思不已，只剩唏嘘。

车本应从上水入港直达九龙，却因一个个路障一次次改道，在偌大的一个城市中飘着，直至华灯初上，在昔日霓虹闪耀的大街上却找不到停靠的地方，晚风吹过，尘灰萧萧，夜景寥寥。志诚静静等着，他也想趁这个机会梳理一下自己与晓晴的感情，想着想着茫然地陷入了沉思……

那座海风吹拂的城市

天地洪荒、海迁地移，在东亚大陆的南部一江口东，一座小岛冉冉升起。对于起源于黄河、长江流域的中华文明而言，此处曾长期被视作荒芜边陲、穷乡僻壤，任神州大地文明升沉、朝代更迭，小岛仍旧莽莽苍苍、蛮夷化外。至十六世纪，西方大航海时代到来，打通了东西方的海路商线，海深港阔的小岛成了断断续续的香料贸易中转地。有人说“香港”的名字最早出现于十六世纪末郭棐的《广东沿海图》①。因小岛以北广植莞香，又是莞香制品出口的贸易地，乃以“香”字冠之。第一次鸦片战争战败以后，清政府被迫与英政府签订不平等的《南京条约》，割让香港岛给英国。1860 年，清政府被迫签订

① 以上史料引自董启章先生的《地图集》。

不平等的《北京条约》，割让九龙半岛界限街以南地区给英国。小岛从此与祖国分离，受到英国的殖民统治。

1903 年港英政府于《宪报》刊登了小岛的“四环九约”的规划，东起皇后大道，西至德忌笠街，北到干诺道新海旁，南达雪厂街、炮台里。从皇后大道、炮台里的名字可以得知，港英管制之初，教化与兵工的色彩很浓，而建起的雪厂与炮台也是为侵华贸易所用①。所谓贸易，其实很大一部分就是鸦片输入、白银输出的买卖。英占中期，香港出现了怡和、太古、汇丰等英国商行，垄断了贸易、航运乃至公共服务等资源，控制着香港的经济命脉。二十世纪初，永安、星岛等岛外华资进入，凭借敏锐的目光和灵活的经营手法，以及通过行会、宗族、同乡组织建立起来的高度凝聚力，华资集团渐露头角。“二战”后，由于发达国家劳动密集型产业大量外迁，有着廉价劳动力的小岛，经济开始起飞。到了二十世纪六七十年代，广东大量青壮年涌入香港，更为其提供了源源不断的廉价劳动力，小岛一跃成为亚洲经济最活跃的“四小龙”之一。经济繁荣，百业兴旺，岛内文化、娱乐等第三产业也兴起，一时之间，诗赋红炉，歌咏香江，气象万千，风华气韵渐成。

血浓于水、疏不间亲，香港与广东民间迎婚嫁娶之事并未受阻，再加上二十世纪六七十年代广东青壮年人口大量涌入香港，香港与广东两地间的亲情非但不减，反而日益增浓。在广东与香港牵上丝丝扣扣情谊的众多城市中，有一座小城坐落在珠江三角洲之东，在二十世纪七十年代末迎来了改革开放的春风。但八十年代中期，外资引进的步伐缓慢，小城经济仍以农

① 以上历料、地名引自董启章先生的《地图集》。

业为主，故小城只有为数不多的国有工厂立于城内，不出半里便是田野果林。城里的居民也多务农为生，民风淳朴。

每年春节前后，冬春交替之际，小城就会出现特有的寒风雪雨天。天灰蒙蒙地压得严实，漫天的雨丝无序地飘舞，地面有时结着一层薄薄的霜，天上、空中、地表透出来的寒气，令人无论穿多少衣服仍觉得湿冷。所幸的是春节已至，各家各户忙着烧香奉神、制作过年食品，满街的香火味、鞭炮味、油炸味、卤水味，再加上盆盆锅锅碰撞的嘈杂声，使这个天寒地冻的岭南小城洋溢出美满和暖意。下午天气稍微晴和，女人们忙着宰鸡杀鹅为晚餐做准备，家家户户都用银白色的铝盆装好滚烫的热水，放在门口，为鸡、鹅脱毛。折起的衣袖下面是那冻得稍微紫青的手臂，手臂下面是那被热水泡红的手，腕上戴着细细的手链，稍富的人家戴金的，普通的家庭戴银的。脱毛其实是一件苦差事，但女人们你一盆我一盆地聚在家门前的小街上，谈起家常，你一句我一句，却也是欢声笑语。再加上小孩们各自拿着鞭炮、气球在街上嬉戏，烦苦的劳动竟然变成了一场不约自来的聚会。

在这一场聚会中，有一个五岁的小孩名叫志诚。他对过年的一切习俗毫不感兴趣。妈妈告诉他今天是香港的芬姨回来的日子，这才是他最记挂的事。芬姨七十年代去的香港，就是一般人称的“香港亲戚”。“香港亲戚”常趁春节会回来探亲。那时候交通不便，两地之间只有少数的班车往返，而且只到大车站或者酒店，回来一次要转好几趟车。即使交通不便，“香港亲戚”们还是大包小包地把内地没有的商品往家里带。半个人高的红白蓝胶袋肩上扛一个、手拉车再拖一个，披星戴月地拉回家。每逢春节，穿着时尚的他们便会出现在岭南各城市的小街内巷，迎来一个个等候。

芬姨一般会在小街的转弯处出现，志诚今天总是望着那儿。转弯处有一块红色麻石，平时是志诚捉迷藏的藏身之地。小城古时有个石场盛产此石，做石墩、石狮子之用。“文革”时，从大户人家收了不少做公物，放在街口或转弯处做护石。在那个只有单车的年代，见此石头之处都会伴随着“叮叮、叮叮”的单车铃声，骑车的人提醒迎面的车辆、行人注意。久而久之，护石和铃声就构成了小城的一种声色。而今天只听见“叮叮、叮叮”响声不断，却不见芬姨。他已经反反复复地问过大人芬姨回来的时间，把大人问烦腻了，不敢再问，只好仍旧不停往转弯处望。其实香港是一个怎样的地方他并不知道，在印象里的是瑞士糖的味道。

孩提刚刚记事时，也是过年的时候，他与表亲们跟在一个叫芬姨的长辈后面，从她手中接过了一块糖果。志诚深深记得那块糖果在口中慢慢融化，又甜又糯还带着水果香和奶香，即使身处湿冷的寒冬口中也暖暖绵绵。糖果融尽以后，志诚仍想再要一块，却看见稍年长的表姐坐在必经的楼梯上。表姐问志诚：“你上来干吗？”

志诚说：“我还想要一块糖。”

表姐说：“外婆说芬姨坐了一天车，要休息一下，叫我们不要打扰她。”

志诚不理，要直冲过去，却被表姐拦住了。他心中一急，眼中就泛起泪花，上涌的情绪到了喉咙，正要“哇”的一声哭出来。表姐急中生智，从口袋里拿出一块大白兔奶糖，塞到志诚手中。志诚一看，虽不是心中想要的糖果，但那个年代大白兔奶糖也算难得，所以接受了表姐的条件，把大白兔放进嘴里。糖放入口中才意识到吃了表姐的糖，志诚问道：“你把糖给我，你自己不吃吗？”

表姐顿了一下，惋惜道：“你吃吧。”

志诚嚼着嚼着，却觉得口中的糖果冷硬，嚼不出刚才那块的味道，情绪又上涌，眼眶里的泪水已经盈满。眼泪滴到大白兔的糖纸上，在糖纸上打转化不去。他强压着咽呜说：“这糖不甜……呜……”

表姐不耐烦地说：“还是等等吧，等芬姨睡醒好不好，你懂事行不行？”

志诚有点不忿地对表姐说：“那你呢？还不是在楼梯里等着想要糖吃……”

表姐被这样一问，没有回答，只也低下了头，再不好意思去指责志诚了，眼睛也模糊起来。志诚哭声渐大。外婆听见，在远处喊了一句：“志诚，声音小一点。”说完，就往这边走来。两姐弟正等着被骂。

这时楼上的房门“咦”一声地开了，芬姨从房间里小快步走到志诚面前，蹲下身为他拭去脸上的泪水，吻了一下，一手抱起来，一手拖着表姐就要上楼去。外婆到了，问：“阿芬，他们把你吵醒了？”

芬姨答道：“哦，不是。我早起了，逗这两个小坏蛋玩，把他们逗哭了。”

就这样两个小坏蛋在芬姨的掩护下逃过一场骂。还在房间里拿到了糖果。志诚不禁问：“这叫什么糖啊？”

芬姨说：“这叫瑞士糖，好吃吗？”

志诚点头应：“嗯。”

芬姨见了，在志诚脸蛋上掐了一下，说：“好吃就拿点回家。”

志诚一听来劲了，在瑞士糖的铁盒中挑了几条不同颜色的。旁边的表姐急忙说：“志诚，芬姨带回来的东西还有好多家要分呢。你一个人不能拿那么多。”

志诚慢慢地放了两条回去，眼光却始终没有离开铁盒子。芬姨轻轻地嘘了一口气，又看了看自己的行李，然后回头笑着对两姐弟说：“没事，拿吧。芬姨还有东西。”

志诚听了，看了一眼表姐。表姐点了一下头。又把那两条糖果拿上。芬姨把糖果放到表姐面前，说：“你也拿。”

表姐说：“我牙不好，少吃糖……”

志诚揭穿说：“骗人！你刚才还在楼梯里等着要糖吃。”

“志诚！”表姐又羞又怒呵斥道。

芬姨听了正要从盒子里拿两条给表姐，哪知志诚却把手中的两条送了过去，说：“我吃了你的大白兔，现在还你了。”

表姐见志诚给自己台阶下，也接了那两条瑞士糖。

芬姨摸着姐弟俩的头，眼神模糊，轻轻地说：“看着你们，就想起我们兄弟姐妹的当年了。”

从此新鲜事物、芬姨与那个叫香港的地方在志诚心里连在了一起。

那次芬姨还送了几盒卡带给志诚爸爸。他喜欢在饭后把它放进日立牌录音机，用自制的音箱播放。经常播的一首是徐小凤的《风的季节》，歌词如下：“凉风轻轻吹到悄然进了我衣襟 / 夏天偷去听不见声音 / 日子匆匆走过倍令我有百感生 / 记挂那一片景象缤纷……”歌唱的是夏秋的季候风，然而志诚的记忆中这首歌却是春夏的季候风。因为记忆里是初夏的饭后，爸爸和他在宿舍的阳台上闲聊，从对面池塘吹过来带着玉兰花香的晚风，如歌所咏悄然进了衣襟。夏秋季候风带的是北方的苍凉，未免令人萧索，而春夏的季候风带的是大海的温湿，掠过海边的那座小岛，吹来了歌曲中的靡靡之音，令人恬静舒服。平时严肃的爸爸也放下了父亲的架子，抱起志诚比画天空的闲云。歌写的其实是一个失恋的故事，但那轻快的旋律到最后却是欢快地结束了，治愈感十足，以至于多年以后志诚听到这首歌也有温馨愉悦的感觉。

苦等之后，芬姨终于出现在小街的转弯处，疲惫的面容上却挂着喜悦的神色，放下行李，应付长长短短的问候，分零食给小孩。然后被劝上床休息，草草小睡一会儿，可能是按捺不住团聚的兴奋吧，她就起来加入劳动了。志诚喜欢缠着她问香港各种各样的见闻，眼前这位操着标准香港口音穿着时尚的阿姨切菜、宰鸡、杀鹅、炸腰果等活儿却样样在行。志诚在她身上除了感受到新鲜感之外，还产生了一种亲切感。

将近饭点，外婆在内厅点起一盏油灯，上香奉佛。岭南妇人奉佛，其实对佛祖并没有什么过分的要求，只不过是祈求家人齐齐整整、上下和睦云云。春节是奉佛最盛的时候，小街上处处是香火，弥漫着廉价的香味，那个味稍显俗气但淡然安稳。粗糙的水泥地面上映着万家窗户透出来的点点黄色灯火，寒风雪雨又起了，淅淅沥沥地洒在这座小城上，任凭雨水在地上冻了一层霜，却驱不走家人团圆的融融暖意，千家万户传出来的是吵吵闹闹的欢谈畅叙之声。

饭后，芬姨跟其他姨辈们齐聚供佛的内厅一起分享港风时尚。内厅里除了小油灯外，还点着一盏昏暗的小黄灯。小姨问道："姐，怎么今年回来不穿大喇叭了？"

芬姨答："前几年外面的经济差，很多年轻人都没工作，优哉游哉地闲混，才出了那种夸张的大喇叭裤。现在香港经济回暖，很多年轻人又回到岗位上了，有希望、有目标正是拼搏的时候，穿大喇叭碍事，所以就改了。”

小姨又问：“那你裤脚的部位不是裁得宽松吗？”

芬姨又说：“这叫小喇叭，留这么一点点代表对自在生活的追求嘛。今年的新时尚是蝙蝠袖，从袖口斜裁到腰间像蝙蝠的翅膀。”

“啊？咋了？这样裁浪费布料呢。”其中一个阿姨道。

芬姨说：“是有点浪费，但裁出来的效果很独特，时尚得很。”

小姨被说得心动，连忙怂恿芬姨：“来、来、来，裁一个看一下。”

有人问：“这么晚还裁吗？”

小姨说：“不晚不晚。”

芬姨见大家有点兴头，马上接了一句：“不晚，发挥《狮子山下》的精神嘛，肯干什么时候都不晚。”

于是几位阿姨分工负责，你清理地方，我拿剪刀、尺子，她拿布料，很快就造出一个裁衣的地方。芬姨帮着大家收拾，一直哼着《狮子山下》。这首香港流行曲由金牌创作组合黄霑、顾嘉辉为港台同名电视剧《狮子山下》所作，写出了整个八十年代香港共勉奋进的精神面貌，歌曲寓意的精神也被抬升为香港精神，为港人树立时代天骄的自信孕育了底蕴。芬姨在大家拿出来的布料里来回看着、挑着，有时用手指捻起布料轻轻搓着，再掂量一下，口里喃喃道：“做蝙蝠袖要用厚实的全棉针织布，这些的确良和棉布太轻了，做出来就没有垂垂的质感，不出味道。”

大家听了有点失望，默默地打算收拾东西，内厅又寂静了下来，依稀又听到外面淅淅沥沥的雨声。这时芬姨看了看志诚妈妈手中在织的毛线，欢快地道："哎，可以改毛衣呀。来来来，我还是先把模打出来。"

于是众人的兴头又来了，围了上去，你一手我一手地帮着，你一嘴我一嘴地说着。如此这般不知夜已深。志诚在姨辈们的谈论声中，和着暖暖的黄灯光睡去。

每年芬姨小住几天就走了。走之前，都会问一下内地的亲戚有什么需要，下次带回来。志诚总是索要机器人玩具，然而每次都被大人们的一些生活用品从芬姨紧张的行李空间中挤出去了。内地的亲人用单车载着土特产送"香港亲戚"到车站。沿途遍地的鲜红鞭炮纸粘上了他们的鞋履行李，飘过维多利亚港，散落在那个整洁的海滨城市里，一些很不和谐地落在小岛高楼间的繁华大街上，一些却跟着他们的足迹，落入狭窄的屋邨甚至笼屋。然而这些片片落下的却都是他们走过的路，他们的昨天、今天，甚至是明天。

对于六岁的孩童来说，身处的小城与想象中的香港就像两条平行线，虽说平行线之间有"香港亲戚"们每年的往返形成交接，但这边有这边的平静，那边有那边的繁荣，仍保持着相当的距离。然而在政治、经济大潮的引力下，平行线开始相交了。谁也预想得到，谁也预想不到。

二十世纪八十年代中期，小城的轻工业出口增多，进口的渠道也被打开了，日子逐渐变得丰富起来。志诚家购置的第一台电视，是一台东芝的黑白电视机。但收看电视节目却不是一件容易的事，爸爸为此筹备多时，购买鱼骨天线、焊天线的架子，装天线的那天还叫来了一帮兄弟帮忙。把鱼骨天线固定在一根粗壮的竹子上，抬上宿舍楼的天台，再在地上固定架子，再把竹子固定在架子上。几个青壮男人在宿舍楼的天台上忙活了一天。其间妈妈提着保温瓶出去了，又赶在完工之前回来。男人们从天台上下来，一天的劳作，汗水早就把衣服湿透了几次，又被烈日晒干，深色的衣服上薄薄地上了一层盐霜。妈妈从保温瓶里拿出几根冰棍，分给他们每人一根，为他们解暑。冰棍分到爸爸时，爸爸没接，说等一会儿再吃。男人们聊了一阵后，就各自走了。一天的劳作就像冰棍在嘴里融化，简简单单就过去了。爸爸问妈妈："怎么没买你和志诚的冰棍？"

妈妈说："哪还有冰棍票啊？我还去楼下莲姐那里借了两张才凑够数的。"

爸爸说："那志诚你吃吧。以后爸爸买个电冰箱自己做冰棍好不好？"

志诚只听了前半句，就冲过去拿冰棍了。爸爸打开电视机，慢慢地调试频道。妈妈说："把那东西装上了吗？"

爸爸应："嗯。装上了，试一下。"

电视画面里慢慢出现了图像。志诚看着，图像、声音慢慢清晰，一张活跃的动画出现在屏幕前，旁白："阿波罗雪糕缤纷果滋味。"

"雪糕"这个名词第一次进入了志诚的脑海，他嘴里含着那白糖勾开水的冰棍，心思却随着电视的画面跃动起来，他想既然雪糕有雪，大概跟冰棍差不多吧？于是问爸爸："这是什么？"

爸爸答："这是香港频道，爸爸加了个东西才接收得到的。"

从此这个电视频道打开了志诚认知的世界，超人、薯片、巧克力、麦当劳等一件件新鲜的事物，爆炸似的向他砸来，只不过他触摸不到罢了。同期《新扎师兄》《赤脚绅士》《猎鹰》等电视剧相继播出，这些连续剧无不是主人公通过个人奋斗走入上流社会的题材。彼岸的创业精神经微弱的电波，被鱼骨天线捕获并在加强器中被放大，若隐若现地投射在屏幕中，为此岸土地上的人们所憧憬。

初秋傍晚的饭后，爸妈他们在客厅里看新闻，志诚独自在阳台看着天空的晚霞，有时回味着香港电视剧、动画片里的情节，想象一下自己在晚霞里穿行；有时把闲云比作广告里的新奇事，玩具、麦当劳、M&M'S 巧克力，等等。晚风掠过，隐隐约约带有几分凉意，撩起他对屏幕那端世界的浮想。

突然"哗"的一声，隔壁阳台一桶水淋了下去，正淋在几个路人的身上。志诚往楼下望。路人们往上骂，吵着要上来讨个公道，吓得志诚连忙缩头。突如其来的事件把客厅里的爸妈也惊动了。听志诚说了事由，妈妈说："以前隔壁陈姨一家搬走以后，单元一直空置，今天好像来人了。"

爸爸补充道："工厂现在要走向市场，把隔壁卖了给个人了。倒不知买的是什么人？"

话音刚落，路人们就到了，猛拍隔壁的门。只听见一个年轻女子应声把门打开了。路人把事由说了一遍。那年轻女子带着点乡下口音应道："对不起，我刚才在屋里洗碗。没留意，不过我们家博新可伶俐了，他不会干这事的。"

其中一个路人有点不忿对着年轻妇女说："我们冤枉你了吗？你可以问一下隔壁。"说罢就来拍起志诚家的门。志诚一家也被喊了出去。只见年轻女子不过二十岁左右，皮肤黝黑，穿着一件灰色卫衣、牛仔裤配一双牛仔布鞋。与这套当时极为时尚的装束不搭配的是头上缠着那条红头绳。她身后一个男孩与志诚年纪相若，身穿一套童装、一双运动鞋，不过最吸引志诚的是童装上香港电视热播的超人印花。

这时一位路人指着那男孩问志诚："小孩，刚才你也在阳台，你说是不是他淋了我们一身。"

男孩笑着脸，顽皮的目光投向志诚，不像是哀求而是拉拢。志诚一时不知如何应对。那路人又催："你倒是说话啊。"志诚还是犹豫着。

年轻女子转身进屋，出来时手中拿着几块力士香皂对着几位路人说："也别难为这小孩了。如果有得罪你们几位同志的地方，我先跟你们赔个不是。我看你们的衣服都湿了，赶快回家洗个澡。用这个。"一边说一边把手中的肥皂分给路人，"这香皂可香了。您几位赶紧回去，别着凉。"

本来也不是什么大事，几位路人见年轻妇女给大家道了歉，又送了肥皂，火消了，就没追究。

志诚爸爸也赶着自己家人回屋。妈妈问："大家邻居的为什么不多聊几句？"

爸爸应："她不是我们厂里的人，买房子的，不知她成分怎样。明天我回厂里打听一下再说，别多生事。"

第二天放学路上，志诚背后被拍了一下，回头一看，竟是昨天隔壁那男孩。他笑着对志诚说："昨天谢谢你了。"说罢，从书包里拿出一个烟盒大的塑料盒，里面是黄豆大的小糖。他打开盖子，倒了几颗出来，递给志诚。志诚迟疑了一下。男孩又说："拿着。你是一年级的吧？我也是。大家是同学又是邻居，以后就成熟人了。"

男孩的话正如他那个拉拢人的眼神，有种难以抗拒的力量。志诚接过小糖，放进嘴里，味道与包装一样小巧精致，正想问是什么糖。

男孩像是猜到似的说："这是 Tic Tac 糖，我爸从香港带回来的。内地没卖。好吃不？这盒给你。"

志诚昨天晚上听了父亲说要与隔壁的人保持距离，也没敢过分亲近，拒绝了。男孩又说："我家在乡下，昨天刚到，没住过高楼。昨天在阳台居高临下，不知怎么的就想去捉弄一下路人。嘻嘻。"

志诚说："你不怕你妈骂你吗？"

男孩说："哎呀，不怕。我妈疼着我呢。是啊，还没自我介绍。我叫博新。你叫什么名字？"

志诚说："我叫志诚。"

岭南的太阳在初秋的下午仍然灿烂，两小孩谈了一路。小城路旁常见的九里香开得正浓，白色的花朵在艳阳下散发出悠悠淡淡的香味，与口中新颖的糖果味混合，不知混合出怎样的童年味道。临到家时，博新邀志诚到他家玩，志诚还是拒绝了。博新说："你就爱扭扭捏捏。今天晚上我叫我妈去你家做客。"

两人就各自回家了。晚饭后，博新和他妈妈果然来访了，还带了一套童装。博新妈妈介绍，她叫淑珍，在小城下面一个镇的农村长大，跟博新爸爸是同乡。博新爸爸早年去了香港，后来才回内地娶了她。博新出生后，他爸爸本来想申请他们一块儿到香港，但审批还没下来，又见乡下的教育差，就在城里买了套房子落户，把孩子送到城里上学。现在只有她跟博新住在隔壁。博新与志诚同校同级，但不同班。

博新妈妈说："昨天刚到，左邻右里的本应过来打个招呼，但事情太多就没来。想不到我家的小魔童就惹事了，大家竟在那种场合见了面。”

志诚爸爸应道：“小孩子调皮一点儿好，说明聪明啊，我们家志诚就是太静了。”

志诚妈妈插口问：“你们在申请赴港，大概什么时候批下来？”

珍姨答：“孩子他爸说应该快了吧。”

志诚妈妈又问：“哦？这样你们还过来买房读书，那不是很亏？”

珍姨答：“乡下的教育实在不行。为了给孩子开个好头，什么都值了。再说孩子他爸在香港工作，可以应付。”

志诚见父母都接受了新邻居，也开始与博新玩了起来。走的时候，志诚父母还是没接那套当作礼物的童装。

志诚是博新在小城的第一个朋友，大家是邻居又一同上学，很快就处熟了。开学不久就到中秋。这天放学后，他们相约到楼下玩。想不到博新一开家门就直往志诚家奔，大声说：“志诚快过来，我爸爸回来了，我爸爸回来了，我带你去见他。”拉着志诚往自己家去。只见一个男人穿着宽松的家居服，赤着脚，坐在客厅中间制风筝。他脚踩着一根竹条的一边，手抓着另一根竹条，嘴咬着固定两根竹条的线头，专心致志，陶醉其中。博新跑上去搂他。男人也亲了博新一下，父子并排坐在地上。

志诚看清了男人的面容，皮肤黝黑粗糙、双眼有神，只是额头和眉间已经出现皱纹，最显眼的就是点点泛白的两鬓，有如冬天田地上结霜的草，熬过了寒冬也不知道能否看到下年的丰收。志诚想到博新年轻的妈妈心里有点犯疑。博新介绍说：“爸爸，这就是志诚。”

博新爸爸用纯正的香港口音，对着志诚说道：“你好啊，志诚。博新说你够兄弟，如果不是你帮着，可能第一天过来就惹事了。”

博新连忙叫住：“爸爸你耍赖，不是说了是我们俩之间的秘密吗？”

博新爸爸连忙笑道：“好好好，不说就不说。我帮你做只新风筝，以前那些留在乡下吧。秋风起，又是放风筝的季节啰。”

博新点点头说：“谢谢老爸！”然后就把头靠在爸爸的肩膀上。

可能受传统文化的影响，爸爸在志诚心中一直严肃，如今见博新与爸爸之间的亲密，不禁联想起香港电视里父子间那亦兄亦父的关系。他自己也试过靠近父亲，但往往在父亲那份严肃前，止住了脚步。

珍姨从厨房出来，问丈夫：“老冯，申请赴港的事怎样啦？”

冯叔回答：“还没下来。”

珍姨又问：“你上次不是说很有希望的吗？”

冯叔说：“时代不同了。以前香港是以手工制造业为主，需要大量劳动力，家属申请过来可以作为后续的劳动力考虑。现在听说要搞金融，没有一定的学历办不来。”

珍姨迟疑了一会儿，然后口中缓缓问：“那我们一家什么时候可以在一起？”

冯叔没有回答，只叹了一口气。珍姨也坐了下来，搂住父子俩。冯叔的动作迟缓了，空气仿佛凝固了。

一会儿后，冯叔站了起来，说：“大过节的，别沉沉闷闷了。”他打开放在客厅里的行李，拿出两个灯笼。博新一看，乐了，说：“电灯笼！还是哆啦A梦的呢。”连忙抢了过来，分了一个给志诚。志诚心里想要，却觉得礼物太贵重，不知该不该收。博新说：“拿着。游灯笼要俩人一起才爽。”

博新爸爸也说道：“是啊，志诚。这是我专门买给你的。收下吧。”接着又说，“博新，这里还有一个意外惊喜。”说罢从行李里抽出一个盒子。两个孩子一看，疯了——盒子里装的竟然是香港热播动画片里的“超人变身金币”。博新如获至宝，比起灯笼这可珍贵多了，玩着久久不肯离手。博新爸爸继续从有如宝箱一样的行李中取东西，这次取的是一铁盒双黄莲蓉月饼、一瓶大可乐和一些日用品。他对志诚说：“我也过去拜访一下你父母。”说罢就过去了。

博新母子过来一段时间后与志诚一家已经熟络，加之志诚爸爸经常帮着博新家干一些粗重活。博新爸爸心里感激，不单单礼物送到了，感谢话还说了一大堆。他走后，志诚妈妈问：“哎，孩子的爸，你觉得淑珍夫妇年纪是不是有点儿……”

爸爸回答：“很多出去的人在香港其实找不到老婆，年纪一耽搁唯有回内地找啰。你看他把博新宠得……老来得子是这样的吧。”

妈妈应道：“年纪大了一点，还不老吧。看你说的。”

爸爸反问道：“不是你挑起这话的吗？”

妈妈没理，转身进去煮饭了。

晚上，志诚与博新迫不及待到楼下游玩。明月高悬，秋空朗朗，街道两边的房子内，大人们正张灯结彩为赏月做准备，上了年纪的还焚香拜神，千家万户的厨房里传来“咯咯咯、咯咯咯”的炒田螺声音，“沙”一声响起，烧酒洒入锅内，扬起双蒸米酒和蒜头豆豉的小炒味，传遍整条街，这难上大雅之堂的家常味却解了多少游子的乡愁。街上，小孩们拉纸船的、挑灯笼的，吵吵闹闹。最受欢迎的游戏是赛灯笼，定个距离看谁最快到达终点、灯不灭、船不翻就是赢家。博新拉着志诚加入了一支队伍，电灯笼一开，亮彻四周，已是羡煞旁人。到博新和志诚赛的时候，开赛哨已响，博新拦着志诚没让他开跑，而是拿出“变身金币”，抓在手上然后直冲。蜡烛点的灯笼、纸船只要稍走快一点儿就会被吹熄，哪里比得电灯笼。俩孩子连连获胜，最后一次竟按捺不住心中的兴奋，跑了很远。慢慢放下脚步的时候，博新又拿着手中的“金币”抛着，望着志诚得意地说：“他们根本不是对手。”

“嗯。”志诚也高兴地点了点头。

月色的照耀下，“变身金币”在博新的抛动中，透着玄之又玄的微微金光。突然“当”的一声跌入街边的一条小路。

“哎呀！”博新大叫，转身就进了小路，志诚随后。两个孩子挑着灯笼一路寻找，不知不觉越走越深，一阵秋风吹过，泛起了阵阵凉意。突然灯笼熄了。想必是电池的电已耗尽，俩孩子才知道自己身处黑暗之中。这时又一阵风吹过，四周响起了“沙沙沙”的声音，像是有什么东西在摆动，把他们紧紧围住了，步步逼近。俩孩子只觉背后发凉，本能地背靠背地站在一起。

“那……那是什么？”志诚指着远处一点闪动着的荧光问博新。博新没有回答，只是握紧了志诚的手。志诚又说：“我听大人说，在坟地里会闪鬼火。我们该不是走进坟地了吧？”

博新也没有回答，只是抓得更紧张了。彼此握着的手在冒汗。恐惧当中，不知如何是好，只慢慢地等待着被吞噬。萤火渐渐越来越多，越飘越近。

“萤火虫。”博新大声说，“是萤火虫。”

这时志诚也看清了。又一阵风吹过，风吹走了遮盖月亮的云朵。月光把周围照亮，孩子们才把周围的环境看清，原来他们身处竹林当中，“沙沙沙”竹叶摆动的声音又再次响起，他们顺着风吹的方向望去，发现前面有一池塘。一轮明月挂着空中，也映入池塘，四周的萤火有如天上的繁星，流动着，令他们有如穿梭星空。紧握的手松开挥舞在空中，去捕捉飘动的萤火，又是兴奋地玩了好一会儿。最后累了，一同躺在地上厚厚的竹叶上。他们仰望明月，近观萤火，犹如置身仙镜。博新问：“萤火虫不是夏天才有的吗？”

志诚答：“是啊，怎么这里还会有？”

博新说：“可能这里是它们的秘密基地吧。”

志诚说：“我也这么想。”

博新说：“我们也把这里定为我们的秘密基地吧。”

“好，就这么定了。”志诚答，“时间不早了，要回了，不然就会挨骂。”

俩人沿小路返回，在接近大街处，只见“变身金币”在地上闪着。博新急步上前把它拾起，说：“我就知道我是真超人，‘金币’注定是我的。”

志诚说：“你是超人？你刚才还害怕呢。”

博新反驳道：“我是怕你怕才握紧你的手。”

志诚说：“你就会撒谎……”

当柿子成熟得香软的时候，超人也真的来到地球了。一年级第一个学期的期中考，志诚正为试卷的题目犯愁。隔壁班监考的老师过来与他的老师商量工作，谈着谈着，就问出一句：“哎，隔壁班那个冯博新你知道吗？考到一半时，他就在桌子上玩文具。我原以为他放弃考试，拿起试卷看了一下才发现他竟然答了个满分。”

“冯博新”三个字响起，如同一根丝线勾住了志诚的心神，老师的后半句话随着丝线溜进他心中，“满分”两个字出现时，这根丝线又缠住了他的思绪，萦绕在他的笔尖，在正要解答的题目上，笔尖一触试卷又收了回去了，迟疑着。

另一位老师答道：“听说他爸爸是一个年纪较大的香港人，妈妈比我们年轻。人家说老夫少妻生出来的小孩特别聪明，这倒也应了。”

那位接着说：“他爸爸是香港的？那也看得出来，衣服、文具都很好。这棵苗子下学期有希望……”

几句话之间，博新仿佛从与他一起上下学的邻居一下被拉得很远很远，他的音容也变得模糊。

几天之后，俩男孩走在放学的路上，下午的阳光照在刷着白灰水的墙上，墙上几个红色大字已脱落，而路边的荒地上野草茂盛。大红花开得正艳，深绿色的叶丛中，朵朵抬头迎着阳光，吐出娇艳欲滴的花蕊。博新小跳步回头问默默走着的志诚：“你拿多少分了？”说话间从路边的红花中挑了一朵开得艳的摘下，递给了志诚，自己再摘了一朵。

志诚接过红花，一边答：“数学 93，语文 95。”一边把红花的绿色花托撕下，撕出花托包裹着的白色花柱，然后用嘴吸花柱底部藏着的花蜜。

博新也在吸着，说：“我两科 100。回去要马上告诉我妈。老师说下学期要进少先队，叫我保持这个成绩，可以当大队长了。”

志诚答：“哦，我知道啊。”

博新问：“你怎么会知道？”

志诚说："你们的监考老师说的。他看过你的试卷。"

博新问："那大队长的事呢，不知道吧？"

志诚说："这可不知。你不是要去香港吗？那大队长还当？"

博新答："是啊。去香港和大队长不知挑哪个？"

博新见志诚还在摘花，上前把他打住，说："不要摘了。我要回去把这个好消息告诉我妈。"

志诚跟着博新离开草地，说："可能前天下了一场大雨，花底里太多水，不甜。"

博新说："不是啊。挺甜的。"博新不经意地拿出袋子里的"变身金币"抛着，闪起的金光也照进了志诚的心里。

到家后，博新"嘭"的一声打开门。一道阳光从窗户照进，射到深褐色的沙发左侧，显得右侧格外灰暗，珍姨坐在灰暗的一侧，手里拿着一张小字条，见博新回来后，马上把字条放在茶几上，望向俩孩子，眼睛里像蒙了一层灰。博新拿着两张一百分的试卷，冲了过去，大声说道："妈妈我拿了两科一百分，老师说如果保持下去，下学期可能当大队长呢。"

珍姨一手把博新搂进了怀里，紧紧抱着。博新被用力一抱，脸上兴奋的笑容没了，浮现出点点疑惑，他马上推开妈妈问道："怎么了妈，有事吗？"

珍姨也觉得自己有点失态，应了一句："没事，没事，你那么优秀，妈妈开心罢了。"

博新不全信，看着茶几上的小字条问："妈，这是什么？"

珍姨答："这是爸妈的成绩单。"

博新一听，非常好奇，连忙问："那你们考得怎样？"

珍姨迟疑了一下，摸着博新的头，缓缓地说："爸妈没博新出色，考差了。"

博新又问："那考差了会怎样？要罚补考吗？"

珍姨叹了口气说："要，再补考一次吧。"然后望着窗外，目光放得很远很远，缓缓问道，"博新，如果你在这里一直读下去，不去香港了，你乐意吗？"

博新侃侃称道："妈，没问题。我在哪里都给你长面子。"

珍姨收回了目光，又把它投到博新身上，问道："那你爸呢？你舍得不见他？"

博新若无其事答道："没什么不舍得的，爸不是挺疼我吗？"珍姨笑了一下，不知道是无奈还是敷衍，其实所不同的只是前面是客观现实，后面是主观动作而已。

进入第一学期的下半部分，深秋已到。呼呼的寒风从北方吹来，带着干燥的黄土气，想必是赶着漂洋过海到小岛寻找温湿的滋润。学校里的风筝却犹如春天长起来的三叶草，在一遍春雨般的童声中一只只冒起来了。放风筝的地方不大，就两个篮球场，一年级的同学早下课，塞得满满的。高年级的同学下来时已不剩空位了。然而玩耍的冲动却不因空间问题而消减。高年级的同学也放起了风筝，先是一只。然后慢慢向一年级的靠近，搭上线，不停地来回拉动。"啪"一声，一年级的一只风筝的线被磨断了，掉了下来。趁着空当，高年级的同学又放了一只风筝上天，这次竟然是两只风筝一起夹击一年级的风筝。没过多久，"啪"，一年级的第二只风筝也被斗了下来。高年级的同学见连胜两场，"哦哦"叫，喜声一片。这时教学楼里有同学喊："大家快来看呀。四年级与一年级斗风筝啦，一年级输了两场了。"楼台上看热闹的人突然多起来了。

四年级队伍的下一个目标是博新。已经输下来的一个蓝色衣服向博新大喊："他们的线泡过鹅蛋，特别坚韧，撤了算了。”

博新答道：“都没比就投降，你这狗崽子。”

蓝色衣服见好心相劝反而被骂，回了一句：“那你玩，我瞧着。”

此时博新的风筝被四年级的三只风筝围攻，对方本来在线的材质上已经有优势，现在又来围攻，果然过了不到两三分钟，博新败阵。楼台上围观的人“哦”地起哄。

四年级的同学对着他们喊：“走吧、走吧、走吧，这里没你们的地盘。”

博新破口大骂：“你们太欺负人啦。”

对方一个高瘦的同学回应：“就欺负你，咋啦？”说罢又向下一个风筝走去。

博新对着志诚大喊：“志诚！你帮我把风筝捡回来。”

志诚也觉得四年级太欺负人，心里气愤得很，但实力不如人，也只能咽下这口气。他怕博新输了不开心，飞跑着把风筝捡了回来。博新突然从书包里拿出了一卷闪闪发亮的东西出来。

“玻璃线！”志诚高兴得叫了起来。博新说：“还愣着干吗？帮我上线啊。”

志诚连忙过去帮忙，问道：“这么珍贵的线你从哪儿搞来的？”

博新说：“内地没有，我爸从香港带回来的。我平时都舍不得用，今天派上用场。”

说话之间，又一只一年级的风筝被斗落。喝彩声一片。

博新骂道：“那些看热闹的怎么也帮着恃强凌弱了？”

说罢，他把风筝放到风中。博新的风筝又冉冉升起。楼台上的人喊道：“快看，刚才被斗落的一年级又上来了。”本来已经散去的人又回到了楼台上。众人七嘴八舌，有人说：“这小子可够横。”

四年级的同学看到一只落败的风筝又重新升起，自然把这个挑战者视作讨伐的重点。第一个过来的是刚才与博新斗嘴的高瘦同学，虽然看到是玻璃线，但胜利的气势还在兴头上也没理会。

博新望着他说：“我就不服。”

高瘦同学说：“我就来挫你这横劲。”

相互斗了五分钟左右，眼看鹅蛋线被玻璃线磨破了皮。博新得意地望着他笑了一下，然后加大力气往对方的线上用劲。“啪”，四年级第一只风筝坠落。

楼台上的观众“哗”的一声，为博新喝彩。这时看热闹的人里三层外三层。

四年级的同学丢不起这个面子，大家使了个眼色，慢慢往博新的风筝处聚集。那个高瘦同学喊道：“小心！他那是玻璃线，韧得狠。你们一起上，别吃我的亏。”

这时与博新风筝斗的已经有三只风筝了。博新着急，不知如何是好，一拍大腿，“叮”，一个金闪闪的东西从裤兜里掉了下来，是“金币”。博新眼睛一转，对着刚才斗嘴的那个蓝衣服同学说：“你换上我的线一起来跟他们斗。”

蓝衣服同学问：“你不是只有一卷吗？”

博新说：“哎呀，这个时候了，还顾得那么多？分了、分了。叫上刚才输了的同学一起上。”

他又转过头对志诚说：“志诚，帮我把这卷线分了。”

志诚迟疑，说：“我们还有三只风筝，要把这线剪成四段，你以后就放不高了。”

博新说：“今天不是我一个人的事，是整个一年级的事。”

志诚说：“这线太珍贵了，你以前都舍不得用。”

博新怒斥道：“你这婆婆妈妈的干吗？分了！”

志诚见博新如此决绝，没再犹豫，匆匆地把线圈从博新手上接过，几剪刀就分了。

看热闹的观众又喊了：“一年级有新动作了。”

四年级的同学加紧了对博新风筝的围剿。

观众又喊：“四年级又加了一股劲，本来三打一就不光彩了。我为一年级加油。”

“顶住，一年级！”不知道谁高喊了一声，观众都被牵动了，“顶住，一年级！”叫喊声此起彼落。博新环视四周，见本来两边观望的观众都支持自己，觉得自己站在了战场的中央，他再也无法压抑心中的激动，大喊一声：“一年级的我们都上！”

志诚一直在地上忙活着，被博新的叫喊声叫醒，他抬头看着叫喊的博新，心潮澎湃，不知道什么时候已经习惯了这种仰视。

博新又大喊着：“一年级必胜！”拉着风筝走进了阳光里。在阳光的照耀下，他的身影在志诚眼中已经模糊。志诚只感到他的叫喊充满热力，召唤着他跟随。

一年级的风筝全部上线，重新投入战斗。当四年级最后一只风筝坠落的时候，整所学校都为一年级的同学送来了喝彩声。“哦”的声音笼罩了整所学校。

四年级的学生心有不忿，气势汹汹，走过来推了一下博新说：“你用玻璃线，你耍赖。”志诚和其他的同学都被吓得后退几步，只有博新还挺立在那里。志诚见状，马上又走到后面以示支持。虽然被四年级的学生围着，但博新仍然不慌不忙，他说："输了还输不起，没出息。"

四年级的同学本来想给他们一个下马威，在落败中捡回面子就走人，但想不到博新面对着他们的围攻仍然嘴硬。几个人逼近博新，扯起他胸口的衣服，举起了拳头。

志诚心中一惊，心想这下可坏了。博新仍然不慌，说："想打人吗？你们看看左手边。"

四年级的同学转头一望，原来比赛太精彩，连教务处的老师也出来围观了，几个老师正看着这边。他们无奈，只好灰溜溜地走了。

博新被一年级的同学拥着、举起、抛在空中。志诚在旁边默默地看着，脸上也泛起了激动的笑容。

博新以两科一百分的成绩完成了第一学期的学业。寒假后不久就过年了。小城的百姓喜欢在大年三十的子时放鞭炮讨个彩头，鞭炮声此起彼伏，到了第二天清晨，街边路上都铺满了大红的鞭炮纸，"中国红"寓意着喜庆繁荣，纸里散发着阵阵硫黄味道，更传说能驱邪挡灾，所以鞭炮纸要等到初二开年后才打扫。志诚被鞭炮吵得一宿没睡，在被窝里打盹，却听见有人敲门，门开后，一纯正的香港口音和一略略带有乡下方言的口音大声响起："恭喜发财，身体健康！"

志诚知道一定是博新来了，连忙下床。大人们互相恭喜以后，妈妈问珍姨："我还以为你们在乡下过年呢，怎么又跑回来了？"

博新父母对望了一眼。珍姨轻轻叹了口气，脸上喜悦的神色阴沉了下来说："孩子他爸昨晚回来说申请可能下不来了。以后我们就在这里长住，至少要到博新读完小学吧。我俩想了一宿，觉得都无法改变，不如尽快适应这里。早早地我们就上来了，在这里过年，学一下做城里人。”

冯叔见妻子不开心，连忙说：“好啦，好啦，好啦。大过年的不提不开心的事。”可能是心有所想，他自己也无法跳出失望的缠绕，又接着说，“香港现在学历要求越来越高，要申请过去一定要读过点书的。我们这种人不好申请啊。”

爸爸问：“哦。说起来，还不知道老兄您是干哪行的。”

冯叔正要接话，博新就插话了：“我爸在香港可厉害了，他是工程师，驾驶机器人的。”

冯叔轻笑了一下，对博新说：“爸爸只是个普通人，没什么厉害的。”

博新反问道：“那你怎么会开机器人？你开的机器人我在这边都没看过。”说罢，从父母拿过来的袋子里拿出一个小玩具，递给了志诚，说，“志诚，这是爸爸带回来的麦当劳玩具，送你一个。”

志诚在电视上对麦当劳知之已久，整洁的装潢、异国的美味以及顾客欣喜的笑脸，无不令他联想，然而这也只是墙上画的饼，每次只能让想象力尽情地发挥罢了。博新递过来的玩具，使他第一次间接接触到这家餐厅。他接过玩具，第一个动作并不是看，而是把它放在鼻子里闻了一下，不是食物的味道，而是淡淡的塑料味，但他没有失望，至少这也是他没有闻过的味道，塑料味后面透出的是小城没有的现代化。

博新对冯叔说：“爸，为什么不给我带点麦当劳回来？”

冯叔说：“傻孩子，带回来还能吃？”

博新说：“那我什么时候可以过去吃？”

冯叔与珍姨又对望了一眼，冯叔说：“你现在可能要在这里读完小学。爸给你申请一次旅游吧。到了香港，爸带你去吃麦当劳，带你去海洋公园。”

博新兴奋地说：“好、好、好。爸，我告诉你，老师要我选大队长，我还真不想走呢。”

珍姨听了，走到正在地上玩耍的博新身边，紧紧地抱着他，望着丈夫。夫妻俩又一次对望。少顷，珍姨从袋子里拿出一支露华浓的口红和胭脂对妈妈说：“姐，我叫他带了点化妆品给你。”然后把胭脂的盒子打开。志诚以为是什么新鲜事，也走过去看，只见盒子里面是各种的红色。这些红很绚丽，一阵芳香飘近，伊兰、岩兰草、花梨木、龙涎香……有别于散发硫黄味的红，这些红抹在脸上，也映出了人们对生活的希冀。

下学期，博新一心竞选大队长，积极参加各类活动。为了备战主题故事会，冯叔从香港寄来了新的故事书，书里面手把手地教导读者如何把故事讲好。博新按照书中的方法，在安徒生《老头一定不会错》的故事里面增加了现场设问的环节，不但讲得有声有色，还提高了现场听众的投入感，成功地夺得了第一名。学校的歌唱比赛。他作为一年级唯一的晋级选手参加校比赛，冯叔又寄过来一盒《明天会更好》的伴唱卡带。此歌曲调清新，歌词抒情上进，给人留下深刻的印象。博新凭借此歌，取得一等奖的好成绩。上天的天平仿佛总会向博新这边倾斜，无论什么比赛，在他身上总会有克敌制胜的法宝。懵懂的孩童还没发育出羡慕或者嫉妒的情绪，志诚一路为博新加油打气，在旁边看着最好的玩伴夺得一个个荣誉，并祝福着他。

这天下午，阳光分外明媚，高大的白玉兰一树翠绿，绽放的玉兰花飘来一阵阵清香，初夏的蝉练了一下初长成的音器，就马上收起了叫声，似乎把舞台留给了主角。在高高的台上，一个身穿白色衬衣的少年正代表一年级学生接受少先队指导员的颁礼。指导员为少年戴上一条鲜艳的红领巾，然后拿出一个三红杠袖章别到少年左臂的衣服上。少年意气风发向指导员行了队礼，然后操正步走到队旗下面，对着旁边的仪仗队大声喊：“预备——起！”

少先队队歌奏起，号声嘹亮，少年转身对着台下的同学喊道：“唱！”

大家唱起来：“我们是共产主义接班人……”

志诚看到阳光下白衣少年庄严肃穆的脸上充满着傲然我辈的自信。摆动得高高的左臂上，鲜艳的红三杠带动着志诚的心情起伏，志诚也搞不清这种起伏是什么，对着眼前这个偶像，心中掀起阵阵波浪。

放学路上，博新激情澎湃地与志诚分享着以后的宏图大计，他要拿学校的优秀少先队员，再拿市里的。志诚只按照他的表述发起憧憬，对着他笑。到了家，博新大喊着：“妈妈，你快来呀！快看看我的大队长袖章。”

珍姨大喜，搂着博新在怀里吻了又吻。不过马上就收起了笑容，松开博新后从房间里拿出一张小字条，神色凝重。博新看了也顿时冷了下来，他问：“妈，什么事？”

珍姨笑了一下：“没事，有事也是好事。”然后，拉着博新靠近自己，说，“爸今天发来了电报。他打探到我们的申请下来了。如果现在要你跟我们一起去香港，你乐意吗？”

博新有点犯难，摸了摸臂上的袖章，不过马上就把袖章摘下来放到了茶几上，说：“走吧、走吧。我跟爸妈一起去。”

珍姨笑了，笑得灿烂，捧着博新的脸在他额上吻了一下，说：“好孩子，那我们就到香港团聚，带你去吃麦当劳，去海洋公园。”然后把博新紧紧地搂入怀里。

志诚一直在旁边看着，听到珍姨的问题，他自己也在心里选了一遍，这时他处在那两母子的世界以外，在这个世界里有一张红色三杠的袖章放在茶几上。他走了过去，轻轻地摸了摸袖章，上面还带着另一个孩子的余温。

没过多少天，冯叔回来了，志诚在楼梯里看见他，匆匆忙忙一脸风霜，进屋以后，博新的屋里一片寂静，平时欢迎冯叔的欢声笑语都没有出现。

饭后，志诚靠着阳台的门乘凉做作业，初夏蚊子已现，他们点了蚊香，有时从阳台吹来一阵微风，把蚊香的烟扬了上来，俗气的味道里有着母亲扇扇子驱蚊哄睡的回忆，温馨平静。楼下荒草地上各种昆虫交替鸣叫，今晚听得特别清晰。“咚咚”两声。有人敲志诚家的门。母亲开门。进来的是珍姨，她红着眼拉着志诚妈妈的手就出了阳台。志诚隐隐约约听到她们说。

“姐，老冯今天回来说，香港那边只批了博新的申请，我的没有批。”珍姨说。

志诚妈妈说：“啊！天下哪有这回事，那不是要人家母子分离吗？”

珍姨抽泣了两下说：“他们说香港的劳动力已经饱和，要的话也是要高学历的劳动力，如果我这种人过去，会抢了原来那些人的工作，让他们失业。”

志诚妈妈抱不平地说：“这我就不明了，你干你的，我干我的，我过去跟他有什么关系？”

……

过了良久，只听见珍姨说：“我跟老冯商量过，为了孩子的未来还是让他过去吧。”

“那、那、那……”志诚妈妈没有后半句了。

这时门又响起了，博新和冯叔来了。冯叔推了推博新，示意他过去安慰珍姨。博新趋步过去，抱着珍姨说：“妈，你放心好了，我到了那边会照顾自己的。”珍姨深情地望着博新。博新看着妈妈还不开心，又说：“我还会帮你管好我爸，不让他抽烟喝酒。”珍姨见儿子在哄自己，笑了一下，但眉头还是深锁着。

分别的日子临近。博新问志诚：“我走了，你要什么留作纪念吗？”

志诚问：“真的什么都行？”

博新说：“是的。别婆婆妈妈的，开口就行。”

志诚说：“我要你的‘变身金币’可以吗？”

博新把手放进裤袋，摸了摸，然后把“变身金币”拿出。志诚正要拿，博新却收了回去。志诚说：“你不是说给我吗？怎么耍赖了？”

博新说：“我不耍赖。不过‘金币’我可能还要用，得找一个两全其美的方法。”

志诚说：“那怎样了？”

博新说：“这样吧。我们把‘金币’埋在一个秘密的地方，要用的话大家都可以拿。”

志诚答应了。第二天他们在秘密基地挑了一根又大又粗的竹子，用小刀在上面深深地刻了个记号，在竹下挖了个坑。博新拿了一个位元堂保婴丹的铁盒子把“金币”装进去，再放进坑里，覆上土，铺上厚厚的竹叶掩盖，一切遮蔽得像没有动过的样子。

博新的离开不着一点声色，比起那个一桶水洒下楼的淋漓尽致的开场，这个离开就像他们的藏宝地一样，挖得很深，然后又恢复原来的模样，甚至觉察不到。当香港电视台播麦当劳和海洋公园广告的时候，志诚会想博新在其中游玩的景象。

那一双光亮的黑皮鞋

二十世纪八十年代中后期，由于内地开放后进出口日增，对外接受投资步伐加快。香港经济凭借面向内地的转口贸易和制造业内迁，不但没陷入世界经济低迷的泥潭，反而达到了一个高峰。1989 年到 1990 年香港人均 GDP 跨越了 1.2 万美元的中等收入线。二十世纪八十年代成了香港进入高收入地区的分水岭。造就这一逆转的，当然有时代、环境等因素，但港人顽强拼搏的创业精神也功不可没。

在内地，由于改革开放不久，经济仍然以农业为主，基础薄弱，百业待兴，亟须招商引资。中英双方发表《联合声明》后，走在时代潮流前沿的香港与刚刚开放的内地有了更多接触，随着“一国两制”的提出，两地之间的交流有了更大的发展。而两地经济上的落差也形成了民众生活、社会风俗上的落差。这种落差高低的分明，形成了共事关系上的主次分明，令两地之间的交往有如水到渠成般自然。

时代的跌宕起伏总会反映在诗书曲乐之中，那落入无数寻常百姓家的故事情节、哼咏弹唱、服饰裁剪无不是时代经济的缩影。怎样的雅颂比赋在民间也会兴起怎样的世俗风气，看似万紫千红的诗书曲乐其实不过天意人心罢了。

志诚所在小城盛产荔枝。荔枝的保质期短，外销难，但本地消费力有限，就地卖，价格提不上去，效益不高。为了不浪费这岭南佳果，二十世纪八十年代中后期，小城政府把“尝荔”作为招商的一种手段。每逢荔枝成熟季节，邀请港台同胞到小城品尝。几年下来，“尝荔”就成了不少港台同胞回乡的新鲜事，荔枝成熟时节来客渐多。可能回乡“尝荔”已在香港蔚然成风，也可能荔枝勾起了芬姨对家乡的思念。“尝荔”招商后的几年，芬姨都会在暑假期间回乡一次。

那年志诚一家与芬姨相约在深圳国贸大厦会面，除了接芬姨外，他们也想到国贸见识一下。出去一趟不容易，为了不耽误行程，志诚爸爸早早就向单位借了一辆五十铃面包车，也跟孩子们介绍深圳国贸是个什么地方：“五十层高，顶楼是旋转餐厅，餐厅自己会旋转，客人坐在座位上就可以三百六十度俯视深圳，如果天朗气清，最远看得见香港。我们虽然上不了顶层，但可以在楼下喝咖啡啊。”爸爸的话带着兴奋地说出，撩起了志诚心里无数的好奇和期盼。

是日如期。面包车从小城出发，那时候并没有高速，也没有沥青路，只有水泥铺的县道。车在不平坦的水泥路上颠簸地走着，走不快。志诚穿上了他最得意的行装，白色印花T恤、牛仔短裤，配一双小叔结婚时赠的浅灰懒人布鞋，以得意的装束来添几分自信。但尽管如此，他的心还是在颠簸的车上忐忑着。虽然广州、深圳等大城市也去过，但是小小心灵对那充满期盼的国贸，对那国人心中走在时代最前沿的殿堂，仍存着对未知之地的不安。他远眺窗外，是他熟悉的田野山林，也是他熟悉的风土人情。小城生活如此简单，互相不存在差距，保持着彼此间的淳朴，也哺育出这样的孩童，哺育出这样的乡亲。

车在为数不多的红绿灯前小停时，就会有几个妇人上来兜售荔枝。

“阿叔，买荔枝哦。”

妇人们统一用方言较重的白话对车上的人说。在烈日当空的岭南县道上，她们戴着竹织的凉帽，为了避免晒伤，凉帽边上还挂一层薄纱，但即便如此，帽下的纱里仍然是一张张晒得黝黑通红的脸，脸上带着农民朴实和丝毫害羞的神色。稍宽的的确良衣裤下面是一双褐色塑料拖鞋。

“阿叔，买荔枝，荔枝好甜哦。”

见顾客不搭理，她们追上第二句，有过第一句壮胆以后，这一句讲得较有力，但言辞有限，总是那几个字。有时说出来以后，可能是又觉得自己表现得有点过分，笑一下来掩饰，质朴的脸上泛起了日雨风霜磨砺出来的皱纹。

爸爸本来没想过搭理，但见她们被晒得黝黑通红的脸，找个给芬姨尝鲜的借口，就把车停到荔枝摊前。只见道上摆了好几摊，那时没有太阳伞，大家都聚在大树底下，三三两两拉大嗓子你一句我一句地聊着，偶然有笑声。见客人来挑荔枝，她们会拉起盖着荔枝的湿布帮忙挑。

“都是好的，新鲜的啦。刚刚从后面才摘过来的。”

往她所说的后面望去，原来就是一片荔枝林。烈日的毒辣透不过老龄荔枝树茂密的枝叶。林里只有斑斓的阳光点缀在地上。满盖枯叶的地上有几个烂熟的荔枝。从林中透出来的凉气带着老树的树香、枯叶的腐败味和荔枝烂熟的味道。三十年后，当一片片荔枝林变成水泥钢筋厂房，这种略为陈腐又甜甜腻腻的味道已难寻。正如当时它飘近志诚没多久，就在太阳的热气里蒸发了。不知多少如此些微的光影气息，在这种买卖交易的日常小事中流淌了过去，最终买卖交易成为日常，光影气息中透出来的人情风土却已寻不着。正当志诚留意那一片荔枝林的时候，双方已经谈好价钱，卖荔枝的妇人娴熟地起秤、报数、收钱，脸上亮起美滋滋的笑容。然后又在箩里抓了一把荔枝放进了塑料袋。

“阿叔，听你口音本地人吧，乡亲乡里的多给你几个。以后记得找我买啊。”

其实大家都知道来的都是过路客，哪会有回头。可能是改革开放还不久，大家对做生意这行当还是有忌讳，或是介意挣了同乡人的钱，多赠几个来补平一下心理罢了。如路人不赶，可能会再停留一会儿，到林中走走或是再吃几个荔枝，谈些雨水天气对荔枝的影响之类才动身离开，你来我往的如同家常。然而志诚一家今天出远门，买完后就匆匆走了。

车又在不平坦的县道上行着，一道杨柳河岸出现在公路的右边。爸爸告诉志诚，小河是东深引水工程的水道，二十世纪六十年代为了解决香港的用水问题开挖的。水静静流淌到小岛上，只是不知饮水人是否知道水的出处。车沿着路进入深圳地界后，两边的景观从农田变为工地。工地上扬起的烟尘把这座新生的城市笼罩起来，如同热土里冉冉升起的蒸汽，在这座“时间就是金钱，效率就是生命”的城市里，升起的烟尘有种催人奋进的激情。

在城市热岛中来回转弯后，车终于在市内最高的建筑物下停下。大家觉得芬姨未到，决定一家人先在国贸内逛一下。当自以为衣着得体的志诚走进那扇由门童推开的玻璃大门时，门后的世界正如一块掉进池塘的大石，彻底打破那田间林内池塘的和美平静，更甚的是大石直入池底扬起了淤泥，那原本清澈的池水掺杂了泥土，简单的透明扬起了污浊。

建筑物内的一切都刷新了他对生活的定义。光洁的地面、抛光的大理石柱子、高悬的灯饰、精品店里价格不菲的景泰蓝发出闪亮的光芒，透过眼睛刺进了他的心。每每有人在他面前走过，他都上下打量一番，西装笔直、长裙婀娜，衣服垂垂的质感，可知用料高档、质地厚实，衣着反衬出了一种距离；浓妆素抹、脂粉芬芳，种种香气混进鼻子，勾出了一丝丝慌张。正当他如同置身荆棘芒刺之中、举手投足也变得局促的时候，在这个如梦似幻的宫殿不远处，一个小孩的身影映入他的眼帘。志诚带着强烈的好奇心向着身影望去，是个女孩。头戴一顶红色贝雷帽，身穿白色蕾丝绲边短袖衬衫和绿色方格法兰绒短裙，脚踏黑皮鞋。这身装束本就给予志诚视觉上的冲击力，再配在那稍稍修长的身体上，更显高雅了。正当他想再仔细瞧上一眼时，这个高雅的浮影却已在迷幻中掠过，消失在金碧辉煌的宫殿内。志诚一家在这座宫殿里循规蹈矩地走了一个圈，没推开一道门，也没走进一家店，最后在中庭喷水池前的空地停了下来。那里是公共地方，也聚集了几家前来参观的旅客。这种氛围下志诚稍微感到放松。

“志诚。”

有人从背后叫着，还来不及转身，一双手已经从后面捧着志诚的脸蛋，顺势就把他抱了过去。原来是芬姨。大人们见了面，寒暄了几句，芬姨说：

“我朋友徐太跟我一起回来，一会儿搭个顺风车。”

说着，招手叫那边的徐太过来。志诚顺着方向一看，芬姨招手的是一对母女，女孩竟然是那个消失的光影，这时正向他们走来。在与女孩视线接触时，他不由得微微一怔，下意识地抓紧妈妈的手，退到妈妈的身后，低下头避开对方的目光。大家打过招呼后，芬姨介绍，这对母女是她邻居徐太与女儿徐晓晴。刚好徐太在内地的母亲也住在志诚外婆家的不远处。徐太知道芬姨有车回乡下，为了省了转车的麻烦，就跟芬姨一同回来了。

又几句寒暄后，芬姨在行李里拿出一个富士半自动照相机，提议小孩子们在喷水池前合影。晓晴爽快地答应了，走到喷水池前就位。志诚却茫然不知所措，在芬姨的催促之下，慢慢地挪了过去。

“两个孩子，靠近一点。”

芬姨一边说，一边拿着相机取景。晓晴靠了过来。两双鞋子进入了志诚低头的视野，一双是亮晶晶的黑皮鞋，一双是沾着尘土的灰布鞋。在遇见这双皮鞋以前，志诚对这双布鞋很满意。它是小叔结婚时送的懒人布鞋，厚厚的鞋底，不用系鞋带，比起小伙伴们的箭牌白布鞋时尚多了。不过今天进入国贸以后，他对这双布鞋产生了怀疑。现在一双黑色的皮鞋踏进了他的世界，踏破了他心里的最后防线。他把灰布鞋看清楚了，原来灰色的帆布很薄，薄得依稀露出他脚的轮廓；原来布鞋的鞋底不过是多层布底，在经过多次穿着已经有点变形；原来鞋子已经有不少污迹还沾着尘灰；原来……

“志诚、志诚，你抬起头，对镜头啊！”

芬姨喊着。志诚这时才从刹那恍惚中回了过来。在镜头之下忽然生起了被注视的感觉，卑微的内心被暴露在这座宫殿的亮光之下，他整个人都愣住了，连手脚都不知往哪儿放。晓晴却娴熟地摆着姿势，那种神情、姿态挥发出来的张力，把志诚逼向一个更阴暗的角落。“咔嚓——”，短暂的瞬间对志诚来说却是如此漫长。拍完后，志成偷偷地望了她一眼。原来晓晴瓜子脸，秀眉大眼，鼻子高直，一张樱桃小嘴，很是标致。本来只想偷偷看一眼，但目光触及以后却令他久久不想移开。

在芬姨提议下，众人到一楼的咖啡厅小聚，顺便歇歇脚。咖啡厅在中庭喷水池的旁边，两百平米大小，深褐色木吧台上方挂着大大小小的高脚杯，座席是深褐色矮几配深绿条纹布的单人矮沙发，地面铺着深红色的印花地毯。深色厚重的装修风格对当时眼界刚开、审美仍未疲劳的国人来说，营造出一种不得多见的高级感，而且吧台上种类繁多的高脚杯主要靠进口，也是新鲜物，足够彰显外国情调。厅内客人不多，一个穿着西装套裙的女客人吸着香烟，似乎在等人。抽烟的女士表现出来的女权主义神态当时也只可能出现在上海、深圳等前沿城市。

晓晴第一个走入咖啡厅，没等大人，就找了一张矮几坐下，徐太、芬姨随后也坐下。志诚一家却有点拘谨，一张矮几只有四个位，六个人坐不下，想拼桌，又怕失了礼仪。芬姨见状，主动把身旁的矮几拼上，志诚一家才坐了下来。点餐时，志诚迟疑了一会儿，点了咖啡。“小孩子不能喝咖啡。”晓晴像是提醒，又像是举报地来了一句。志诚的脸红了，这是他第一次进咖啡厅，也不知道有什么可以点的，咖啡是他唯一的体面的答案。在芬姨的帮助下，志诚点了一杯薄荷宾治。晓晴却如数家珍地点了好几样。食物上来了，除了众人的饮料以外还有炸薯条和几份三明治。志诚尝试了蘸番茄酱的薯条，陌生的酸带着不如理想的香脆，破坏了对电视屏幕上麦当劳薯条味道的猜测。对比起志诚的些微失望，晓晴却扬扬得意地享受着她的美味。

薄荷宾治底下有一层厚厚的薄荷糖浆，配了一支搅拌棒。细心的芬姨把薄荷宾治拿了过来，搅拌好才放到志诚面前，还特意补了一句。“你小孩子会搅得到处都是的，我帮你搅好了。”然而始终逃不过晓晴的法眼。见志诚不知道杯上挂的樱桃可吃，她一手拿了过去放进嘴里。徐太责怪，她撒娇似的一笑带过。喝过咖啡后，众人又到深圳的其他地方游玩，草草地吃过晚饭，就回了。

在回程的车上，志诚和妈妈让出第二排给客人徐太和晓晴，自己坐后排。志诚在后面，可以细心地端详这个来自外面世界的精灵。她与妈妈交谈，在妈妈怀里撒娇，最后倚着妈妈的肩睡了。从后面只能看见车椅背挡着的半顶贝雷帽了。然而这半顶贝雷帽始终牵引着志诚的视线，他偶尔就会看上一眼。

大家都睡了，唯有志诚无法入睡。车驶入小城地界。夜间公路两旁田野间漆黑，且黑得有点深。对于一个开朗的孩童，志诚无法理清今天落差带来的陷落感，他只远眺窗外的黑，且深深地陷入其中。

回到小城后的第三天，志诚一家和芬姨一起去摘荔枝，邀上了徐太母女。此次摘荔枝活动主要的目的是邀请志诚爸爸的发小，即现在在香港定居的余叔相聚，相议建厂的事宜。余叔的爷爷是乡绅，也就是当时的地主了，由于家庭背景原因很早去香港了，留下余叔的奶奶和父亲在内地，奶奶一把屎一把尿地把父亲拉扯大。父亲结婚后生下了余叔。余叔出生没多久，爷爷又把儿子和媳妇申请去香港，于是奶奶又一把屎一把尿地把孙子拉扯大。很多人说岭南老一辈的妇女都长得矮瘦黄黑，她们不懂情趣，开口不是煲汤就是煮饭。说得没错，命运使然，她们的生活都是矮瘦黄黑这么过来的，她们话不多，默默地承受着矮瘦黄黑的生活，最能够令她们憧憬的就是把食物变成美味，在身边亲人分享美味的时候，享受家庭的和睦。现在那个矮瘦黄黑的姑娘已经年老，可能是常年劳累的原因，脸上长满了褐色的斑，像麻风病治愈后留下的痕迹，所以大家都叫她麻婆。余叔的爷爷在当时也是知识分子，赴港时间又早，拼出了一番事业。余叔的爸爸和余叔有父荫庇护，余叔家三代下来，在香港的事业做得兴旺。家人想接麻婆到香港居住，但这个把青春和精力为家人耗尽的女人竟然没有勇气去面对对岸的家庭和新生活，仍然守在往昔的老村里。

那天摘荔枝的地方就是老村的一片荔枝林。晓晴穿一件宽松的白色印花T恤，蓝色吊带工装牛仔短裤，一双高帮白色运动鞋，头上还是一顶贝雷帽。像是这样一个装束利索、样貌可爱的人儿，当然地成了大人们避免沉默的话题焦点了。志诚喜得冷落，也自觉地躲着大伙远远的，反倒放松。大伙摘到兴头上时，却传来晓晴的怨声。原来荔枝园里蚊子凶，晓晴的脚上被咬了十多个包，又肿又痒。大人向荔枝园的农家要来了白花油。那个年代白花油也珍贵，一般人家怕油挥发，在盖和瓶的接缝处滴蜡，用时要用力连蜡一起拧开，用完又得封上，用一次很费周折。因此，农家倒了一点就拿回去了。大人们还在兴头上，草草地做了“应急”处理后，就让晓晴坐在农家的小院里歇息，避开林间的蚊虫，且叫了志诚作陪，就继续摘荔枝去了。志诚第一次与晓晴独处，见她还不停抓脚上的包，泪水已在眼中萦绕，他十分在意，心急了。他拿起院子里的小桶，打了满满一桶井水提到晓晴身边，操着嚼舌的白话说："把脚浸到水里吧，井水很凉，可以止痒。"晓晴来不及思考，按吩咐把脚泡进去。没过多久，果然见效，脸上才重新有了神采。她第一次认真地看了一眼这个内地的男孩，只见他双目明亮，目光却在她面前不停地闪烁，黝黑的脸上稚气满盈，衣服稍大、上面还有数处旧污迹，显然是二手货，脚上穿着一双浅褐色的胶凉鞋，鞋扣已不在，用土方法把鞋带与鞋体熔合在一起了。她对志诚一笑表示感谢，指着旁边的小凳说："坐过来嘛。"志诚见自己"英雄救美"，心理天平补平了不少，第一次正视晓晴的目光。四目双接都由衷地笑了，搭上话来。小孩子聊天的内容有限，无非是了解一下各自的玩乐和爱好。志诚谈的是粘知了、摸蟛蜞、打弹珠之类，晓晴讲的却是上钢琴课、去游乐园、看电影云云，生活上的差异所在，共通点并不多，但小孩子对各自都不了解的生活还是充满了好奇。

见晓晴对摘荔枝还是念念不忘。志诚灵机一动，用卷纸像包扎纱布一样，从脚跟到膝盖把晓晴的脚裹个严实，两端绑上绳子，成了一对防蚊子的脚套。晓晴对这"发明"十分赞赏。两人重新回到荔枝园玩去了。这接连止痒、防蚊的两件事令志诚在晓晴面前不再拘谨，他教晓晴爬树，帮她摘荔枝，还在荔枝园中找了一棵老树，登上枝头为晓晴摘果。他告诉晓晴这棵树结的果最好吃。

晓晴问志诚："荔枝的果这么甜，花一定很好看吧？"

志诚说："不是啦。它的花朵儿小，香味淡，不吸引人，农民要劳作三个月才慢慢长出果实。”

晓晴又问：“那他们为什么还要种荔枝呀？”

志诚答：“为了种出甜果呀。我们这座小城因荔枝有名，农民都爱种它。”

这个下午，志诚递给晓晴的是这个盛夏的果实，古语云“一日而色变，二日而香变，三日而味变，四五日外，色香味尽去矣”，三个月漫长劳累耕作却几天就散尽。若干年后当志诚听到莫文蔚唱着《盛夏的果实》时，“时间累积这盛夏的果实 / 回忆里爱情的香气 / 我以为不露痕迹思念却满溢 / 或许这代表了我的心 / 不要刻意说你还爱我 / 当看尽潮起潮落 / 只要你记得我”，他会想起这个下午，想起这种用盛夏时间累积却又极易枯萎的果实。

这一次的相聚在志诚心里埋下了一颗种子。如果没有再一次的触动，种子会慢慢地腐坏，变成泥土，和入记忆的土壤中被遗忘，然而却不是这样。

晚上回来，志诚一家聚在电视机旁看连续剧。妈妈问爸爸：“老余怎么说？”

爸爸答：“他说我们这边条件都不比那边，还需要考察考察。”

妈妈说：“那边起步是早，但我们条件也不差啊。我看他还在等你让利。”

爸爸说：“不至于吧。我跟他什么关系？”

妈妈说：“老余现在手里有单，皇帝女儿不愁嫁，你要是想做就看紧点。有叫麻婆去说两句吗？毕竟你这么多年麻婆的日常事你都有帮着。”

爸爸想了一下，说：“麻婆那就不要打扰她了。毕竟她年纪那么大，什么事都拎不清。我再跟老余谈一下吧。”

妈妈说：“你怎么还不明白。人家现在想要获利最大的，不是要人情最深的，你谈有什么用。”

爸爸又低头思考了一下，说：“你再让我想一下。”

“别想了，开播了，看电视吧。”妈妈说。

电视里播的是香港电视连续剧《流氓大亨》，主题曲《城市足印》里徐小凤唱道：

留心街中每个人
彼此匆匆过 皱着眉心
重叠的足印 细踏了千遍
多千遍 看落也不要紧
留心身边每个人
冷冷的双眼 试问何因
人在匆匆里 哪曾会知道
今天你我是远还是近

歌唱的就是岁月风华、人情沧桑，与小岛经济社会进步相对的却是乡亲血缘、邻里情谊的淡薄。世情难料，你也分不清得失，只泛起悲凉。

然而最令志诚难料的就是博新回来了。这天放学，志诚被他叫住了。志诚见到他穿着一套香港的校服，白衬衫上面有个英式校徽，格外醒目，下身是苏格兰格子短裤、白袜配黑皮鞋，只是眼神有闪烁，没有笑容。志诚十分意外，大喜叫了起来，周围的同学也围了过去。大家还没忘记博新，“大队长、大队长”，叫得亲切。听了“大队长”的称谓，博新脸上又恢复昨日的光彩，他大声说：“大家好久不见，今天我请客，去对面杂货店，吃的、喝的都归我请。”

听见有人请客，大伙都不客气，围坐在杂货店门前的小桌凳上，开动起来。认识的同学轮番入席，博新一直与同学们高谈昨日，对于自己在香港的经历却只字不提。一直到夕阳西下，杂货店前只剩志诚和博新俩了。斜阳照在杂货店前的树上，拉出一个个长长的影，鸟儿落在树上声声低鸣。志诚问：“走吧？”

博新说：“再坐一会儿吧。”

路边下班的自行车路过，“叮叮、叮叮”地响铃。志诚急了，说：“走吧，要回家了。再不走就挨骂了。”

博新却没跟志诚着急，仍旧说：“那你先走。”

志诚没走，继续陪着。又过了一会儿，鸟又低鸣，一阵微风吹过，扫进他们的衣襟，晚风萧凉。志诚真的急了，对博新说：“走啦、走啦！真的会挨骂。”

博新说：“那你走吧。”

志诚再也没有犹豫了，撒腿就跑回家。回头望了一下博新，他仍坐在那里，夕阳底下一个影子被拉得很长很长。

因为迟回家，志诚怕父母追究，所以与博新相遇的事一句不提。晚饭后，他在做作业，忽听见隔壁传来一阵急促的敲门声，少顷，两个人脚步声急促地下了楼。又过了一段时间，他家也响起了急促的敲门声。敲门的是冯叔和珍姨，冯叔说今天博新没去上学，拿了回乡证自己从香港回来了，现在都找不着。无奈之下，他只好向志诚求助。一年时间没见，志诚见冯叔的两鬓已经白透，黝黑黑的面容如枯木，红丝稍现的眼睛闪烁着哀求和期盼。

志诚想了想，说："可能在那里吧。"

冯叔俩夫妇喜出望外，冯叔说："阿珍，我跟志诚过去，你在家里等，万一孩子回来了也有人开门。"

说罢就牵着志诚走，到了门口又回家取了一样东西，才匆匆赶下去。

一轮明月悬在高空，把池塘照亮，月光穿越了层层的竹叶，竹林内倒不昏暗，林间飞着萤火虫，一个少年正抱膝坐在一棵粗大的竹树底下望着池塘。冯叔远远看见他的背影，急忙地赶了几步，林中的萤火虫散了，冯叔又放慢了脚步。少年没回头，仍旧看着池塘。冯叔走近少年，挨着他坐下来。他把手上的东西递给博新，说："我已经给你买了。走吧，回家了。"

博新不理会。

过了好一段时间，两人身边聚集了几只萤火虫。冯叔看见，说："怎么到初秋了这里还有萤火虫？爸爸以前很爱捉来玩，也爱到竹林里玩。"说罢，站起来，在旁边的竹树上挑了一片竹叶，放在唇边吹奏起来，是一曲广东的传统儿歌《月光光》，吹罢，又说："以前爸爸就是在这样的环境长大的，不是赶鸭放牛，就是插秧收稻。正是不想你重蹈覆辙才一心把你送出去，像你现在的生活其实已经很好了，爸爸以前想都不敢想。走吧……"

博新仍然不理会。

又过了好一段时间，冯叔说："爸爸一直以来都没说过自己有多厉害。我只是一个普通的码头工人罢了。我能做的我都已经做了……"说到这里他站了起来，喘着大气，手用力握紧带过来的东西，声音放大了，说，"别闹了好不好？走吧。"

博新还不理会。

冯叔的气喘得越来越大了，对着博新怒吼：“我有什么错？碍得你这样？你爱回不回。”说罢把手上的东西用力扔进池塘，“扑通”一声，把池塘里的月亮打碎，波浪迭出的一道道光影，可能都是月亮的一份，可能都不是，冯叔走了，留下了博新。一会儿后，池塘中的月亮又出现了，但不知它是冯叔的月，还是博新的月，然而它有如生活始终都在那儿。

第二天放学后，志诚急忙跑去竹林，找不到博新。只见在一根粗大的竹子底下被挖了一个坑，坑的旁边有一个锈迹斑斑的铁盒。志诚看着地上一道道挖痕，明显是一双少年的手挖出来的，挖痕很深、很深。

两个月后，珍姨过来道别，隔壁的房子已经卖给别人了，她要回乡下。妈妈慰问道：“这些天我都不敢问你。怎样，好点了吧？”

一句话问出，有如在满堤的情绪中开了个口，珍姨的眼睛红了，她咬了咬牙，眼泪滴答答地流下，过了一会儿才回答：“本来把他送去香港想给他一个更好的环境，可是到了那边……不知是课程不同压力大，还是没人照顾事事要自理，他一直都不开心，方方面面都不如意，过去一年了都交不了几个朋友。”

妈妈安慰道：“可能只是一时不适应吧，适应了就好。”

博新妈妈说：“你知道香港，什么都要钱，他爸为他争取的学校学费已经很高了。他到了那边同学有啥他就要啥，跟老冯的关系越处越差。这次学校开家长会，不知咋的就跑回来了。”

妈妈握了握珍姨的手没说啥。珍姨又说：“我一个农村妇女，他爸一个码头工人，什么都不懂，也不知道他为什么变成这样。以后真的要看他的造化了……”

志诚期盼着那个“变身金币”应该还没生锈吧。珍姨走后，再没有博新的消息了。所谓的朋友、亲人也只是生命中的过客，送走一拨又一拨。

……

这天，爸爸接到了一份电报就匆匆走了。到了第二天的傍晚，他神色凝重地回家，疲惫地坐在沙发上。妈妈上前问：“她走了？”

爸爸点了点头，说：“八十多岁的人了，走也正常。”

妈妈问：“老余他们回来了吗？”

爸爸说：“老余还没到，他们家有人来了。我就先回来了。”

妈妈说：“这里就剩麻婆一个，我都不知道老余他们家怎么想的。”

爸爸说：“是麻婆自己不想出去。你知道的，麻婆这名字叫了几十年了。可能她自己也觉得不是享福的命，怕自己享了福，灾难会降到子孙身上。”

爸爸说着说着，讲了一个关于麻婆和余叔的故事：

那时候，小城还有洪涝。余叔的父母去了香港，家里只剩祖孙二人，一次洪涝来袭，祖孙俩被围困，只好登上房子的阁楼等待救援。麻婆对当时还是孩子的余叔说，阁楼上面有一袋乌榄，他们祖孙二人分着吃。奶奶年老，吃软的乌榄肉，小余年轻，吃硬的榄仁。小余答应了。于是第一天早上，奶奶把剥好了的榄仁给小余。中午小余吃饱了，就睡了。奶奶在他睡的时候剥。到了下午，搜救的人没到，碗里又有榄仁。小余吃完以后，有点不耐烦，问奶奶救他们的人什么时候到。奶奶没回答。小余发起脾气。突然“轰”一声，房子的前部分塌了，原来泥砖不经泡，泡软了就塌了。这时祖孙两人看见屋外，汪洋一片，被泡坏的房子，东倒西歪地浸在水中，哪里看得见人影。小余怕了，大哭起来。麻婆为了哄小余，在剥开的榄核里挑了一些比画着动物、车船的形状做玩具哄小余。这样，第一天过去了。第二天早上，小余发现碗里又有榄仁了，不过只是之前的一半。

他问麻婆："奶奶，怎么我看不见你吃榄肉？"

麻婆答："你醒的时候奶奶陪你玩，你睡的时候奶奶吃榄。"

第二天的傍晚，仍不见人救。小余觉得吃榄仁吃腻了，要跟奶奶换，他吃榄肉，奶奶吃榄仁。但奶奶死活不答应，小余又想发脾气，突然"轰"一声，身边的一间房子塌了。小余怕得缩到奶奶的身上。奶奶又用榄核哄小余。那天夜里偶尔传来"轰、轰"的倒塌声，但四周一片漆黑，

第三天早上，小余又看见碗里放着榄仁，这次更少了。他微微感觉的身处的地方有点斜。连续吃了两天榄仁的小余，拿了一颗榄仁放进口嚼着，眼泪滴了下来。这次他什么都没说，一手把奶奶身后装乌榄的袋子抢了过来。袋子打开了，里面的东西噼里啪啦地掉了出来，一颗颗在阁楼的地板上打转。

只有一颗颗榄核，根本就没有榄肉。

麻婆出殡后的第二天余叔来访。他一身疲惫，但悲伤的神色已退，他坐在沙发上抽着万宝路香烟，又从袋子里拿了一条白色的万宝路出来，放到茶几上，对志诚爸爸说："贺东，麻婆的事谢谢你。匆忙赶回来，什么都没带，随手拿了这个。"

志诚爸爸："雨非，我们之间用谈这个吗？"

余叔眼光一闪，马上又说："哦、哦！是的、是的。建厂

的事我看就这么定了。先从原来接我们单的大厂里拿点二手单……”

“雨非，我是说大家兄弟不用计较。”志诚爸爸大声呵斥道，“你是不是利欲熏心了？！”

余叔脸上红了，不知该如何是好，场面陷入尴尬。爸爸慢慢起来，从房间拿出一样东西，递到余叔面前，说：“这是麻婆要我亲手交给你的。”

余叔接过，原来是一个保心安油的小铁罐，外面已经陈旧生锈。余叔用手掂了掂，沉沉的。里面明显装了点什么。他用力掰，却掰不开，再使劲，“啪”地一下，盖子开了，里面的东西撒了一地。只听见“嗒嗒嗒”像玻珠落地的声音，里面的东西在客厅的地上跳动、打转。定眼一看，原来是一个个已经夹开的榄核。

余叔脸上瞬间失去了表情，两眼呆滞。过了很久，志诚爸爸起来，想捡地上的榄核，却听见余叔大声喊：“我来捡！这是我应做的。”

说罢，他起来，却倒下了……

二十世纪八十年代，香港电视剧《义不容辞》主题曲《一生何求》唱道：

冷暖哪可休
回头多少个秋
寻遍了却偏失去
未盼却在手
我得到没有
没法解释得失错漏

刚刚听到望到便更改
不知哪里追究
一生何求
常判决放弃与拥有
耗尽我这一生
触不到已跑开
一生何求
迷惘里永远看不透
没料到我所失的
竟已是我的所有

还未为你挂红豆

1991 年海湾战争爆发，石油危机的阴霾笼罩全球。当“四小龙”中的新加坡和我国台湾以破釜沉舟的决心为生存展开背水一战时，那个坐落在中国南海的小岛却独得天眷。二十世纪九十年代初，香港的转口贸易仍然以两位数增长，大量制造业内迁珠江三角洲，利用低成本的优势获得了竞争力。有了这两大增长动力背书，欧美国家纷纷以香港作为亚太地区的商品贸易基地，外商投资持续增长，美、日两国在香港设立的银行都超过了 20 家。

1994 年王菲在专辑《天空》中，梳着黑人小卷的发型，松松垮垮地套着的粗孔针织衫，搭配牛仔裤，流露着漫不经心的淡泊慵懒。而这种淡泊慵懒与当时周星驰大热的无厘头风格有着同样的玩世不恭的精神内核。在时代偶像的引领下，服装休闲风格日渐风行，也是这种思想风气吹向服装领域的一个反映。德风德草，风行草偃，此风吹拂下，芸芸之众的浮生百态皆现之于一代娱乐杂志。

而与香港一水之隔、位于开放一线的珠三角，受着香港和内地两面经济、文化的冲击。一方面，港资内地设厂，大批港人返乡创业。珠三角本地人退田建厂、下海经商，呈现出一派热火朝天、创业干事的景象。为解决港人在内地商务接洽、衣食住行所需，本地人兴办的酒店饭馆、娱乐场所等犹如雨后春笋般骤起。另一方面，工厂商店、楼堂馆所需要大量的劳动力，数以百万计的内地农民南下务工，五湖四海汇聚，南腔北调纷呈。所憾的是，由于彼此间收入悬殊，形成了外商、本地人、农民工三个群体泾渭分明的社会阶层。1991 年，以这一时代为背景的电视剧《外来妹》描述了当时珠三角的经济、社会面貌，红透了大江南北。电视剧主题曲《我不想说》情深款款地唱道："我不想说，我很亲切；我不想说，我很纯洁……看看可爱的天，摸摸真实的脸……一样的天一样的脸，一样的我就在你的面前……"

这天在这个纯洁的天空下，一个少年与几个同学正在平时抓鸟摸蛙的地里网蝌蚪。晚春的风，扫得人懒洋洋的，拂过旁边的长得像人高的野草，吹向不远的山冈。山冈上种着桃花。桃花是广东人的迎春花卉。花田里，卖不出去的树株还在，但去年的老叶已经凋谢，长出嫩绿嫩绿的叶芽，青涩得如网蝌蚪的少年。

那几个少年用网兜对蝌蚪围追堵截，他们懂习性、有策略，很快一个大塑料瓶就装得满满的，眼看就装不下了，其中一个背着蓝书包的少年说："志诚，我今天的收获全归你了，你带回家吧。”

志诚望了望满满的塑料瓶，有点为难地说：“不了。兜的不知青蛙还是蛤蟆，上年养出了几只蛤蟆，还被我妈骂呢。”他看了看旁边的振辉，说：“你要吧。”

振辉也推辞。几个人最后还是把满满一瓶蝌蚪倒回池塘，百无聊赖地仰卧在池塘边的矮草地上，看着蔚蓝的天空。天上有几朵白云，如同少年稚嫩的心灵，像在动又不像在动，只有当微风吹过时你才觉得它们是在飘着。志诚问：“昨天晚上看《乌金血剑》了吗？”

振辉第一个抢着说：“没有。”语气有点不忿，“和我姐争电视了，后来还是被她看了亚洲电视那个《蓝月亮》。”

其中一个少年问：“《蓝月亮》？你看得进去吗？”

振辉说：“哎呀，爱情剧。拖拖沓沓的，不知演了啥。”

志诚问：“啊？是爱情剧吗？里面的角色都穿校服的哦。香港学校里可以谈恋爱？”

振辉说：“可以吧。我看女主角都谈了几个了。”

“你还说看不进去。对剧情很熟悉啊。”背蓝书包的少年打笑说。

“我、我是被我姐逼着看进去好不好？”振辉连忙解释道。

蓝书包又问振辉：“如果在班里挑一个女同学谈恋爱，你挑谁？”

振辉答：“谁都不挑，比起《蓝月亮》里的香港女生，她们逊色多了。”

“又说《蓝月亮》，你说，你是不是都看上心了。”蓝书包继续打笑道。

提及香港女生，志诚心里轻轻一荡，轻得像这晚春的风，拂过后你才知道它来过，些微带点湿气。他依稀回忆到童年时曾经有一面之缘的香港女孩晓晴，今天才意识到晓晴的脸孔是如此美丽，在令人炫目的光中朦朦胧胧。

振辉抓起一把草，向着蓝书包扔过去。蓝书包也不甘示弱，予以反击。大战正在酝酿时，“隆隆、隆隆”几声打破了田野的宁静，一股黑烟冒上了空中。“战事”被这难得的新鲜事打断。少年们兴高采烈地向声音和黑烟的地方冲去。只见田野里一台推土机正在作业，把小土堆翻起。土堆连同上面长得老高的荒草被整片推到低洼的稻田上，黄土覆盖了稻田，荒草和青禾埋入地下，如是几次，再用履带压实，荒地稻田就成了平整的黄土地。几个少年看着这难得一见的机械化巨兽，在他们玩耍的田野上肆虐，地上一道道清晰的履痕像是肉体上缝合后的伤疤，虽已愈合，却永远地留了下来。

“志诚！”这时一个声音穿过隆隆的机械声，进了志诚耳朵。志诚顺势一看，竟是爸爸和余叔。他们和一个工头模样的人指点了好一会儿，然后走到志诚跟前。余叔摸着他的头说：“过这边玩吗？”

志诚应道：“嗯。”

余叔对爸爸说：“那刚好。带上志诚一起去吃饭吧。”

爸爸点了点头。志诚就跟着他们走过大片平整的土地，来到一条铺了石子的泥路上，登上了余叔的三菱帕杰罗。帕杰罗在路上扬起一阵烟尘，在夕阳的映照下成了缕缕红烟。一两只鸟儿偶尔飞入田间，不见了，只闻“吱吱”的鸣叫声。然而一派斜阳倦鸟的景色却被路边一群围在鱼塘的人搅黄了。他们有的拿着鱼竿，有的拿着网兜，把鱼塘围得严严密密，甚至无法从他们的围墙上找出一条看得见水面的缝。突然“扑通”一声，溅起水花，有人直接跳进塘里。这时从人群空出来的缝可以看到下水的人紧紧抱住了什么。

“哇，不至于吧？”余叔有点调笑地说道。

爸爸说：“这一片农田就要被推平了。鱼塘属于村里，现在卖给私人了。”

“哇，有意思。”余叔笑着道。

车在一个刚起步的工业区边缘停下来。天已黑。路上一排六七家食店，打着火亮的招牌。一盏盏白炽灯照着招牌，也照亮店前的路，你明我亮地像是在争地盘招揽客人。志诚下了车，没往光亮的那边看，却望去一路之隔的工业区。那里只点了几盏夜灯，有如在寒冬里颤抖的渔火，孤凄寥落。隐约传来不知哪个地方的山歌，没和唱，歌声有点竭力、沙哑。但歌者还是坚持唱着，可能只想唱给自己听，或可能仅想听听乡音罢了。这时浇水声音传来，响起了一个不知来自哪里的方言，喊着，之后又响起一种方言，五湖四海、九州八方。入夜以后，天色昏黑，日间机器的隆隆声、热火朝天的工作场面顿失，工业区一下就转入荒凉，对于在外的人而言，这顿生的寂静、苍凉是最煽动乡愁的。

在余叔的带领下，志诚和爸爸来到一家食店门口。招牌打着“阿二靓汤”。当时这类食店主要面向回内地创业的港客。为照顾港人的饮食习惯，店名多冠以“靓汤”两字。广东与香港在菜系上本属同源，再加上在岭南一带“汤”代表着家的温暖和家人的爱意。有这样一个说法，岭南一带的女子表达爱意时为了保持矜持，一般不直说。她只会对心仪的男子说“我煲汤给你喝”，话中不但含情脉脉，而且为你煮饭煲汤还包含发展长期关系的暗示。“靓汤”二字的确能够勾起孤身闯荡的港商对家庭温暖的期盼。所以这种“靓汤”形式的食店，在当时的厂区成行成市，宾朋满座。

走进店内，灯火通明，五六十平方米的店面两排卡座靠着两边的墙，中间放着四人小方桌，不多的三张十人桌靠着食店里面的烧腊处理区放着。这时店内差不多已坐满，人声嘈杂，零碎的只言片语涌进耳内都是纯正的香港口音，烟味、油味、菜香轮番在空气中巡演，上菜的、招呼客人的、上厕所的流转在店内走过，拥拥挤挤、熙熙攘攘，与凄凉的店外形成巨大反差。余叔挑了一张卡座坐下，一位服务员马上上来招呼。余叔见面孔较生，对服务员说：“莲姐呢？不在吗？”

服务员说：“莲姐还在点菜，你要她帮你下单吗？”

余叔点了一下头。没过多久，莲姐来到桌前，身穿黑色制服，用广东白话稍高声调向余叔问好：“余生，你好！”高声的招呼里让人听得出来带着欢迎、感谢，同时也略带点套近乎的殷勤之意。紧跟着就是例常的一句“今晚吃什么？”

余叔没思考，说一句：“你有什么推荐？”就把问题推了回去。

莲姐条件反射似的就接上了说：“余生，昨天见你有几声咳。我们今天有杏仁白肺汤，煲得够火候，最适合你。”

余叔拿出万宝路香烟一边点火，一边点头说：“好，这个不错。”

莲姐又不停地推荐菜品，说：“今天鲈鱼很新鲜，来一条榄角蒸吧，三个人一条一斤左右的就好了。有小朋友再来个番茄猪排，小朋友喜欢又好送饭。已经有两个肉菜了，您喜欢清淡的，我推荐你一个蚬肉煮水瓜，最有本地味道。这么多就够了。”

莲姐就像一个熟悉余叔脾性的中医，只需一望，闻问切都不用，就把余叔这顿饭的意图、就餐人的喜好、身体情况等都考虑得周到，一路推荐，余叔没加什么意见，就不停地点头。

莲姐复了一次单，就去下单了，走的时候还不忘催促服务员把热毛巾送上。

余叔把晚饭的事情处理完后，接过热毛巾，就跟志诚爸爸聊起正经事，用稍稍低沉的语气说："我看今天那个地方可以啊。看你开始想干多大规模，我先从永联厂那边拿点二手的单给你，慢慢做，做大了，再接我们的一手单。"说罢望了望志诚爸爸。

志诚爸爸脸上带点疑惑，说道："如果接人家的二手单，我们还有赚头吗？"

余叔缓缓地说："这个你可以放心，现在内地的劳动力成本低，利润空间还大着呢。咱俩兄弟，我也想把手上的一手单给你。不过我估计你现在刚起步应该接不了，先接二手单从小做起最好了。"

志诚爸爸说："那好。事实上我的本钱很有限，就按你的想法，从小做起吧。"

余叔说："资金不够我可以借给你，不计息，你有的时候还我就行。"

志诚爸爸脸露喜色，说："有你这话我就放胆上了。资金还是够的，不够再向你借。"

余叔又问："你原单位那边怎样，需要打报告申请辞职吗？"

志诚爸爸说："现在鼓励下海经商，这个放得很开，不成问题。"

谈话间，菜已经上齐。余叔夹起榄角入口前，迟疑了少顷，把嘴里的食物吞干净，再放榄角入口，慢慢地咀嚼着，然后对志诚爸爸说："我们现在还不知道该把阿嫲葬在哪里？"

志诚爸爸答："麻婆走之前也没说。"

余叔说："我估计她自己也没拿定主意。你说葬在香港吧，子孙后代上坟烧香方便，不过她自己在生时不愿意去香港，也不知道她乐意不乐意。你说葬在内地吧，我还会年年过来拜祭，但我走了以后怎么办？到我儿子这辈，哪会对她有感情，不就成了孤坟了？"余叔顿了一顿，咬了一下牙抑制着自己的情绪，又说，"阿嫲一辈子都在吃苦，死后都未能安定，都是我们子孙不孝啊！"

志诚爸爸把一个榄角夹到余叔的碗里，然后再夹一个。两个榄角就拼成了一副完整的榄肉，说："麻婆受苦一辈子不就是为了这个家吗？"

余叔点了点头，小心翼翼地把两个榄角夹进嘴里，津津有味地咬了起来，对志诚爸爸说："谢谢你，阿东。看来是我们没明白阿嫲的心意啊。想得太复杂，自作聪明罢了。"

自从那天钢铁巨兽侵入志诚他们的乐园后，乐园的空间就一步步被挤压。田野推平，铺上水泥，砌上砖墙，盖个铁皮顶就成了厂房。老板购进十几台衣车，再招十来个农民工，就是一座工厂。

一切的变化在志诚身边默默地上演着，但年少的日子仍然轻轻的。年增岁长，他也慢慢走出了童年幼稚，心里已浮现出朦胧。自从童年那一盛夏后，再没与晓晴碰面了。那些年，蝉鸣荔熟的盛夏，香港电视里播着日本"宝矿力"饮料的广告，一色纱英、中山亚微梨两个十二三岁的阳光少女青涩可爱的形象在广告出现的时候，志诚会想起晓晴。只不过种子埋在了青春的朦胧之下，如果没被触及，它可能会静静地坏死，就过去了。

然而这一年的暑假，芬姨如常返乡。志诚怀着兴奋的心情骑着单车在小巷中穿行，向外婆家奔去。到了外婆家门，志诚有点意外，因为外婆家还来了一位少女。十二岁左右的年纪，虽是夏天，却穿着一双高帮的匡威帆布鞋，宽身白色 T 恤半裹在牛仔短裤内，特显修长的双腿，青春期已经发育，修长略为瘦削的身材已可见那婷婷的轮廓。大眼睛、高鼻子、瓜子脸，标致美丽。长发披肩，靠耳的两端头发用发夹固定在中间，飘逸清爽。一心想与芬姨相聚的志诚撞见这位标致的少女有点始料不及，脑海里电般的闪出一个名字——晓晴。芬姨见了志诚，忙上来介绍。少女正是晓晴，今年她在内地的外婆家过暑假。因为晓晴人生路不熟，要志诚送她回她外婆家。

两少年打了招呼，志诚就把晓晴的行李放上单车尾架，带着她走了。一路上，晓晴一脸心事，只静静地跟在后面。志诚闻到了淡淡的脂粉味从后面传来，花香混有桉叶油的味道，不娇艳，温和安然，阵阵暗香像是一阵春雨甘露洒在那朦胧底下的种子上，萌发出生机。他想找个话题开聊，但不知什么合适，一直没敢开口。两人一路沉默，到了晓晴外婆家，礼貌地互相说了声再见，就散了。回去后，志诚从芬姨口中得知，晓晴妈妈刚生了妹妹，暑假怕两个孩子照顾不来，就把晓晴送回来。晓晴不愿意，无奈拗不过大人，只好照办了。芬姨吩咐志诚，多带晓晴出去玩，排解一下。

第二天，志诚思量着要不要去找晓晴，心里嘀咕。出了门，却在路上犹犹豫豫，到了晓晴外婆门口，却又退回几步，站在不远处盯着门口，见没有声色，又担心晓晴已经外出。望着密密麻麻的民房排在小城的老街上，年日已久的外墙已经暗哑。一民房的阳台上，一棵刺杜鹃长得茂盛，从三楼阳台垂下，一直到了一楼楼顶。碧绿的叶、艳红的花在高处艳阳照进深巷的地方招展着，独得一隅明丽。志诚望着这棵刺杜鹃，想起这份同样的明丽出现在阳光柠檬茶的广告里，广告里青涩的情愫和音乐在他心中反复播映，而广告就是讲述一段朦朦胧胧的少年情缘，令他产生了对明丽的希冀。过了良久，他终于鼓起了勇气去敲门。是晓晴的小姨开的门。志诚自报家门后，小姨如大姐姐般亲切地说道："你就是志诚啊。晓晴在楼上生闷气呢。进来，她在二楼，我带你上去。"

小姨带着志诚穿过客厅，往二楼走，俏皮的眼里发出几缕猎奇的目光，一路上打量着志诚那憨厚害羞的脸。

晓晴住在二楼小姨原来住的房间。怕她不习惯，外婆家还特意装了空调。走到房间门口，小姨轻轻地敲了一下门，向里面道："晓晴，有朋友找你。"

小姨未通报就直接带他到晓晴的房间，志诚觉得尴尬。他低头不往房间里看，不过间隙里，仍忍不住扫了一眼。只见房间布置简单却别致。门隔壁的墙上有两扇窗户，梳妆台就在窗户下面，铺着深绿色绒布，台上放着几个透明的玻璃摆设和一个很大的镜子，靠着梳妆台旁边的就是床，靠床的墙上，贴着几张大幅的烫胶明星海报。晓晴正坐在床上边听音乐边看书。和煦的阳光从窗户外照到梳妆台的玻璃摆设上，整个房间就被照得明亮，而晓晴就像炫目光影中的那个精灵，明媚却虚幻，迷人却又让人触摸不着。

小姨通报后，晓晴有点愕然，如果说她带点少女的愠怒，不如说是她因为未曾准备就被推开门扉，她轻声抱怨道："小姨，怎么不先告诉我一声嘛。"

"还不是想给你个惊喜。"小姨答道，"引见完了，没我的事了，你们聊。"说完就走了下去。

晓晴很快收起了尴尬的神色，下了床，招呼志诚到房间里坐。志诚还陷在她刚才可爱、狡黠的神情里，没回过神，愣愣地望着这个青春活力的女孩。及肩的长发扎起了，穿一件全棉的灰色宽松 T 恤和短运动裤。志诚扫了一眼她放在床上的物品，一部 SONY 卡带随身听和一本亦舒的《星之碎片》。

"哇，好漂亮哦。"志诚情不自禁赞叹，随身听他只在电视里见过，对他来说，还是奢侈物。

"回来之前爸妈给我买的，算是一种补偿呗。"晓晴漫不经心地说，"找我有事？"

志诚一下子被晓晴单刀直入的问题难倒了，委婉地解释："芬姨说怕你在这边寂寞，叫我多带你出去玩。"

"是人家叫你来的？你自己不乐意？那就算了。"

"乐意！乐意！"志诚连忙解释道，"不过不知道你想去哪里？"

"你不开心的时候去哪里，就去哪里。"晓晴答，"在楼下等我，我换衣服了。"

志诚载着晓晴，在迷宫一样迂回的巷中游荡着，深巷里除了明媚天空中射入的一道道艳阳之外，蓝天下，老房的影子笼罩着一种幽深，单车在沧桑的麻石地面上因震动发出阵阵的响声于巷中回荡，构成了老城的一种声色和年历久远的韵味。而志诚的单车就像是这座老城中的一朵浪花，兴奋或许有点张狂地流窜在老城内。第一次与心仪的女孩单独约会，青春迸发出来的兴奋，给朦胧之下的种子热力和温度，使之蠢蠢欲动。

单车进入一片竹林，穿过竹林间的狭窄小路，在池塘边停下。池塘的对面是菜田，阳光下男女来回耕作、鸡犬相闻、良田美池，从这边较暗的竹林隔岸而望，有如浮在海市蜃楼中的桃源意境。一阵风吹过，竹林间酝酿已久的清幽味一扫而出，竹叶沙沙作响，猝不及防的清新扑脸而来，有时风从地面扫过，吹进你的衣襟，鼓入衣服，产生飘浮感，别是一种清凉自在。志诚下了单车，深深地吸了一口气，舒展了一下身子，却看见晓晴仍靠着单车旁。他随手捡起石子一甩，石子在池塘上划过一道优美的弧线，连漂了五下。他很是得意，招晓晴来到池塘边。晓晴却显得十分拘谨，脚探了一下地面上厚厚的竹叶才踏步，像怕踩空了，一路小探步才走近志诚。志诚给她介绍池塘边的趣事，有翠鸟、有芙蓉花等。晓晴却没精打采。志诚觉察到她并不喜欢这里，正想退去，不料晓晴“呀——”的一声。原来一只昆虫爬到她头发上了，她连拍带拨地把虫子弄下，很是狼狈。

“你怎么带我到这种地方！”

扔下一句就冲出了竹林。志诚连忙跟上，出来时已见晓晴在竹林边上等他。可能是觉得自己刚才失态吧，晓晴有点不好意思地低下头。两人不作声，沉默地上了单车就走了。

志诚心里后悔、懊恼、慌张、迷惘，五味杂陈，七上八下地乒乓乱响，骑了一路却不知身在何处，最后在一家百货店门口停了下来。他想去买两瓶饮料，算是道歉，也给自己冷静下来，却看见门口有两个年纪相仿的男生在闲谈，望了他们一眼然后笑起来。志诚本能地觉得他们在笑话自己，在笑与天鹅一起的癞蛤蟆，马上毛躁起来，一腔愤懑正无处发泄，冲上去想将门口的一个男生推倒，出口恶气。但很快那人的同伴扑上来，双拳难敌四手，志诚被两男生打倒在地。

事情来得突然，晓晴却只在一旁看着，三人打起来的时候，她脸上露出一丝微笑。等另外两个男生走后，她走近志诚，递上一张纸巾。面对晓晴的微笑，志诚本应愤怒，却就是怒不起。

“你好厉害嘛。”晓晴笑着说。

志诚垂头丧气，毕竟，他又没打赢。

晓晴伸出一只手，要拉他。

志诚看着她，还是把手伸给她了。晓晴心情似乎好了很多，志诚觉得，这个女孩，真是搞不懂啊。

两人坐在店外的矮花坛上，聊起天来。

“你很喜欢去那里？”晓晴问。

“嗯。那里有竹林、有翠鸟、有萤火虫……”

“萤火虫？你是说有萤火虫吗！”晓晴打断道。

“每年荔枝成熟时都有。”志诚不解她何以这么惊奇。

“那你要带我去看哦。”晓晴眨了眨眼睛，“刚才对不起啦，我最怕虫子了，可是我喜欢萤火虫，还没见过呢。”

“好的……今晚，就带你去看？”

“好。谢谢你。”晓晴露出一个满意的笑。

经此波折，回去的路上，两人终于聊开了。“你喜欢看言情小说？”志诚问。

“亦舒的还好吧，琼瑶的就太痴了。无聊时看一下而已。不过《梅花三弄》里有句琼瑶填的词我挺喜欢的——‘红尘情故事，以后我为你舍淡浓’，颇有诗意的。”

志诚从来没有如此复杂地去思考爱情，于他，爱情只是那朦胧底下的萌动。此时此刻，萌动有了变化。晴空之下，阳光穿过大树透出斑斓的光辉，树叶呈现出明亮的绿，伴着断断续续的蝉鸣和阵阵树香，志诚单纯的情感就是阳光下那明亮的绿，清晰、开朗，不带一点灰暗。他听着晓晴的话语，任由这片明亮在他心中奔涌扩散，照亮整个身心。

那天天彻底黑下来后，志诚就来到了晓晴门外，外婆和小姨本来不太赞同晓晴晚上外出，但知道她心情不好，平时在家被娇宠惯了，而且志诚也是信得过的人，所以也没多阻拦，只是多吩咐了两句。两人沿早上的路来到竹林旁边。白天幽凉的竹林入夜后却变得阴森，风也起了飕飕凉意。晓晴不由得靠近志诚。志诚从腰间拔出长长的手电筒，照亮小路，与晓晴一前一后地走进去，到了池塘边，把电筒关了。晓晴一度紧张。

“怎么关了？！”

“有光的话，它们不出来。”

夜，暗黑一片，唯独池塘中铺上了一层月光，像浮起的一层薄薄的奶油，一阵粼粼波光掠过，在竹林里面有一点萤火颤动了一下，像是燃起了星火，渐渐一闪闪地颤动多了，柔柔的绿光飘浮在林内。晓晴在一个华灯璀璨的小岛长大，从来没有见识过真正的黑，也没真正认识过这片土地。黑，可以把她置于寂静、置于孤独之中，让她摈弃烦思杂念。当荧光流动于她四周时，她深深地吸了一口气，尽量吞噬这一片静谧安然。志诚摘了一片竹叶，吹了一曲《月光光》，曲声悠扬，把晓晴的烦思送去了好远、好远，在池塘的月光下散了……

在回去的路上，晓晴一句话也没说，她坐在志诚的单车后面，任盛夏的晚风吹拂着她的全身，卷起她的秀发，飘起她的衣裳。

风，与小岛的风不同。小岛的风是大洋里吹来的季候风，清新、善变，再沾带混凝土森林里的尘气，纷纷扬扬，吹下万紫千红世界里的浮花浪蕊落到人心头。而也是这风从小岛一直入陆，翻过沿海的丘陵地，卷进小城的巷弄，海洋的气息已散尽，少了大城市的雾气，却沿路混入田野里泥土花草的气味、老城的潮湿和奉神的香味，变得小家子气，拂起的是月色荷塘的粼粼波光。她尝试着感受这种风、感受这座城、感受身边的男孩，感受这种简单。

第二天夜里，他带她去放烟火。从拿在手上的星星火开始，到小喷筒，再到大喷筒。志诚拿着一个打得远远的喷筒塞到晓晴手上。"嘭——"一声，吓得晓晴花容失色。又"嘭——"一声，对着池塘对面的鸡舍狗屋打去，吓得鸡飞狗走，惹得晓晴大笑，又笑又骂地捶打志诚。至此之后，乡下少年凭着身上的草莽之气，突破了都市少女的心理藩篱。

他带她去看日落。早早吃完晚饭，趁着斜阳把小城染成金黄的时候，爬上宿舍楼的楼顶。

这是岭南小城独有的天际线，千家万户的鱼骨天线如秋天枯木瘦疏的树林，成片地直连天际，其中挂晾衣服的、浇花淋菜的、吹风乘凉的在各座楼顶上演着小城里的芸芸众生相。他们在斜阳余晖的映照下，窥视着别人生活的点点滴滴，喝着冰凉的珠啤，忘却了世间喧闹。有时志诚会拿起竹叶，吹一首《口琴别恋》，曲声漫漫，夕景茫茫。晓晴有时尝试着把头靠在志诚的肩上。

浅黄、橘黄、深黄，夕阳西落后再在天边点一把火，轰轰焚城，当火把天空烧尽，只留夜黑的时候，楼顶上百态众生退尽，只剩志诚和晓晴。他们躺于地上，仰望星辰，楼下池塘洼地里的蟀叫蛙鸣，像是下在心里的雨，有时一两滴，有时洒一片，滴滴答答或是洋洋洒洒，把他们洗了一遍，一直到酒醒意尽才方休。

他带她去感受小城夏雨。午后，当烈日把土地烤得火热的时候，一阵风扫过，热气夹着沙尘从脚下蒸上来，是浓浓的阳光味和焦土味，随后一声闷雷，夏雨拉开了序幕。志诚骑着单车，载着晓晴向池塘奔去。水草长得老长，蜻蜓低飞，乌云从天边慢慢袭来，卷着浓浓的湿气，一口吸入颇感凉意。他们浸溺在湿润的空气当中，如共沐共浴的鱼儿，欢畅地感受耳边的劲风掠过。又一声雷响，两三颗豆大的雨滴从天上下来，在炽热的地上打出一个水印，迅速被蒸干。他们驱车往屋里赶，刚到房间，头上一阵雨洒过。那年代的窗框是木做的，木框分格然后镶上玻璃，涂在框上的浅绿色的油漆，经常被晒得变形、开裂。窗关不严，被晒焦的油漆味带着湿气一股脑地被吹进屋内，为一场雨增添了更多的观感。他们隔着窗户看雨。雨落到粗糙的水泥地面，开始时散开，当地面上积了一层厚厚的水后，会溅起水花，像一朵未开尽的马蹄莲，一滴雨就是一朵，开了一地。看着窗外的滂沱大雨，志诚感到昏暗的小房间成了他们的孤岛，亲昵的感觉油然而生。

他想去拥抱晓晴，至少是牵一下她的手，然而看见旁边这个标致白皙的少女静观雨景时，他犹豫了，或是不想打破这种距离美，或是始终缺乏前进的自信，单纯的心灵最终选择了等待。他退到了晓晴的背后，把她作为夏雨的一部分，欣赏着。

他继续带她在小城里游历。一天晚上，晓晴突然把志诚叫住。她说看到了一个吉卜赛人的村庄。志诚顺着晓晴所指的方向望去，只见在工业区的道路上有个夜市。夜市两排的摊档都是立个架子盖上一块绿色或者红白蓝帆布的简陋帐篷。远远望去，摊档如行帐，黄灯如篝火，的确像吉卜赛人的聚集地。志诚一转车头，从高处就往夜市冲去，晓晴稍微贴近了志诚的后背，他明显感觉到她芬芳的热力。

晓晴还在好奇地问："怎么会有这样一个地方？"

志诚说："那里是外来工的夜市，近些日子才有的。"

晓晴又问："哦？以前为什么没有？"

志诚答："外来工都是从农村出来的，刚出来时身上都没几个钱，还要寄回家里，哪舍得花。上次我一个叔叔带我到他们住的地方看，很差的，有的就是个茅棚。他们晚上都没出去，就在住处，早早就睡。"

晓晴又问："是你说的那个香港叔叔吗？"

志诚答："他其实是内地人，以前跟我爸是很好的朋友……"

志诚说着说着，把麻婆的事也跟晓晴说了。晓晴听了却不以为然，说："幸福要自己争取，你们那儿太多男尊女卑。"

余叔在他家的那一幕对志诚触动很深，晓晴这么轻描淡写地回应，令他有点不舒服，他问："那香港呢？香港就没有这些事？"

晓晴自信地答："至少我家没有，我家女人说了算。"

说完以后却沉默了下来，一直到了夜市。晓晴下了单车，也保持着沉默，径直走了进去。黄黄的灯光下，两排摊档上摆着梳妆用品、日用品、香港明星的海报，林林总总。外来工晚上娱乐甚少，都往夜市里去，所以人山人海、热闹非凡。当时叫卖的喇叭还没有普及，只能听见"哗哗"的嘈杂声淹没了一切，置身人海，人潮涌动，熙熙攘攘地让人无暇思考。晓晴随波逐流地走着，志诚跟在她的后面，来来回回地走了两三次。最后她立在单车停放处，夜市的高坡上，望着暖暖的小黄灯映照下的人海。她对志诚说：“志诚，我想家了。”然后深深地吸了一口气，又走进夜市，停在一个卖毛织用品的摊档前，挑选袜子。老板是一个中年妇女，边织边卖。晓晴不懂普通话，叫志诚做翻译，哪知老板也只会自己的方言，把志诚搞得一脸懵懂。晓晴见了却乐了起来。晓晴挑了几双婴儿袜子，对志诚说：“这几双虽然构图一般般，不过挺有北方味的，你说是吗？”

志诚说：“我不懂，你喜欢就行。”

晓晴说：“你这人真没趣。”

“你不是说不喜欢妹妹吗？怎么又给她买袜子。”志诚突然一句问道。

“哎呀，你不但没趣，还少了根筋。”晓晴责备，“我就喜欢买给她，可以了吗？”

志诚不敢出声了。晓晴在摊档里挑了一大堆袜子，最后结账却只收了五块钱，乐得她连声夸值。满脸笑容地对志诚说：“在这里，不但帐篷是我第一次见，人也是第一次见，而且东西又便宜，实在太好了。”

志诚连忙说：“那我以后多带你来。”

晓晴却拿着手上的袜子摇了摇说：“来得多就没味道了。”

他带她去放映棚。那个年头港产片最盛，周星驰一连几部赌片下来，无厘头的风格成了时代的主流。他们选择白天上班的时间去，偌大一个放映棚就他们俩。

进场后，志诚出去买零食。放映厅外面的小卖部，银色铝框的玻璃柜围成一个小柜台。柜里放着瓜子、花生等零食。柜台后面的墙上摆着冰柜，卖的都是便宜的玻璃瓶装饮料，不过褐色的可乐、绿色的雪碧、橙色的芬达摆满了一柜，像是夏日艳阳射进这个简陋的棚内折射出来的彩光，倒是为柜台添了不少色。冰柜靠着的墙上还贴着刘德华、吴倩莲、张曼玉等人的海报，陈旧的胶膜已经起泡。管小卖部的是个少女。梳着乌黑光亮的马尾，身穿那个年代最普遍的白色衬衫、灰色长裤，衣装明显比身材宽大，一双塑料凉鞋，白色的塑料已经泛黄。宽大的衣下玲珑浮凸的身材虽有点内敛，但不难想象，如果衣服收紧一下那将是多么美的样子。少女听着收音机，双眼盼着放映棚的窗，窗外的绿树正映入她的眼眸。

“两瓶可乐仔。”志诚喊道。

少女慢慢地站了起来，从冰柜里抽出两瓶可乐递到志诚面前。他才看出少女原来长得十分漂亮，虽不是晓晴那种标致的漂亮，但眉目间总带点楚楚动人的气息。这时只听见“噗”一声，柜台旁边一个斜躺在椅子上的男青年往地上吐了一个瓜子壳。少女连忙俏骂道：“你吐的你打扫啊。”

男青年没理会，咬了一颗瓜子，用尽全身力气一吐，喷得远远的。少女却被气乐了，笑了一下，然后甩了男青年一眼。男青年又连续吐了几次。少女真被气着了，跺脚骂道：“你就不听。”

哪知那斜躺在椅子上像是永远起不来的男青年立刻跳了起来，走进柜台拿起扫帚。进柜台的时候，少女阻拦说：“喂、喂、喂，这里不是你进来的。”

男青年不听，硬闯了进去，少女半阻半就地就放行了。男青年规规矩矩地拿过扫帚，扫了地。还扫帚的时候却赖在柜台内不肯走了。少女这时才分出神来应付志诚，把找钱递了过去。

志诚有点害羞地吐出："嗯……再……再来包瓜子。"

男青年"扑哧"地笑了，大声说："好啊。你小子现学现用啦。"

少女也"扑哧"地笑了，捶打着男青年。男青年乘势而上，一把就抱了一下少女。这份把妹的功夫令志诚甚为叹服，志诚不由得细心打量了男青年：中分界的头发盖到了鼻梁，眼睛有神、带着点不忿，瘦削的脸庞和微微上翘的双唇，痞子气特别浓。花哨的T恤、牛仔裤配一双FORTEI运动鞋，堪称当时最时尚的装束。瘦削的身材十分挺拔。男青年擅自打开了玻璃柜，拿出一包瓜子，"啪"一声扔到志诚面前，说："我给你做了示范，能不能成事你好自为之。"少男单恋被捅破，志诚觉得尴尬，一时不知接不接那包瓜子。柜台的少女见了，拿起瓜子，轻轻地把它放入志诚的手中，说："男孩子大胆一点。"雪亮的双眼给予鼓励的目光，再配一个甜美的微笑，给僵着的志诚纾了困。志诚点了点头，拿起瓜子、可乐就往放映厅走。

他没男青年放得开，瓜子咬完随手把壳扔得远远的。晓晴指责了两句。志诚见有点成效，变本加厉，把壳从嘴里直接吐出去，气得晓晴直叫。志诚一反平时温纯的常态，硬要晓晴学他吐瓜子壳。晓晴无奈学着做了一次。"噗"一声之后，羞得开怀大笑。此后，晓晴在放映棚放得特别开，大口喝可乐，随手丢垃圾，配着荧幕上无厘头的荒诞剧情，她也无忧无虑地走进了一个荒诞的世界。剧终，走出放映棚时，竟有恍如隔世、不知何年之感。

两三天后再到放映棚，志诚还到小卖部买零食。只见上次那个少女穿了一套黑色的连衣裙，黑色衬底上面印着深绿色的碎花，铺在那高挑纤瘦的身体上，少女脸上那种楚楚动人的气质，迅速染满了全身。男青年靠在柜台上把身子探到里面与她交谈着。

“你穿得真好看，我就知道这裙子适合你。”

被他这么一夸，少女头低了一下，脸上泛起了红云。男青年看着，笑了一下，那透着痞子气的眼里射出一道厉害的神色，很快就平复过去了。志诚又点了两瓶饮料和一些零食。少女递零食时也鼓励了一句：“看来进展不错哦。继续加油。”仍旧附送了一个鼓励的眼神和甜美的微笑。这可能是志诚这段单恋收到的第一个肯定与鼓励了。他心里暖暖的。然而这次少女快快地做完志诚的生意，就往男青年那里走了过去。志诚拿着饮料、零食刚想进放映厅的门，但不知什么原因迟疑了一下，回头望了那个少女一眼。面容神色都已经看不清，只见那绿色碎花连衣裙轻轻地飘了起来。

那段时间志诚和晓晴天天流连在放映棚。无厘头影片一部部消耗殆尽，浪漫偶像剧接踵而来，晓晴沉醉于一个个浪漫的爱情故事，有时甚至为之流泪，但每每跟志诚谈及却总是说故事太美好、太单纯。无厘头风格影片催生出一种玩世不恭的生活态度，这种态度在王家卫手上完成了一个形而上的过程。这个常年戴墨镜的导演，用《阿飞正传》《重庆森林》《春光乍泄》几部电影勾画出香港慵懒、空虚的精神状态，梁朝伟、张国荣、张曼玉、王菲等一众明星把这种玩世不恭演绎得惟妙惟肖，推向极致。《重庆森林》里王菲在餐厅橱柜扭动身躯的一场神游，用七十年代音乐 *California Dreamin'* 召唤了七十年代颓废风的复苏，也成了香港时代精神内核的图腾。志诚与晓晴一路观来，从无厘头到浪漫再到颓废，也跟着电影走过了一个形而上的过程，玩世不恭几近于破执、不二，何尝不是一种通脱透达。盛夏的果实没有走进腐烂枯老，却早早就苍凉匿迹了。

有一次，他们无意间走进了一套情色片的放映厅，迟疑了。志诚挑逗似的问道："你敢不敢进去？"

晓晴羞了，闪电般地蹦出一句："要看也不是和你看！"

志诚听到晓晴的话愣了一下，一个盛夏的积累一下回到了原位。话出口就收不回，晓晴知道自己失态，但心里的优越感不允许她在志诚面前认错，于是她掉头就走。

志诚独自站在放映棚内，听见旁边有一男声哈哈大笑。他顺势望过去。是那痞子男青年，一边笑，一边向着志诚走来，拍了拍志诚的肩膀说："你这小子学艺不精啊。"说完，又大笑了起来。小卖部那少女也笑着走过来，带着责备的语气对痞子男说："你多管闲事。"

志诚看那少女，正巧也是穿着那绿色碎花连衣裙，还化了淡妆，头发披肩，夹着一个闪亮的发夹。内在的魅力被完完全全地释放了，一个稳稳妥妥的美女。

痞子男笑着说："怎么是闲事？我怕他在外面说是跟我学的，坏了我名声。"

"你名声在外面很响亮吗？"少女问。

痞子男答道："响不响亮我不知道。反正我知道，我现在进去看那片，晚上就可以跟你演。"

少女的脸"唰"一下红了，用手用力地打了一下痞子男，走开了。

此后，志诚也经常带晓晴去这家放映棚，不过小卖部那少女却不见了。但志诚和晓晴的故事还在继续。如是三四年，晓晴每年夏天都回来过暑假。懵懂少年只知花季如期，却不知别之将至。这一年，同样是蝉鸣荔熟的盛夏，明媚的阳光、婆娑的树影，晓晴在志诚的单车后面，漫不经意地对志诚说："明年暑假我不回来了。"

志诚非常意外，正想停下单车回头问晓晴，晓晴却连忙打断他的动作，说道："你继续骑嘛，慢点就好了，别回头过来。"

志诚无奈，只好照做。

"志诚，我妹妹已经大了，而且我想自己去找一份兼职，所以明年暑假我就不回来了。"

"其实……其实，第一次回来的时候，我很不开心，有一种被放逐的感觉。谢谢你，谢谢你陪我去玩，去放纵。"

晓晴从后面抱住了志诚。

志诚僵住了，想转身，可晓晴抱得死死的，不让他转。志诚抬起了头，望着照得碧绿通透的树叶、透过树叶的一缕缕阳光，听着鸟叫声、蝉鸣声，嗅着晓晴身上的淡淡芳香，感受着晓晴的身体。他曾多少次暗涌、悸动、兴奋和迟疑、平息、抑止，想不到却是晓晴主动越过了界，令他想不到的是到了界的那一边，却是如此一种平静、自然。他闭上双眼，任由时间慢慢流淌。

在分别的那天，志诚送了晓晴一个玻璃罐，里面装满了杂草，晓晴接过看了一下。

"什么来的？"

"萤火虫。"

"装在罐子里它们不会死掉吗？"晓晴一边看着罐子里面

的虫子，一边问。

“七天后它们就自然会死。”志诚平常的神情里，有小小的隐忍和惜别。

晓晴看着他，欲言又止。她从包里掏出她的随身听。

“这个给你吧。”

志诚知道晓晴十分珍惜这部随身听，意外地看着她。

“当初我为了来这个放逐之地买的，现在放逐完毕了，就不把它带回去了。”晓晴说完就把随身听塞到志诚手上。

在华灯璀璨的小岛里有一个黑暗的角落，角落里的一个玻璃罐发着点点荧光，与璀璨的灯光不同，这种荧光温和细腻得像个棉球，晓晴知道它只有七天的期限，七天过后，她就看不着了，所以她每天晚上都会对着玻璃罐，追忆着那个恬静安稳的放逐地，那段恣意任性的时光。七天如期，萤火消逝，晓晴推开窗户凝望华灯广厦，只觉混乱迷惘，找不到开端，找不到尽头。

有些事可以催人成熟，从晓晴那个毫无防备的后抱开始，志诚有了他的忧愁。他开始听各种各样的情歌，用晓晴留给他的随身听。虽然发展不是沧海桑田，但对于懵懂刚开、初识愁滋味的志诚来说却是历历在目。那几年父亲通过经营制衣厂，家境逐步殷实。志诚的衣食住行有了很大的改善，这一切虽只是身外之物，但这也往往是心理定位的决定因素。几年间，随着 CD 的兴起，SONY 的 CD 随身听成了年轻人追捧的对象，晓晴留下的那部已显得过时，但志诚一直用它来听歌。情歌款款，可惜忧思绵绵，年华如水，来日漫漫，和晓晴相处的几个夏天，阳光雨露已经把朦胧底下的种子唤醒，它已经扎根地下，发芽开枝，在志诚心里笼起一层薄薄的树荫。有了阴影的内心就不再如以往般清澈见底，层次多了，就成了深度。

高一下学期的最后一天，志诚收到晓晴的一张问候卡，简单的线条却勾画得重点分明，颜色简单饱满，喜悦之气跃然纸上。晓晴写道：

志诚：

萤火虫已经在七天内耗尽。不过你用来装它们的玻璃罐我还保留着。无聊的时候，折点幸运星装进去，都差不多装满了。最近在读《剑桥艺术史》，读到毕加索大胆、直接、简单的画风，与这几天的雨天差异大，不过像你。所以想起与你一起的时光，是那么炽热如火、阳光充沛。有时候怀念。前几天去精品店看到这张卡，画风与你差不多，所以买下来，寄给你了。出去兼职以后觉得自己独立了。一切安好，勿念。

晓晴

志诚怀着激动的心情把卡片打开，却又静静地合上了，就像午后的一杯热热的 flat white 咖啡，在下午的阳光中徐徐冷了，最后伴着那夕阳斜影，寻不着一丝温热、余香。

志诚合上了卡片。学年的结业典礼上，校友正激动地介绍着成功经验，感谢母校栽培云云，高昂的话语在志诚黯淡如灰的心湖内扬尘逐浪。正想找点东西来平复一下心情，旁边一位同学把一本杂志传了过来，被他截获。原来是香港的八卦杂志。书中太多内容用白话口语象声词表达，他读得费劲。正当志诚用心读“经”时，突然间，书籍和卡都被抢了过去。他抬眼，是新来的女老师。她翻看了一下，脸上稍红，便合起来了，对志诚说："你下午到办公室找我。"

志诚说："下午不是放暑假了吗？"

女老师说："那就到我宿舍。"

旁边男同学一听，不由都望了望志诚。女老师走远。少男们的视线被制服西装裙下那修长婀娜的身材牵着，牵到前方教师座席，却被映入眼帘的"好好学习，天天向上"之类标语卡断了。之后，眼上的功夫变成了嘴上的功夫，唇枪舌剑纷纷向志诚袭来。

"到她宿舍，你有福了。"

"妈的，志诚，凭什么杂志和美女老师都被你占着？"

下午，志诚如期到了教师宿舍。教师宿舍就在学校旁边，自有一个小院子。院子里种着两棵白玉兰。七月天，白玉兰开得正盛，花瓣掉了一地。清香在小院子里飘散，夏蝉在阳光下鸣叫，庭院幽幽。志诚踏着满地落英，却有点紧张。望着三楼的女老师宿舍，被斑斓的阳光亮了一下眼。这一亮眼令他想起这学期一下午的政治课。女老师穿着短袖连衣裙走到课桌间解读课本时，志诚自下而上看到了女老师内衣里的那一条蕾丝花边，可惜她一晃就过去了，蕾丝花边就变成了窗户外的斑斓阳光了。当时的阳光也亮了一下他的眼。下课后与几个哥们趴在栏杆上，谈论着她。

"她这个学期刚来，听说是名校毕业。毕业的时候几家大公司抢着要。"

"大公司抢着要那为什么过来当老师？"

"谁知道，她教我们也算是福利了。"

"她叫什么名字？"

“好像叫露娜。”

“露娜！他父母在那个年代能起这个名字，应该都是知识分子吧。这名字太令人联想了。”

“我觉得她像日本影星安室奈美惠哎。”

“就是、就是！”

“哎，大家看到了蕾丝花边了吗？”

“看到了。”

“有哎。”

“啊！什么蕾丝？快讲。不然杀你灭口。”

“喊，讲了才被灭口呢。”

男生们正是荷尔蒙涌动的年纪，私下聊起天来，嬉皮笑脸，荤素不忌。

……

志诚上到了门口，举手想敲门，又停了，重重地吞了一下口水，才用两个手指在门板上轻轻叩了两下。没人应。他又轻轻地叩了两下，叫了一声：“梁老师。”

少顷过去了，还是没人应，正转身想走，却听见门锁“咔嚓”地响了一下，门开了。志诚转身一望，露娜探出半头，头上裹着毛巾，一双大眼看着志诚，说：“志诚，你先进来等等。”

志诚被她这样望，凝住了呼吸，入门先到阳台，走过阳台再进屋，他才深深地补回那口气。

他跟在露娜后面，只见她穿着T恤、短裤，踏着人字拖。短裤下修长的双腿展露着，肤色虽黑，但给人一种矫健的美。她领着志诚到客厅，转身对志诚说：“你先坐一下，等我把头洗完。”

志诚恭敬地点了点头，应道：“哦。”

露娜举起手去解头上的毛巾。T恤前面被手臂微微一扯，棉布在身上印了一下，隐隐约约地显出两个轮廓。只是瞬间的动作，但志诚心里却翻起朵朵浪花。夏天的蝉在鸣叫，玉兰花的香在飘动，晓晴的那个后抱，女性皮下脂肪的绵软刹那间上了心头。

志诚正襟危坐在客厅的沙发上。四下静悄悄，今天是暑假的第一天，想必老师们都已经回家，不住宿舍了吧，又或者他们早就像学生一样，到外面玩去了，偌大的一个院子，是不是就只有我和露娜两个人？志诚心里想着。

“哗、哗、哗”，几盆水浇过以后，浴室的门后响起了衣服与肌肤摩擦的声音，志诚倾听着。他重重地吞了吞口水。

终于，浴室门打开，露娜从浴室里出来。那副老师的脸把志诚的一切浮想扑灭，把他重新打回学生的身份里。露娜叫他到饭桌上坐，把那本杂志放在桌面，严正地说：“这书我还你了。我不是个旧派的老师，但你年轻人可以看点健康点的吗？”她翻开杂志，指着里面的内容说，“你看这篇《艳星勇夺最佳女配》。这样的世界观明显会教坏孩子，你还看？”

志诚有点委屈地说：“老师，就是没人教我们才看。而且我不是孩子了。”

露娜看了一下志诚，她才意识到志诚发育得是个男子汉了。四下静悄悄的，白玉兰的绿叶遮盖了阳台、窗户，蝉鸣掩盖了声音。她轻轻地合上了杂志，没继续刚才的话题，而是问志诚：“渴吗？我倒杯水给你。”没等志诚回答，她就起来倒水去了。回来后，她拿出晓晴寄过来的卡，问志诚：“你女朋友寄的？”

志诚望了望她，没回答。

露娜笑了一下，说："志诚，人家看《剑桥艺术史》的一个女生，你打算怎样回信？"

志诚抢了一下，说："我……"却又语塞了。

露娜说："你要追人家，至少要回点像样点的内容吧。我这有信纸。你在这里写，我给你修改。"

志诚本想着，过来挨两句骂就算了，毕竟露娜不是他的班主任。可现在却像被罚重写作文一样苦。他笑着调侃："您是政治老师啊，也操语文老师的心了？"

露娜拉高语调说："我就爱操这个心，你给我写就是了。"

志诚拿起笔，想下笔却又停住了，对晓晴的一往情深在小小的笔尖处被塞住，怎么想都想不出如何表达，觉得要在这里久留了。他环顾四周，开始细心观察露娜的房子。它是一套标准的一厅两房的宿舍，客厅十多平方米，放置了沙发、茶几、饭桌等简陋家具，已经显得有点拥挤，但厅里最多的不是家具而是书和CD，还有一部与环境极不和谐的单反相机和若干长短镜头。这些在当时算是稀罕之物。水泥地面磨得光滑，建造年代显然已经久远，没做什么翻新，只是墙重新刷漆，墙上挂着不少照片，多为人物的生活照。虽然志诚不懂摄影，但仍可以感受到摄影师小有功底。里面的两个房间光线较暗，看不清，但当志诚目光触及时，那昏暗马上摄住他的心神，他不由自主把头前倾了一下，试着用鼻子嗅嗅里面的味道。一丝女性的脂粉味和汗香飘过，好像有，也好像没有。他的心扑通地跳了一下，脸上一热，本能地制止了自己的进一步想象。为了从这摄人心魂的昏暗中挣脱，他把视线投向了窗外。窗外阳光明媚，白玉兰被照得通透的树叶和斑斓阳光令他想起了晓晴的那个后抱，思绪一下上来了。写道：

晓晴：

萤火虫的寿命本来也只有七天的时间，不必难过。很荣幸你能用那个罐子装幸运星，一点点积累放在里面，就像祝福我们的友谊能够长久一样。我对艺术并不熟悉，但小城里的确有阳光和热力，也有我的热情。你什么时候回来，请提前通知我，我随时准备好节目。

想你。

志诚

完稿，交给露娜。露娜看了脸色一沉，拿起红笔，像给学生评讲作文似的说："志诚，你抓的几个点都抓得不错。就是立意差了一点……"

志诚一听，觉得完完全全是写作文的套路，头立刻大了一圈。

露娜接着又说："从这简单的几个字中可以看出你是怎样对待这段感情的。荣幸？随时？这样是不是太卑微了一点？志诚，感情是要互相付出的，这样才有基础发展下去。"

露娜的话从文章的写法一下子转到双方感情，志诚也用心了起来。

"人家是看《剑桥艺术史》的女生。你在思想上也该有点长进才能追得上人家。平时你多读点书。"

志诚点了点头。露娜就在信纸上批改着。写道：

晓晴：

萤火虫的寿命本来就只有七天，不必难过。我送了你这么短暂的荧光，却想不到你会用幸运星来把罐子填满。你在叠幸运星时是否寂寞，寂寞时是否会想起我？我却是想你了。我虽然炽热，但我的炽热是种充满阳光的明媚。毕加索的炽热却带着几分征服欲、带着摧毁力，望你觉察得到。如有计划回来，请提前告知我，我会给你安排精彩节目的。

志诚

志诚看了一下修改稿，会心地笑了一下。露娜说："你也觉得这样好吧。赶快寄出去吧。"

但志诚心里马上犯疑，问道："老师，我可写不出这样的话，这样她会怀疑不是我写的。"

露娜随手把一本罗素的《西方哲学史》下册推到他面前，说："所以你要跟上。这本书你拿去看，两天后再到我这里给我讲讲第一章的阅读情况。走吧。我还有事。"

志诚左手拿着信，右手拿着《西方哲学史》，左轻右重地走了一段路。当到了邮局，轻轻地把信投到邮箱以后，那份沉重就如石头般压在心底了。本来只是想过去被批一顿就了的事，现在越变越复杂。最令他不解的是，露娜不但没有对他的早恋进行干预，还帮着他讨好晓晴。他带着这份疑惑去读罗素的《西方哲学史》，书中大量的名词他都不懂，而且涉及面广，介绍一个哲学家往往从当时的经济、社会大背景出发谈意识形态的演化。他读着就犯困，几次睡过去了。

两天后，同样阳光明媚的下午，志诚向露娜汇报读书情况，没进门就听见露娜的房子里传来王菲《浮躁》的歌声。王菲曾经凭借此专辑成了《时代周刊》的封面人物，专辑风格上独树一帜，最能表现王菲那份慵懒和空灵，他记起香港的乐坛曾经为此张狂过一阵。现在阳光、清风、空灵的歌曲就在他将要叩开的门后，走进去发现露娜还是T恤、短裤的家居装扮。在饭桌前坐下，露娜把音响调低后就要他汇报读书情况。

志诚这才从那片空灵中清醒过来，稍微思索了一下说道："这书太深奥，我……我看不懂。"

露娜笑了一下，没责怪，问道："你喜欢香港文化，那你看电影吗？"

志诚点了一下头。

露娜又问："那你看什么电影？"

志诚答："周星驰吧，每部都追。"他猜想露娜这种深沉的人，对无厘头风格的事物一定了解不深，一句把话谈死，免得她没完没了。

但露娜却把话接得稳稳的，说："你不觉得无厘头风格与王菲的慵懒是绝配吗？知道为什么这两种风格会碰巧在香港同时出现？"

志诚摇了摇头。

露娜补充道："经过八十年代的高速发展以后，香港看似风华正茂，其实社会就像小孩子的情绪，如果没有一个强有力的主导，自信情绪很容易浮躁，正如王菲刚才的那首歌。历史上的罗马帝国高速发展后出现了奢靡，而现在香港从这种奢靡精神状态表现出来的就是无厘头和慵懒。任何社会都与它的经济有关。这正是我要你读罗素那本书的原因……"

志诚听了好像有点道理，但还是拎不清，只应付似的点头。

“如果没有出现一种强有力的主导，来个当头棒喝也行。”露娜说。

“香港上一年不是闹金融风暴吗？这算不算当头棒喝？”志诚抢问道。

露娜点了点头，说：“是啊，就看他们的抉择了。说不定化危为机呢。”

志诚问：“老师，听你这么说，你不喜欢那种无厘头和慵懒的风格吧？为什么还听《浮躁》？”

露娜答：“不是啦，我是很喜欢香港的流行文化的，你现在听的很多经典交响乐当年也是流行音乐。”

“哦。”志诚又敷衍了一下。

露娜翻开《西方哲学史》的第一章为志诚讲解。志诚觉得一个下午变得漫长起来。他舒展了一下身子，看见桌面底下露娜修长的双腿，跷着二郎腿，完完全全露在他面前，纤长的外形，肌肤虽黑却光泽细腻。这样一双美腿竟就在他隔壁。他稍稍屏住了呼吸，平稳了一下，然而当他再次吸气的时候却清晰地嗅到了露娜的味道，淡淡的脂粉香里还有阳光暴晒过的衣物气味，干净有热力。他强迫自己把注意力放在露娜的解读上。桌面上的哲学与桌面下原始的悸动交替着，有如冰与火的交融，而志诚就泡在中间的水里，水深火热。可就在这时，露娜换了一下腿，轻轻地从志诚的脚上划过。志诚不由得悸动了一下。

露娜解读完了，要志诚在她宿舍读第二章，自己坐在沙发上看书去了。志诚翻开书本，眼睛盯着书，心却神游到外面。一会儿后，他舒展了一下身体，向窗外望去。阳光树影依然，却在晾衣架上发现了一套内衣。蓝白相间的布料外围镶着细细的蕾丝花边，在阳光的照耀下如同露娜的味道，干净、有热力。他望着阳光底下的内衣。

窗外，飘着盛夏的味道，淡淡的玉兰花味和树木在午后发出的清新。那套干净的内衣，泛起了明媚的洁白。志诚望着它，眼睛却模糊了，本应摄人心魂的物件却把他心境内的浊气驱空。虽然内衣的蕾丝花边也曾经成为他与同学们的谈资，而此时此刻它透着的那份干净、纯白，却有如这个盛夏午后的阳光，照亮人的心境。

“老师。”志诚嘴里不由自主地冒出一声。

“哦？”露娜应道。

“你……你……以前是读什么专业的？”志诚想不到怎样把话谈下去，就搪塞了一个话题。

“我啊。我以前是读新闻系的。”露娜答道，“本来想去当记者，你看墙上的照片，都是我拍的。”

“好厉害。那你为什么来当老师了？”志诚问。

露娜想了一下，说：“好多事都不是你想就可以去做的。”

“其实我觉得你挺适合当记者的。”志诚说。

露娜问：“何以见得？”

志诚说：“你身上有种活力和热力，与记者这份工作挺配的。”

露娜“扑哧”笑了一下，一双电眼向志诚射来，说：“你是不是拐个弯来说我黑？”

志诚被她这样一逗，乐了，飘飘然地说：“当然没有啦。我们都觉得老师是黑里俏，有人说你像安室奈美惠。”

露娜想了一想，在志诚头上狠狠地敲了一下，就回到沙发上看书了。

这次可能是志诚第一次跟成年的女生谈论异性，本来觉得会引起轩然大波，或者起码会令大家尴尬，但露娜却一个不经意的敲打就过去了。显然青春期不敢触及的那份不安、疑惑，被这个已经步入成年的女性化解得无影无踪。把话说出来后，志诚觉得有些事物自己其实可以坦荡荡地去面对的。还是那套T恤短裤的装扮，还是那种体味，还是那蓝白布料蕾丝花边的内衣。露娜不以为意的回应驱散了志诚青春期朦胧下的那份悸动原有的亵渎，随之而来的是一种对异性的纯粹审美。而这种美与露娜教授的哲学是和谐的。然而在志诚心中仍有一个疑问，他问："为什么你要给我开小课？"

露娜说："怎么啦，你不乐意？"

志诚说："也不是不乐意，就是想知道。"

露娜回答："也没有为什么啦，就是想给你开。这个回答可以吗？哎，叫我老师。"

志诚应道："知道了，露娜。"

露娜拿起书又在志诚的头上打了一下。

志诚从露娜宿舍出来的时候，已经接近傍晚，在斜阳余晖中，两旁人家晾出来的衣服有如一面面彩旗，在夏日和风吹拂中飘舞着。这个骑车的少男在当中穿行，有种说不出的畅快。忽然头上一块深绿色碎花布映入志诚的眼帘，他脑海里一丝印象闪现，马上停下单车回头望去。一条黑色底深绿色碎花的连衣裙正在风中飘动着，晾衣服的楼台上面架着一个霓虹灯招牌，打着"莱茵发廊"四个字，字体飘逸，还衬着几只蝴蝶。志诚望着，这时天色已暗，霓虹灯亮了，发出艳红色灯光。四个字像一朵夜里盛开的魔芋花，用颓败腐朽的味道吸引着小昆虫。志诚看着霓虹灯下的那条连衣裙，心里猜测着它的主人。骑车掉头绕了个圈，没见到发廊里面有人，就又掉头回家了。这时一辆外资号牌的汽车停在门口，车上下来两个操香港口音的中年男人，走进了发廊。天色已晚，志诚赶着回家，也就没深究下去了。

接下来的时间里，志诚每两天就到露娜宿舍听她讲解罗素的《西方哲学史》，也偶尔窥见了一个成年女性身体的点点滴滴。这个夏天于他有如鸣叫的蝉一样燥热。

这天志诚收到晓晴的来信，与以往寥寥数字不同，这次篇幅较长，写道：

志诚：

你好。今年暑假我和几个姐妹在一家快餐店兼职，本来想把另一个姐妹也叫进来，但被一名正式入职的中年阿伯占了名额。这份全职工作的薪酬虽然比我们兼职高，但在香港也算是低薪，作为一个中年男人还在这样基层的岗位上跟我们的姐妹争，我们几个瞧他不顺眼。何况看他平时穿的衣服都是大牌路线，我们更看不惯他这份虚荣了。更甚的是，每次中午饭点前台点餐最忙的时候，他都不肯站前台，我们几个就更气了。

前几天店里为了搞促销，要请人扮人偶到店外做宣传，本来老板说从外面请人，我们几个姐妹联名上奏老板：为了节省成本，要他承担这个扮人偶的工作。他当时不答应，后来要老板动怒才肯去。就在他扮人偶的那天中午人最多的时候，我们几个把他的头套搞掉了。谁知顾客中有个与我们年纪差不多的男生，看到阿伯掉头就跑。中年阿伯站在那里待了半天，最后有人听见他在更衣室哭。

后来我们才知道，那个阿伯以前是一个码头工人，一步步积累了一些钱，开了一家投资公司，前几年非常风光，今年金融风暴，他公司的资产贬值得太厉害被法庭冻结了，无奈之下只能过来打工。但阴差阳错，他儿子就在附近上补习班，每天中午过来用餐。那天看见他扮人偶掉头就跑的男生就是他儿子。这几天阿伯好像整个人没了灵魂似的。搞清楚整件事后我心里好难受。我们是不是做得太过分？

晓晴

志诚读后，心里焦急，不知如何是好。他想安慰晓晴，想给点可行的意见，但把自己的脑子掏空了，都说不出一个所以然。

露娜。

他心里马上想起了露娜。于是骑着单车直奔露娜宿舍。“咚咚咚”几下急促的敲门声把宿舍内的露娜惊动。开门后，志诚直步入内，见到饭桌上放着纸、笔、信封等物件。志诚把信递给露娜，说：“露娜，我想安慰一下她，但想了半天都不知道怎样说。你能帮我一下吗？”

露娜瞟了志诚一眼，笑着说：“书到用时方恨少是不是？”

她接过信仔细地读了起来，读完以后，对着志诚笑了一下，说：“志诚，你觉得这次的信有什么特别的吗？”

志诚答：“我只知道她很烦恼。”

露娜又笑了，说："是啊。她烦恼的时候想起了你，说明在她心里，你还是有分量的。这封信跟前面的都不一样，从篇幅和内容上我都觉得她写出了真情实感。把握好这次机会吧，在她心里多占点空间。"

志诚认真地点了点头，说："那我应该怎样回信？"

露娜问："那你觉得她这样做对吗？"

志诚说："肯定是不太好的。但她是一个自尊心很强的女孩，我又怕说得太直接令她受不了。"

露娜说："你是男孩子，如果你还这样思前想后不敢挑明，那她怎么依靠你？"

露娜拿起笔，在纸上疾书，不一会儿就搞定了。写着：

晓晴：

不管怎样，我觉得你真的是做错了。不过不要紧。人生漫漫，总会有错的时候。你现在心里难受可能是因为有严重的愧疚感。如果要把这种愧疚的情绪释放出来，那最好的方法就是有诚意地向阿伯认错。既然阿伯是从基层一步步走到高位的，又能够再次接受失败重新回到基层工作，我觉得这种人也有足够的承受能力去面对那一天的事。坦然地向他承认错误吧，可能会成为对他的一种激励呢。如果不好意思当面讲，你可以写一张卡片放到他的储物柜等地方。人总要经历过风雨才能长大的，盼你经历过这次后成长起来。请你记住我常伴你左右。

志诚

写完以后，露娜递给志诚说："你看一下这样可否？我可能写得成熟了一点。"

志诚读后说："把那句'人总要经历过才能长大的，盼你经历过这次后成长起来。'删除就行。这句话有点生硬。"

露娜点了点头。

志诚如释重负，带着感谢和怀疑的语气问道："作为老师，一般都不会赞同我早恋，你为什么帮着我追晓晴？"

露娜笑了一下，若有所思，没有回答志诚的问题，却问道："你知道为什么会出现阿伯这种情况吗？"

志诚摇了摇头。

露娜说："这次亚洲金融风暴来势汹汹。以索罗斯为首的国际投机家对泰铢发起攻击，做空泰铢。上一年7月2日，泰国政府宣布放弃对美元的固定汇率，采用浮动汇率，泰铢对美元下降了17%。8月，马来西亚、新加坡等国家相继受到冲击。10月，国际投机家矛头直指香港。1997年10月23日，香港恒生指数大跌1211.47点；28日，下跌1621.80点，跌破9000点大关。此后，韩国、日本相继陷落。"

志诚问："那跟阿伯有什么关系？"

露娜叹了一口气，说："我估计那个阿伯投资的多为金融产品，而且应该在银行贷了不少钱去投资，投资的资产价格下跌，银行就冻结他的资产。"

志诚点了点头，问："那我们没有投资就不用怕了吗？"

露娜摇了摇头，说："一旦恐慌情绪破了一定界限，引起股市、期货、货币整体下跌，那么这个地区的经济就会瘫痪，大鳄们就可以从中获利。"

志诚问："升才可以获利，跌怎样获利？"

露娜说："首先例如股指期货等市场，就如赌博，买错的一方要付钱给买对的一方。其次例如阿伯，家里总有房产吧，如果资不抵债，房产就要贱卖。"

志诚又问："那这个地方都经济下跌了，房产都不值钱啦？"

露娜说："经济怎样跌你总得衣食住行吧。房产还不够，就向零售业等民生行业下手，东南亚就有好几家大的百货公司易主。更深一层就掌握你们的最基础物资，例如供水、供电、交通等。那时候他们就等于拥有了盐铁税的征收权，这一方水土的人都得为他们打工。"

志诚这才明白事件的严重性，问："那……那该怎样？"

露娜说："现在人民币成了亚洲唯一坚挺的货币。3月17日，总理在记者招待会上承诺人民币不贬值。中国成了顶住亚洲货币贬值多米诺效应的骨牌，阻止了危机的蔓延……"

志诚又问："能顶住吗？"

露娜说："现在中国保持着两位数的经济增长，这个是一个强而有力的支撑。不过索罗斯等人是赫赫有名的金融大鳄，1992年曾经狙击过英镑，有传闻那一战获利10亿美元。"

"英镑！英镑都被他狙击成功？！"志诚惊愕地问。

露娜点了点头，继续说："这次选择这个时候狙击港元，地利是香港正是亚洲骨牌中的一个，天时是香港刚刚回归。"

露娜慢慢地向志诚讲述一场正在香港发生的世纪风暴，情节紧张有如小说演义。虽然在《大时代》等电视、电影里对金融博弈有初步的印象，但国际大鳄挥师围境的真实事件，别说志诚，就算是香港的金融前辈也是头一次遇见。

如打开新奇的世界，志诚听得有滋有味，去露娜宿舍的频率高了。

露娜说："记得亚洲金融风暴的事吗？"

志诚点了点头。

露娜接着说："大鳄那边在外面散播货币贬值的谣言。"

志诚又问："一个谣言就可以影响那么深远吗？"

露娜说："一些国际金融机构也参与其中，想从中获利，其余的都是见利忘义的墙头草。煽风点火之事他们最熟门道了。现在有人挑头闹事，他们当然想紧跟其后从中获利。"

志诚从来没有对经济、时局看得如此之深，不禁为现在的情况吸了一口冷气，说："那……那要怎样应对？"

露娜看到他的表情，"扑哧"笑了，说："把你这小孩吓着了？"

志诚不好意思地笑了一下。

露娜接着说："静观其变吧，也不用太担心，我方还未出手。"

志诚问："什么时候出手啊？"

露娜有点不屑地答道："这我哪知道啊。你的功课呢，现在检查一下。"

罗素的《西方哲学史》已经讲了一半，志诚报告完读书心得以后，露娜按照书的内容把同时期的经济、政治和哲学家的思想解读一遍，还增加了不少的历史事件。讲完了说："我现在主要是用这本哲学史帮你梳理一下主要脉络，一理通百理明，以后你就可以根据历史的脉络自己思考了。趁着有时间，你在这里再看一下。"

说罢，一封封地看刚刚收到的信件。一共五封，有的看了一下信封就放在一边，有的拆开了看了一眼也放一边，一分钟不到就把信全部过了一遍，最后叹了一口气，若有所思地呆坐一会儿，就出去收衣服。

志诚看着露娜走出阳台，垫高脚跟从晾衣架里拿下晾晒的衣服，短T恤被两肩、双臂拉高，腰线若隐若现。他的目光穿过大门，落在露娜修长的双腿和苗条的腰肢上。他自问心里没有一点亵渎之意，就不由自主地把目光投向她。露娜转身的瞬间，志诚收起目光，想把注意力投入书本上的哲学。露娜并没有在大厅停留，而是穿过大厅回房间叠衣服。志诚把目光往房间方向一扫，不经意地瞥见了放在桌面上的来信。好奇心驱使，他的目光又在信上逗留。未拆的信封上和拆开的信纸上都是男人的字迹。志诚早就猜到露娜不乏追求者，却想不到如此之多。在少男的咫尺之处放着一个成年人的情爱世界，好奇心怂恿着他的注意力继续在信上流连。放在最上面的信上“张国良”的署名映入眼帘。

“物理老师？”一句话从心底冒了上来。信纸折叠的部分翘了起来，只看到最后一段。他压抑着兴奋，吃力地读着咫尺以外的小黑点，写着：

平时有我和荣少陪你在宿舍聊天不觉得无聊吧？暑假独自留在宿舍不会闷着了吧？与你共处的夜晚，我们聊得都很深、很投契，所以我也自然而然地有了进一步发展的想法。但你那次拒绝以后，我也冷静下来思考过我是不是一时冲动。这个暑假之所以没有陪你留在宿舍，是想趁这段时间给自己冷却一下。现在我可以肯定地告诉你：我并不是一时冲动，我是认真的。希望你能接受。如果你再拒

> 绝我也想知道其中理由。但无论如何我还是愿意用时间来证明我对你的一切是多么真实……

志诚想着物理老师平时严肃的脸，写起情书来竟如此肉麻，不禁全身一凉。凉意散去后，又伸长脖子想从折起的纸上多偷看一段。听见露娜的脚步声向这边走来，马上就把脖子缩了回来，假装在看书。想不到，露娜径直过来把信收了，然后用信封在志诚头上狠狠地拍了一下，一边笑，一边用手指了指志诚，做警告状。志诚伸了伸舌头，做了个鬼脸回应。露娜就没有继续追究了。露娜的这份包容令志诚察觉到与她的关系起了明显的变化，是什么令她容忍他去窥视她的情感世界？

临走的时候，露娜从房间里拿出一封信，让志诚帮他投信箱。志诚望了一下，竟是一个香港的地址。但也没有过分在意，经过邮局时随手就投进了邮箱。信落入信箱时，志诚才察觉到它去的方向也是他情思所往。

他上次寄出的信已有一段时间了，却还没收到回信。他心里有点不安，怕晓晴没有处理好，有点焦虑，不知道晓晴为何至今未回信，想她会不会也找另外一个人谈心了。情思点点，有如火焰徐徐熄灭后的残灰，微风一吹又闪动了，却怎么也复燃不起。午夜，他未能入睡，望着窗外的星空，用晓晴送他的随身听听歌。1997 年张学友的音乐剧《雪狼湖》大热，剧中歌颂爱情矢志不渝的主题曲《爱是永恒》热度未减，1998 年王菲用《情诫》告诫世人“不能容他宠坏，不要对他依赖”。从热恋到理智也就一念之间，志诚心中的点点火星也随着歌声慢慢冷了下来。这时新晋歌手杨千嬅的《再见二丁目》响起。晚风吹过，泛起凉意。志诚听到歌里的一句词“岁月长，衣裳薄”。

8 月 12 日，志诚来到露娜宿舍，如常汇报、解读、自读地走了一遍后，露娜要志诚骑车载她去买影碟。那年代内地影视制作行业刚起步，群众很大一部分的文化需求都靠港台影视作品支撑着，管制比较宽松，大街小巷里都开着贩卖影碟的小店。十多平方米的铺子里面，放着几排齐腰高度的柜子，影碟就放在上面卖，从电影、电视剧到综艺、卡拉 OK，包罗万象，最热门的会放在结账的柜台上，方便店主推销给客人。为了招揽客人，店主会在门口放两个大音箱，播放流行热歌或者热门电影的声响。志诚载着露娜来到一家影碟店的门口，店里正播着郑秀文的《亲密关系》。歌词如是：

我叹气了你都说中了
如数家珍不多不少
每次我想说笑你早已笑了
默契相通不可干扰
为我解寂寥一切纷扰
一经你劝勉算了
未说的问题嘴角一牵已知晓
我跌痛了你也心碎了
其中辛酸仿佛抵消
我要冲线了你心跳快了
步履仿佛都轻飘飘
愉快的心照怎算轻佻
想起你我会暗笑

受你的照料别人怎讲亦不紧要
像关系亲密的恋爱
但比恋爱更精彩
是超越表面的恩爱
没有别人如此相爱
……

志诚听着歌词，也想着自己与露娜的关系，他喜欢与露娜在一起，起初是那种荷尔蒙的燥热，慢慢地，燥热平和，又感觉到盛夏阳光的热力和灿烂，他喜爱那份热力和灿烂，总会带着他的认知去见识未及之境。但他又为附加的功课感到厌烦，一个安安乐乐的暑假都被尼采、康德、黑格尔占了。

露娜像想起了什么，看了一下表，说："哎呀，我要回去收一份邮件，快走。"

到了宿舍以后露娜马上打开电脑，收了几份邮件，看得非常仔细，神情凝重。

志诚问："没事吧？怎么一下子就认真起来了？"

露娜说："刚刚的几份邮件说外面传闻港元汇率政策将会有变。"

志诚问："那又怎样？"

露娜说："汇市、期指和股市都是影响金融稳定的关键市场。"

志诚说："传闻嘛，不一定真。露娜，你哪来那么多消息？"

露娜答："我很多大学同学当记者了，他们发给我的。看来大鳄们又故技重演，制造风声了。"

志诚问："那我们怎样？坐以待毙吗？"

露娜没回答反而问："现在几点了？"

志诚说："已经四点多了。"

露娜说："股市已经收盘。估计不采取措施的话，明天股市一定大跌。"

志诚又问："我们真的没有什么办法了吗？"

……

8月13日，志诚很早就到了露娜宿舍。露娜打开了凤凰台的财经频道，把声音开得大大的，屋内所有地方都能听见。股市开市前的财经分析节目都集中报道关于港元的传闻。虽然大家都预计股市会下跌，但跌到怎样一个程度，都没底。而这个问题的背后是香港金融会不会在今天被金融大鳄攻陷，因此又存在着不安、担忧。

九点半，开盘。几手砸盘大单把几只具有标志性意义的蓝筹打了下去，指数应声下跌，跌幅逐步增大，接近6600的关口。两人听着股市的消息，心里一直期望着指数有上扬的机会，可是一直没等来。志诚憋不住，问："怎么我们什么都不做？"

露娜也摇了摇头，没有做更多的反应，眼里充满疑惑。一个早上，两人在担忧中度过。午市收盘了。指数在6610上下徘徊。中午，尽管媒体都十分关注股市的动向，但专家、评论员对抵御方法都没实质性的建议。评论里未点明的一点就是：港股可能要失守了。志诚异常紧张，他问露娜："难道就真的没有什么办法了吗？"

露娜答："按照传统的自由主义经济招数是不多了，上次英国也是这样被狙击的。"

志诚听了心里憋了一口气，闷闷不乐地待到了下午开市。下午开市，又有几张砸盘的大单抛出，指数向下动能明显，但几手买单很快就把砸盘单清空。此后，几手大单继续砸盘，但又马上被几手大买单清空，指数上扬。志诚兴奋地问："怎么回事？"

露娜说："不知道。"

志诚又问："指数会继续上扬吗？"

露娜沉默没有作答。此时，电视新闻传来消息，股指期货也有大手买单在拉升，针对 8 月的股指、期货合约多空双方展开争夺。这时恒生指数一举上扬，买入大单频现。指数踏上了 6800 点、7000 点、7300 点。在 7500 点附近的时候，露娜紧张起来。她对志诚说："7500 点是大鳄们的建仓线，如果指数能够站在 7500 点上，大鳄们就要赔钱啦！"

两人盯着屏幕，指数线在 7500 点下方慢慢蠕动，突然又几张买入大单，指数一股劲地突破了 7500 点，此后上升动能持续强劲，一路上扬，收盘为 7820 点。

收盘后，两人兴奋至极。志诚问："是不是说明我们赢了？"

露娜答："还没。"

志诚问："那要到什么时候才可以确定获胜？"

露娜答："刚刚双方在争夺股指期货的合约，我估计最后的决战会在 8 月股指期货的交割日。"

志诚问："下午指数一路飙扬。"

露娜说："能够动用这么大资金的只有政府了。"

志诚兴奋地说："政府终于出手啦？那你猜到底谁会赢？"

露娜没有回答，拿起笔在一张纸上写了几个字，用信封装起来，封好，再用胶纸贴在饭桌上方的墙上，得意地说："现在说出来没意思，我把答案写在信封里，到了胜负分明以后，你看我猜得对不对。"

志诚说："如果猜错了呢？"

露娜说：“我如果猜错了，你下学期的政治作业全部免了。”

志诚有点喜出望外，说：“你就敢下这么大的赌注？”

露娜说：“那如果我猜对了呢？你怎么办？”

志诚说：“我都没说要跟你赌，是你自己允诺罢了。反正你这个诺言我帮你记着。”

这天傍晚的夕阳又把小城染成金黄色，志诚骑着单车在街上穿行，一路听着丝丝倦意的蝉鸣。这几年小城的人民下海经商，承接香港外溢出来的加工业务，经济有了很大的发展。随着经济发展而至的是城市化进程，不少农田竹林被推平，建起新的楼房。然而这城市化进程来得有点生硬，有如在小家碧玉的脸上涂上廉价的胭脂水粉，破坏了原来温润的气质，却添了几分俗气。晚风掀起路旁建筑工地的尘土，志诚捂了一下鼻子，却看见前方屋檐下挂着一条深绿色碎花裙。他赶快踏了几下，到了碎花裙下面的门前又刹车减速慢行，向里面一望，仿佛看见一个熟悉的面容。这时晚风又吹来一阵风尘，他眯了一下眼睛，车一下就过了。

志诚获悉后，大为兴奋，顾不上已是晚上，骑着车直奔露娜宿舍。到了门口，连声叫门，没有应答。起初怀疑露娜不在，但看见大厅的门开着。露娜平时出门一定锁上大厅的门。他猜测露娜应该是在家的。连拍带叫地又叫了几下门，仍然没有回应。因为梯间与阳台只有一堵隔墙，阳台又没装防盗网，志诚急了，从梯间爬出，翻过隔墙，就进了阳台。屋里没开灯。天上一轮明月，皓白的月光照进屋里映出了微蓝。志诚想起前些年香港一部叫《蓝月亮》的电视剧，此时才知道这种“蓝”真的存在，明洁中带着一点忧郁。屋里放着音乐，是肖邦的《夜曲》。琴声飘浮在月光之上，在厅内徐徐流淌。志诚轻轻地踏步进屋。露娜躺在客厅的沙发上，旁边的茶几上有一瓶威士忌、一个翻倒的酒杯和一封打开了的信。月光下的露娜，衣服有点凌乱，露出深深的锁骨和肩胛，粉色的内衣吊带挂在肩上，下面是起伏有致的曲线，到了腿部曲线又成了直线。醺醉的身体散发着微热，可能是酒精在血液内起的催化作用，成熟女性的体香弥漫着。志诚凝住了。他站在客厅久久未动，除了把目光投向那迷人的曲线外，脑里一片空白。这时露娜吐了一口气，做了一个深呼吸。志诚把目光从身体转到她的脸上，细细地品着。平时露娜脸上带着阳光和活力，可能是师生关系的缘故，她的表情里总保留着几分冷峻，令他无法看清，然而现在他终于看清了露娜的脸了，原来她的眼线修长，原来她嘴线有点上翘，现在还带着微醺的酒红，配着浅浅的喘息，那是一朵完全盛开的花，毫无保留地展现在他面前。

这时《夜曲》播完，传来的是肖邦的《玛祖卡》，节奏鲜明，这一转变把志诚唤醒，他才意识到该扶露娜回睡房，于是静静地走向露娜，蹲下，想伸手去扶的瞬间却意识到自己准备要与她的身体发生接触，不知怎的，伸出去的手减慢了速度。在月光下，那双颤抖的手慢慢地靠近，心扑通扑通地跳动，气息上涌，《玛祖卡》欢快的旋律像是在他体内跳动。他吞了一下口水，深呼吸，心一定，加快了伸手的速度。碰到了露娜上臂柔软光滑的肌肤，一种电击的感觉从右手食指迅速传遍身体。手缩了回去。他蹲在地上又深吸了一口气，一鼓作气，一个公主抱把露娜抱起。这是志诚第一次抱起一位女性，随着露娜落入他怀内的瞬间，一种自信突然从心底冒了起来，他觉得露娜像一只小猫在他怀内喘息着，而他就是撑起这个娇小生命的大树，一时之间意气风发，感到自己成熟了。他把她抱进睡房，盖好被，走出大厅，坐在沙发上，拿起酒杯倒了一点酒，喝了一小口。一线通喉，麦芽酿出的酒精带着雪梨木桶的香味在体内慢慢散开。他想知道露娜为何喝醉，想必答案就在茶几上的信里吧，于是拿起信来读。

信是一家在南方有影响力的报社寄来的。上面写着：

露娜：

你寄来的报道稿收悉。写得很好，有深度、有角度，我们报社也正需要你这样对新闻充满热情的年轻人。如果对我们的报酬条件没有问题的话，请你于9月15日前，到我们报社报到。

期待你的加入。

他读完后迅速把信放回原处，但顿生疑惑：这不是一个好消息吗？怎么露娜还要借酒消愁？他不禁又走进睡房看着躺着床上的露娜，心里又多了一个疑问：这个平时看起来阳光活力的美女，在忧愁时却找不到一个朋友倾诉，在她心中竟是如此孤单。志诚不免心生怜悯，又帮她盖好被子，把她脸上的头发理好，细心看着这位孤独的美女。月儿已到中空，这夜的月光分外明亮，从窗户照到露娜的床头，有一道光正落在露娜脸上。志诚看着看着就朦胧了。

他拿起钥匙，轻轻地锁了门，然后又轻轻地走下楼梯。夜已深，在那没有路灯的小道上月色正浓，白天工地的烟尘已清。想起了以前迎着月光带着小醉载晓晴回家的情景。然而上次回信后，再也没收到她的信了。

第二天早上，志诚有意推迟到露娜宿舍的时间，到了宿舍门口，想起露娜一定没吃早餐，又去早餐店打了个肠粉。露娜果然刚起床，见志诚把她家的钥匙放回原处，心里已经明白昨天晚上是谁扶她上床，又见志诚打了早餐给她，心里暖暖的。她没直接开课，而是走进房间拿出一只卡西欧的手表，递给志诚，说："这送你。"

志诚好奇地问："为什么送我？"

露娜说："以前买的，想出去采访时戴，现在都穿制服上班，这个不好配搭。反正也是放着，不如送你了。"

志诚心里奇怪，昨天报社刚寄来了入职通知，她为何不思考一下，现在还要清理相关物件？

他说："保留着吧，或许以后还有用。"

露娜笑了一下说："没有以后了，拿着。难得我对你那么好。"说完就把手表塞到志诚手上。接着说，"我们今天来讲马克思的章节。"

罗素的《西方哲学史》差不多讲完。虽然露娜把整个西方的思想发展史都给志诚梳理了一遍，但志诚仍然体会得不深。经过一段日子的相处，他们几乎忘记了当初相聚的目的，是为了提高志诚在晓晴心目中的形象。事情就这样一步一步地顺其自然地走下去，久而久之却忘了初衷，就如周星驰的电影《大话西游之仙履奇缘》里男主角至尊宝走过的那段路。

志诚走的时候，露娜又要他帮忙投信。

出了宿舍门后，志诚细心看了一下信封上写的地址。竟然又是那个香港地址。一路上，志诚停了下来几次，对着阳光看露娜的信封。阳光透过信封映出里面信纸的黑影，虽然黑影透得清楚，但内容却一个字也看不到。他准备把信投进邮箱的时候突然停下，转而把地址以及人名抄下，然后才投进去。

这天晚上，志诚看了露娜介绍的《香港制造》。电影里，社会的种种压力把年轻的主角们逼向昏暗、绝望，而主角最后以歇斯底里的方式报复，又仿佛预示着什么。这令他对香港美丽的小岛印象有点动摇。他突然想起晓晴，担心她在这个昏暗的环境里被污染。

几天后，志诚终于收到晓晴的来信。信里写道：

志诚：

谢谢你的开导。我按照你的方法写了一张道歉卡给阿伯，虽然开始他没什么反应，但我的心里却是轻松了不少。几天后，他主动与我交谈。原来他儿子一直以来都很优秀、家里条件又好，养尊处优的。这次生意失败，他怕儿子接受不了，没敢对他说。无奈世事弄人，挑了一家儿子补习班附近的餐厅工作，所以一直以来避免到前台。那次头套被我弄掉以后，他与儿子之间冷战了好久。但他最终还是选择面对现实，主动与儿子交代了现状，想不到儿子不但没生气，反而理解他，还主动减缩零花钱。现在一家人共渡难关，心里反而踏实了。他说当初自己的做法只是自欺欺人，他也知道迟早要面对，不过实在是缺少那份勇气。经我们这一搞，把他逼到绝境，反而令他拿出最后的勇气去面对了。啊，对了。原来他和他儿子也来自内地。

这阵子觉得你长进了不少。谢谢你啦！

晓晴

晓晴对自己的建议言听计从，也称赞自己，志诚十分喜悦。读完信后总觉得有什么问题，翻来覆去地想着，一个问题突然蹦出来：阿伯那对父子是博新他们父子吗？自从珍姨道别以后，他们两家就疏远了，渐渐地就失去了联系。Tic Tac 糖、“变身金币”、萤火虫、池塘、风筝……一时间童年的点点滴滴浮现。他急急回了一封信：

晓晴：

你上次来信后，我一直为你的事忧心，现在终于安心了。如果以后你还有什么心结，请你记得写信给我，我会马上回复。想跟你打听一下，那两父子姓冯吗？儿子叫什么名字……

写到这里志诚觉得自己对晓晴的一腔爱念无法言表，想再增一点内容，却觉得辞殚意穷。毕竟相隔两地，大家的共同话题并不多。他左思右想，想着香港的某些事物可以作为共同话题的，思绪慢慢、慢慢地牵到了露娜寄往香港的信上。他把那天从露娜信封抄下来的地址和人名写到信上，然后写着：

我想知道这里是什么地方，那个人是什么人。如果有空可以帮我打听一下吗？

盼望早回信。但如果你太忙也不急。

志诚

8 月 28 日早上，志诚接到露娜电话，露娜要他赶快到宿舍一趟。露娜一般不主动找志诚，这次急得要给他打电话。志诚心里猜测：发生什么事了？他骑着单车匆匆往露娜宿舍赶去。进门后只听见客厅电视机传来新闻报道员的声音。露娜一见志诚就冲着说："快来看。今天是决胜日。"

志诚问："今天吗？为什么是今天？"

露娜说："今天是期指的交割日。如果今天大鳄们无法把股市砸低，那他们就要赔钱。"

志诚按捺不住心中的紧张，问了一句："那你觉得哪方会赢？"话说出口，就觉得自己问了一个傻问题。

露娜一脸自信地望着贴在墙上的那个预先写好战果的信封，露出自信、可爱的笑容。志诚感受到这个女人身上散发出来的魅力，犹如桂花甜酒，清新芬芳、轻浅甜蜜，又带着微酸，喝了下去后更感觉暖融融的，一不小心就把你带入微醺。这天电视上不停地播着金融决战的情况：今天香港股市全天的成交量估计要达到790亿，这个成交量堪称奇迹……但阳光照入了整间房子，家具、物件发出光晕，露娜隐隐约约发出的体香，丝丝缕缕令志诚微醉。

下午三点，恒生股市收市，也是那天阳光最明媚的时候，电视播报：最后闭市时恒生指数为7829点，上扬了1169点，增幅达17.55%。志诚与露娜从沙发上跳了起来、击掌，露娜情不自禁地抱了志诚一下，这一抱令志诚彻彻底底地醉了。他觉得眼前这个女人太不可思议了。

露娜问："你还没看，怎么知道我押对了？"然后把墙上的那个信封取了下来，递给志诚。

志诚接过信封，却没打开，一直在回家路上看见平时投递的邮箱。手上拿着今天的信封，却想起了前两次帮露娜寄出的信，想着想着又经过那天晾绿色碎花裙的屋檐，却没看见那裙子。

暑假就这样结束。对于志诚来说，这个暑假是他过得最漫长的一个暑假，他穿越了西方近代思想的发展历程，旁观了一场世纪金融大战，更重要的是第一次近距离感受到一个成熟女性的点滴、第一次以高姿态站在了晓晴面前。暑假最后的一次课，露娜要求志诚开学后每个周末到她宿舍上“第二课堂”。志诚心里很不乐意。金融大战和暑假一起结束，这一切的高潮已过，结尾拉得太长，拖沓就会令人产生厌烦。

暑假结束的那天，志诚收到晓晴的来信。他没有打开，用手掂量了一下信封，又用鼻子在上面嗅了一下。最近脑海里都是露娜的味道。晓晴的味道呢？隐隐约约，差点记不起了。而信封穿市过海，几经辗转才到他手上，晓晴的味道早已在随风散尽。他又回想起上一次写信给晓晴问的问题：

阿伯父子是不是博新父子？童年的博新铩羽而归，这个折翼的天使带着“变身金币”重回小岛，如今怎样？如果是阿伯是亲切的冯叔，那么命运对于这个一直拼搏意图改变命运的中年男人是不是太残酷了？

还有露娜寄信的那个地方是什么地方？露娜为什么要寄信到香港？

等等，等等。他急着从这封信里寻找出答案。

志诚：

阿伯已经辞退了快餐店的工作。临走的那天还请我去日本餐厅吃了大餐。他说香港特区政府击退金融大鳄后，他的投资不但解套而且升值了不少，公司重新回到他的手上。他不姓冯，所以也不应该是你所说的父子了。听他说经此一役，他觉得金融实在风险太高，可能会把资金重新投入到实业，打算到内地投资，说不定会去小城。到时你可能会见到他。哦，那次大餐他儿子 Oscar 也出席了。阿伯把自己的儿子夸得天上有地下无。不过他儿子的确很优秀，就是有点高傲。

至于你打听的地址我查过，是一家软件公司。至于那姓名是何人我就打探不到了。

这次谈到这里。祝你生活愉快。

晓晴

原来阿伯不是冯叔，只是千千万万赴港人中的一个。而那个地址是一家软件公司，那露娜为何寄信到那里？志诚又轻轻地嗅了一下信纸，这次他清晰地嗅到了晓晴的味道，与晓晴的过往有如烟花般在脑海绽放。他再把信看了一遍，却找不出谈及他们之间的只言片语。烟花一闪后又垂垂下落。想起了晓晴向自己求助的那封情真意切的信，这封信不免令他失落。

九月的岭南气温仍在三十二度以上。走过了五月的清朗、六月的明媚、七月的灿烂、八月的败熟，九月仍持续的高温开始让人感到不耐烦。志诚走进露娜的宿舍，走过阳台时习惯性地望了一下挂在晾衣架上的内衣，又是纯色系列的蕾丝花边。他瞥了一眼就无心恋战，大步走进客厅。露娜仍旧坐在饭桌前，头都没回地对他说：“今天为什么这么迟？”

志诚答：“这不是周末吗？我还有其他事做。”

露娜用眼角扫了一下他，然后说："晓晴为什么那么久没给你回信？"

晓晴最近的信里，有写关于露娜香港信件的信息，所以他没敢向露娜透露，为了应付，笑了一笑，说："嘻嘻，她写信又不是写作业，回不回要看她愿不愿意吧。"

露娜又用眼扫了一下志诚，说："她那么长时间不回信，你还在这里'嘻嘻'？今天主要是跟你讲一下马基雅维利的《君主论》，我会把背景和中心思想给你概述一下，你带回去看，两天后再给我讲一下读书心得。"

志诚一听连忙叫苦："露娜你不是教我写信吗？为什么又叫我读书了，我这个暑假读的书比我这十几年读的都多。而且这些书跟我和晓晴有什么关系？"

露娜吸了一口气，把脸转向志诚，说："志诚，一个男孩子要足够优秀才能够给女孩子安全感啊。书里面很多智慧都是你以后可以运用的，而且这些东西对于塑造一个男人的刚毅和深度很有用。"

志诚说："露娜你是不是把事情搞得太复杂了，我和晓晴没那么深沉。"

露娜没有理会志诚，只是翻开书向他做简介。而志诚也没有理会露娜，在他的脑海里都是露娜寄信的地址、收信的人，他是谁、他跟露娜什么关系，等等问题。他望着墙上的照片、听着露娜的解读，觉得这个女人对事物的洞察有着异样的深度，而自己就是被这个眼光独到的美女俘获的玩偶。美女正为他拆肢换脑，组装成她喜欢的样子。志诚心里疑惑，她的学生里比他帅的、比他聪明的多了去了，为何她要选中他。好不容易待到了"下课"，志诚急忙要走，却被露娜叫住。露娜又给了他一封信。收信的还是那个香港地址和人。在离开露娜宿舍的路上，志诚心里七上八下，注意力全都集中在信上，他故技重施对着阳光细心地观察着里面的信笺，仍然一无所获。

走着走着就到邮局，他心灰意冷地把信件投向信箱，正要放手的一瞬间，一个念头从心里冒出，立马又把信紧紧抓住，放进包里，匆匆地往家里赶。

夜，寂静。志诚从床上爬起，在厨房烧了一壶水，把信的封口对着壶口喷出来的蒸汽吹着，要把封口吹开。这是从香港影视作品中学来的，不知可行否，心里忐忐忑忑。一会儿，一股糨糊的味道散布在空气中，志诚翻过信封，用手摸了一摸封口处，黏黏的，心里的疑惑、好奇一下被粘了出来，他意识到一切的谜底都在信封里面，心情兴奋，再把封口对准蒸汽，继续吹着。心扑通扑通地跳着，深夜寂静，远处摩托车的过路声，近处的犬吠声，偶尔蟋蟀的鸣叫声，声声入耳。突然"喵"的一声，把志诚吓了一跳，冒了一身冷汗，然后"汪、汪、汪"的几声带过，想必是畜生们吵起来了。他拿起信封再看，见封口处的糨糊已经模糊，封边微微翘起。知道火候已到，志诚从餐柜里轻轻地取出水果刀，用刀尖从封边翘起处切入，然后慢慢拉动，尽量压抑住心里的"扑通、扑通"的跳动往手上传，这时他的世界只有逐步深入的刀尖和逐步失守的封边。"嗒"一下，封边完全破开。志诚深深地吸了一口气。关了炉，扔下刀，往房间里冲。

不知为什么他没开房灯，就亮了书桌前的台灯，手有点颤抖地抽出了信笺。打开信笺前，他仍犹豫，觉得自己还可以停止这次疯狂的行动，然而当疑惑、好奇再次从心里涌出时，他就明白，那道道德障碍其实是那么脆弱，不堪一击。信笺打开了，上面是露娜的字：

嘉辉：

很高兴香港这次能够成功抵抗金融大鳄的侵袭。我希望危机过后人们会认真审视一下现有的经济政策。不能过度依赖见效快的金融业，而要发展实业，你所在的软件行业可能就是日后发展的主要方向了。

上次你在信里谈到要跳槽到金融公司的后台数据岗位，我觉得是否可以再在目前的岗位上坚持一段时间？目前，我的工作非常稳定，如果日后我们要进一步发展，我也可以作为稳定的后方，你也就可以无后顾之忧地去拼杀了。

韩国、新加坡在这次金融风暴中都损失惨重。韩国几乎被洗劫一空，最近好像要推出数字内容产业、生物技术产业、半导体产业三大产业政策……

……

后面的内容志诚看了一眼，几乎都是露娜对形势的分析。露娜的这封正如他给晓晴的那封，大家分隔两地共同话题不多，想在信内倾诉相思之情，但落笔之时却感到无事可书。

志诚把信合上，躺在床上，露娜的阳光和热力正在他心里消失，她为什么不反对他早恋？为什么帮他追求晓晴？为什么对他进行思想改造？混乱的思绪把他从床上慢慢压入午夜的漆黑。寂静当中，脑海里模糊、昏暗，他在这模糊、昏暗中游走在梦与现实的边缘，似梦非梦，感觉到自己呼吸急促。“啊”一下急喘而醒，睁开双眼，已是天光大白。信还在他手上紧紧地抓着。昨天晚上的一切为什么已经有了答案。他把信重新封好，塞进信箱，头也不回地走了。

接下来的一星期里，志诚在校内见到露娜就掉头，在露娜的课上，他也故意低头不与露娜有眼神的接触。一个星期过去，周末的“第二课堂”又到了。露娜问：“怎么晓晴还没给你回信？”

志诚不耐烦地说：“我哪知道？”

露娜也拉高语调说：“你自己不抓紧一点，让她跑了你怎样？”

志诚说：“那也是我自己的事好吗？”

露娜有点不忿，说：“你这个星期什么都不用做了，写一封信给晓晴吧。把上次金融风暴的形势结合上去写一下。”

志诚还了一句：“露娜老师，我和晓晴都不需要这么复杂的东西。我们比你们简单。”

露娜并没有把“你们”的称呼放在心上，命令似的向志诚说：“你如果不写，以后就不要来了。”

志诚想回一句，但是还是吞了回去，气闷闷地拿起笔、摊开纸，构思他的信。露娜回了房间。

志诚满腔的气愤无处排解，想找个人倾诉，自然就想起晓晴了，情绪一下子决堤似的变成对晓晴的思念，他执笔疾书。写的是王菲《天空》的歌词：

我的天空为何挂满湿的泪

我的天空为何总灰的脸

漂流在世界的另一边
任寂寞侵犯一遍一遍
天空划着长长的思念
你的天空可有悬着想的云
你的天空可会有冷的月
放逐在世界的另一边
任寂寞占据一夜一夜
天空藏着深深的思念
我们天空何时才能成一片
我们天空何时能相连
等待在世界的各一边
任寂寞嬉笑一年一年
天空叠着层层的思念
但愿天空不再挂满湿的泪
但愿天空不再涂上灰的脸

写完以后，也没跟露娜讲，趴在桌子上睡着了。良久感觉手下压着的信纸被抽动，他才醒来。露娜在读他的信。读后，待在那里良久，仿佛僵硬了。最后，她叹了一口气，把信还给志诚说："寄出去吧。"志诚也想避开这个尴尬的场面，拿着信就想走。露娜把他叫住了，又给了他一封信。

原来又是一封寄给嘉辉的信。他没有去投递，跑回家按照上次的方法把信拆了。露娜写道：

嘉辉：

最近是不是很忙？收到你的信都是草草几笔。

你如果坚持去金融公司我也不反对，但我确实觉得目前互联网行业方兴未艾，以后还有特别大的发展空间。如果香港没有这样的土壤，那回来内地也未尝不可。深圳有许多信息产业正是发展的时候。内地有庞大的市场，以后发展的空间可想而知。而且你回来的话我们就没一水之隔了。

报社给我的报到期限已经差不多，但你的意见还没明确，我想我还是先拒绝吧。老师这份工作虽然不是我的首选，但为了以后能够给家庭做一个稳定的后方，我觉得还是可以的。我仍在这里为我们可能的下一步做好准备，为我们累积下来的感情等着。

露娜

志诚心里本来就憋着气，读完信以后，更是心浪翻涌了。他骑车用力踏着脚板，加速加速再加速，想把心中的闷气发泄出来。蓝天艳阳灼烤着他的肌肤，吸入的热气蒸烫着他的脏腑，他一直骑一直骑，直到把整个身心都消耗、掏空。无力感有时是最好的逃避，因为那时你只能感觉到疲惫，再也无法顾及其他了。

傍晚，志诚拖着单车在小路上走着，不知不觉又到了那个挂着深绿色碎花裙的屋檐下，今天裙子刚刚就挂在那里，而志诚刚刚就抬头望见了。一种鬼使神差的力量驱使他慢慢往发廊靠近，慢慢地走进去。迎面而来的是一个中年妇女，染着暗红的头发，浓妆艳抹，穿着一条颜色十分艳丽的丝质低胸连衣裙，从低胸的领口里透出白皙的胸部，令人自然而然地联想到那曼妙的身材。中年妇女见志诚进来马上招呼道："小帅哥，剪头发吗？我们这边洗剪吹10元。来、来、来，包你满意。"说罢，没等志诚点头，就把志诚拉到座位前，再用点小劲地把他按下去，在他头上浇了点洗发液，又浇了点水，就洗起来了。志诚环顾一下四周，见发廊的店面大约三十平米，一面墙上镶着一块大镜子，镜子下是一个长桌面，放着理发和美发工具，桌前再放一排剪头发的旋转座椅，对面墙放了一张长沙发，靠沙发的墙上还有一道小门，小门上挂着一副樱花红的珠帘，一闪一闪的。朝珠帘里面望去，像是看到了什么却又看不清，隐隐约约中有种令人求而不得的感觉。

中年妇女用手指在志诚的头上轻快地搓动着，偶尔浇一点水，头顶的泡沫从中心慢慢向四周扩散，她搓动的范围也随之扩张。手勤快，口也没停："小帅哥，你平时洗头很用力抓吧？你头上有自己抓伤的口子呢。洗头啊，不能太大力，也不能用指甲，要像我一样，用手指头，这样才洗得干净又不伤头皮。你别以为我说得没道理，你现在年纪小不注意养护头发，到了中年要养护就太迟啦。你长得那么帅，光头就有损形象是不是？所以啊，没事的话多来阿姨这里，阿姨帮你洗啊。"

任志诚沉默不理，中年妇女还是娇声娇气地说个不停。志诚转头望了一下挂在外面的连衣裙，心里想：不就一条裙子吗？是不是自己多心了。这时两个年轻的女孩子从珠帘里走出，都穿着浅色低胸迷你裙，浓妆艳抹，一个嘴里含着牙签，出来后坐在沙发上聊天。珠帘被她们一拨来回摆动，折射出艳红色的光，晃动着，撩人心。中年妇女见她们出来，对她们说："你们这么早就到啦。去，把霓虹灯开一下。"艳红的霓虹灯光染红了整个店面。志诚通过镜子看坐在沙发上的两个女孩，这时浅色的裙子和浓妆下的脸都被映上了一层红，令人想起廉价胭脂低俗的味道。志诚愣了一下，确定不是放映棚的少女，心里平稳了一些。珠帘后面又出来一个年轻女子，志诚又透过镜子望去，仍然不是。他心想：是自己多心了，碎花裙的主人不是她，不是她。一颗心安定下来，对中年妇女说："冲水吧，不洗了。"

中年妇女说："才洗了一半，那么快就走了？小帅哥，看你长得帅，收你五块钱就好了。"接着马上帮志诚冲水。冲完以后，又带志诚返回原位，用毛巾擦头。

这时店外一人向里面招手，跟中年妇女打了个招呼。中年妇女做了一个藐视的眼神，然后大声喊道："彩儿在吗？他又来找你啦。"珠帘又晃动了一下，一个年轻女子从里面出来，走出店外，与刚来的人交谈，志诚继续通过镜子望去。女孩背对着他，看不到正脸，但与她交谈的正是放映棚那个痞子男。志诚心里跳了一下，见痞子男像是请求着什么，而女子有点不愿意。但始终看不见女子的脸。志诚心中默念：不一定是的，不一定是的，别往坏里想。一会儿，女子转身进来，不过低着头，脸容被长长的秀发遮盖着，一走而穿过了店面，走进珠帘里面。中年妇女拿来电吹风一丝不苟地帮志诚吹造型。珠帘又晃动了一下，女孩出来了，没有低头。志诚把握机会，目光向镜子里的倒影射去。这时他才明白，之前对自己说的一切都是自我安慰罢了，裙子的主人就是放映棚的少女。那双楚楚动人的双眼更加靓丽，短短的时间里，脸上的青涩已经褪尽，催熟的表情上透出几分世故，一阵廉价的脂粉味道又在志诚心中飘起。女孩急急走了出去，把手上的一沓现金交到痞子男手上。

痞子男马上活跃了起来，上前抱了抱女孩，然后嬉皮笑脸地说了点什么。

这时店外来了一辆黑色轿车，车上下来一个中年男人。志诚一看他的模样，就想到中年妇女那一番洗头的理论，中年男人头顶已光，一张长满横肉的脸上戴着一副金丝眼镜，腰上的轮胎似乎随时会把身上的Polo衫撑破，黑色皮带下面是一条牛仔裤和一双耐克运动鞋。人还没进门，中年妇女的声音就道："哎呀，何老板你上星期不是说回香港吗，怎么又来啦？"

中年男人操着一口正宗的香港口音，应道："我厂里还有事没走成。彩儿呢，不在吗？"

中年妇女连忙应道："在、在，不就在门外吗？您贵人眼高，进来时可能没看见。"然后就高声喊道，"彩儿！彩儿！别跟他聊啦。何老板找你。"

中年男人往外一看，见彩儿跟一个男人说话，瞟了一眼就马上把头转过来了。在沙发上找了个位置坐下。中年妇女见状，脸上有点不快，又喊道："彩儿，别让何老板等。你有什么要紧事，比赚钱还重要？"

只见痞子男做了几个停止的手势，想终止谈话。彩儿跺了跺脚。痞子男又说了几句搂了一下，然后双手把彩儿转了过来，再用手搭在她的双肩上，小推她进来。彩儿一脸不快。这时中年男向他们一望，刚好与痞子男的眼神碰上。双方马上就闪开。痞子男转身就走。何老板把目光放到彩儿的脸上。彩儿见何老板望着她，马上堆起微笑，眼内换出一道光亮向何老板打招呼。何老板站起来，彩儿就靠了过去，小鸟依人般偎依在何老板粗大的身体旁，向着珠帘的方向走。这时可能潜意识觉得店内正有一双眼睛正目不转睛地盯着她，她向镜子里望去。两人通过镜子对视，彩儿马上一震，身子自然地从何老板的肩膀上竖了起来，想再回头望一下，镜子的倒影却早已出了视线触及的范围，她有点僵硬地与何老板走进珠帘，消失在里面。

志诚目睹这一切，本来已经平息的闷气突然又翻江倒海般从心里涌出，推倒了他极力维护的防线，推倒他说服自己的谎言，推倒他最后一丝理智。他猛地从座椅上跳起，一股脑儿地踏着单车，冲向露娜宿舍，用力拍打着露娜的门，见没回应，一个跳步踏上梯间，跨过隔墙，直冲客厅，与出来开门的露娜撞个正着。他伸出双手，铁爪般抓住露娜的上臂。

露娜想反抗。但志诚更加用力，指间已经感觉到露娜柔软皮层下的肌肉。他用尽全身的力气把露娜拉近自己的脸。露娜把头往侧面转躲避志诚的目光。但志诚又使劲把她的肩部举高，令她无法逃避。志诚瞪大眼睛，怒声问道："你为什么要如此卑微地面对感情？！为什么为嘉辉这样一个优柔寡断的男人放弃理想？！""哧、哧……"他急喘着，"我不是你的嘉辉。为什么……为什么把我和晓晴的感情代入你和嘉辉身上？！"

露娜开始生气，但迫于志诚汹汹的气势，又感到害怕，随着志诚把问题问完，把"嘉辉""放弃理想"和"感情代入"等字眼说出，她开始彷徨。

志诚松开手，把露娜寄给嘉辉的信狠狠地甩在地面，大踏步走出露娜宿舍。露娜捧着脸坐倒在地面上……

至此之后，志诚就没有再看见露娜了。从其他老师口中得知，她已经离开了学校。露娜一走，久而久之，志诚感到失落。他是露娜代入嘉辉的对象，而露娜又何尝不是他倾诉晓晴的对象？现在他才发现，他们同为天涯沦落人，在情感上大家是彼此扶持。

几个月后，志诚收到一封信。信没署名，但从字迹可以看出是露娜寄来的。志诚拿在手里掂了一下，厚厚的，比普通的信沉。打开后发现里面有一块布料状的东西。慢慢把它从信封里抽出，原来是一块纯色的蕾丝花边手绢。他心中一惊，脸上一热，以前拿露娜内衣作为谈资的那份轻佻张狂，在接触到手绢的瞬间烟消云散。他把手绢拿在手上，念头从心底涌现：她是不是早就知道我留意她的内衣？有可能，但她这样一个高雅的女生为什么一直不把我如此低俗的行为捅破？那她是否留意我关注她的身体？那我在她心里究竟是一个怎样的形象？

从不安到焦虑再到害怕，刹那间在他心里演进。他不由自主地拿起手绢嗅了一下。香水味带着露娜的气息，心里释然了，此刻他明白，这是露娜给他的一个成人礼。

信封里还藏着一页信纸，上面写着：

志诚：

早就应该给你写信了，但我应征了一个记者岗位，新工作刚上手腾不出时间，所以一直拖到现在。首先要给你说一声：对不起。之后还要对你说一声：谢谢。我想你会知道我之所指。跟嘉辉的关系还保持着，毕竟多年的感情不可能一下子抹掉，不过报社里有很多优秀的男生，说不准什么时候你就会收到我的喜帖。下笔的时候知道最近你刚好满十八，

特意送你一份礼物。祝你早日找到自己的另一半，
此话作为一个知己的身份说出。

露娜

曾经沧海难为水，这个暑假露娜把哲学的世界观和方法论灌入志诚的脑里。思想这东西一旦进入，就很难摆脱。志诚不缺朋友和玩伴，但至此之后，与同伴们热闹喧哗后，他总是一个人独处，留一处清静给自己。高中时，少男少女青涩的爱情来得自然，几个女孩子与志诚来往得密切，但在关键时刻他都没有再往前一步了。渐渐地，当同伴们约会的时候，只剩下他一个。百无聊赖之下，他开始读书。重读了一次罗素的《西方哲学史》，渐渐地又去读康德、黑格尔、费尔巴哈，他欣赏德国哲学的周密严谨，但读到后来却被一种偏执逼至深渊薄冰之地，森严的意境令他窒息。他转而去读卢梭、蒙田、孟德斯鸠，他饱览法国哲学的瑰丽浪漫，却又觉得如同走在云端，虚浮得令人心悬。最后，他又读起了香港的八卦杂志，却感觉到一股浓浓的市井气里藏着的生活味。此前，他读这份杂志总感觉自己身临市井八卦之中，但经过哲学的洗礼，他已感到自己抽身而出，成为一个俯瞰一切的旁观者。对这个地方的印象从孩提时期芬姨带回来的零食、玩具，到亲人间的情谊再到与晓晴之间的感情，继而进化到这个地方深刻和市井并存的二元化精神内在。而这一切一切魂牵梦绕的丝线都系结在晓晴上。

1998 年王菲专辑《唱游》中晒伤妆的造型火遍亚洲，此后因感情经历，这位亚洲天后的歌风转入哀怨，专辑数量逐渐减少，九十年代以王菲和“四大天王”为代表叱咤香港乐坛的

歌手逐步式微，一个时代走到了尽头。志诚想起晓晴时会想到《唱游》里面一首名为《红豆》的歌，歌词唱道：

还没好好地感受
雪花绽放的气候
我们一起颤抖
会更明白什么是温柔
还没跟你牵着手
走过荒芜的沙丘
可能从此以后
学会珍惜天长和地久
有时候有时候
我会相信一切有尽头
相聚离开都有时候
没有什么会永垂不朽
可是我有时候
宁愿选择留恋不放手
等到风景都看透
也许你会陪我看细水长流

等到风景都看透，也许你会陪我看细水长流。

神话情话

1998年，是内地一个标志性的年份，这年内地商品供需关系从供不应求转化为供过于求，得益于低廉的生产要素价格和刻苦耐劳的创业精神，内地产品在国际上有很强的竞争力。2001年中国正式加入WTO，打开了产品通往世界的大门，制造业大国雄起。几年间，内地有了翻天覆地的变化，大量产品出口，换回了大量的外汇，资金灌溉到这片广袤的土地上，城市化进程加速，服务业雨后春笋般涌现，特别是珠三角地区，以广深为核心的城市群初步形成。资金流入，城市活力绽放，一派繁荣兴旺之气象。

而香港，在亚洲金融风暴的危机中脱身，经济模式、产业结构和社会形态都到了十字路口。无论是经济模式还是社会形态，如果没有受到强大的牵引力，都会向着阻力较小的方向流去。此次危机来得快去得快，我国香港不像韩国、新加坡那样有被置之死地的处境。所以无论是经济模式还是社会形态都在九十年代的无厘头和颓废基础上漂浮起来了。

晓晴的回信随着时间推移慢慢地减少，有时几封信过去只回一封，内容也是越来越稀落。五月蝉鸣又至，荔枝树上挂着绿果，一阵风吹过，带着从小岛吹来的暖风湿气，也带着小城特有的淡淡玉兰花味，撩起了志诚对晓晴的思念。在心痒难耐之际，志诚毅然去旅行社报了个香港游。

到了七月，他背起行囊，只身踏上了通往小岛的路，没有同行的旅伴，没有旅行的喜悦，没有对异地的期待。当车在开往小岛的路上行走时，志诚回想起当年去深圳的那份不安与彷徨，时移世易，比起当年那个卑微的自己，今天他感到自己充满了从内而外膨胀出来的张力。他要用这种张力把晓晴笼罩，他要用这种张力推倒晓晴心里最后的藩篱。手中晓晴赠的随身听犹在，耳边响起了周华健、齐豫的《神话情话》，歌里唱着：

爱在迷迷糊糊
盘古初开便开始
这浪浪漫漫旧故事
爱在朦朦胧胧
前生今生和他生
怕错过了也不会知
跌落茫茫红尘
南北西东亦相依
怕独自活着没意义

爱是来来回回

情丝一丝又一丝

至你与我此生永不阔别时

他不明白，这种“盘古初开”、生死契阔的歌词为什么会诞生在那个三教九流、市井烟火之地。他无从思索，放眼窗外，一排杨柳随风轻飘。他记得这正是东深供水工程上面的杨柳，但现在水道已经被封闭在地下，为了应付日增的香港人口，供水速度提高，滔滔不绝地往小岛流去。小时候正是跟着那静静流淌的河水与晓晴相遇，那一次平静清浅，而今，水流湍急，澎湃汹涌。

车进入香港地界，途经上水，志诚向窗外望去，这是他第一次亲眼看到这座城市。这里亚热带的树木茂盛，在公路两旁自然生长着，并没有过多的人工修剪，比内地的自然；建筑物虽有点旧，但干净、整洁，看上去舒服。

进入沙田后建筑物开始增多，但错落有致，公路旁隔一段距离就会有一个小公园或者球场。居民在其中散步、闲聊、嬉戏。志诚想起了八十年代香港电视上的政府宣传片《蚌的启示》，片中的香港社区与如今看到的场景一样，人们安居乐业，生活平静井然。同时代有陈百强的歌《涟漪》唱道：“生活静静似是湖水 / 全为你泛起生气 / 全为你泛起了涟漪。”所谓的涟漪其实相对心如止水，是平静湖面上的泛起的道道微波，对生活毫无紧迫感的淡然快乐。可能这就是八十年代的香港在志诚心目中留下的印象。车进入九龙，旧楼增多，招牌满布，抬头仰望大厦高楼、平视四方车水马龙，城市的窄逼感突现。

志诚给导游报了离团，就在九龙下了车。水泥钢筋、马路高墙，目尽皆然，他越发迷惘，如此贫瘠的土地上如何造就出《神话情话》等作品内旷阔空寥、古韵悠悠的意境，他穿越弥敦道、窝打老道、西洋菜街，也无非唐楼旧阁，哪里觅得出什么深刻隽永。最后他走到了晓晴约好的见面地，想起了晓晴，这座城市孕育出了她。晓晴读《剑桥艺术史》、听巴赫，但同时也带着这座烟尘和世俗，在她身上觅不到的《涟漪》的平静，更难见朝朝暮暮的绵长。思索之际，晓晴已出现在眼前。宽松立体裁剪T恤，高腰紧身牛仔裤，一双小白鞋，已经发育得差不多的身材在一身利索但略带装饰的服饰底下柔美的曲线已现。及肩的头发、淡妆，比实际年龄略显成熟。在志诚的印象里晓晴还是略带青涩的少女，而眼前的女子，已经绽放，上上下下都散发出年轻漂亮的魅力。

晓晴热切地向志诚挥手问好，但看见志诚呆呆地望着她，有点尴尬，热切稍稍收敛了。志诚这才反应过来，对晓晴会意一笑，表示问好。来回之间，两人之间的距离不经意地拉开了。志诚对晓晴的热切不容置疑，然而几年间家境渐富、读书日增，心境与心智已经有了很大的长进，城府也深了，原先内心那股膨胀的张力已经被收到城府以内。而晓晴本来就比较世故，与人拉开安全距离自然而然。最后晓晴主动打开了话题，她问："这几天想怎样？"

志诚笑了笑说："我听你安排。"

晓晴其实早就料到志诚过来的目的，她没把志诚此次来港作为旅游看待，所以没问志诚想去哪儿，而是问他想怎样，故意留了一个口给志诚发挥，却想不到志诚来了不冷不热的一句。她觉得他们之间她的主导地位已经不再，志诚憨厚老实的印象已经模糊。如是从前她会要一下野蛮，把自己的主导地位抢回来，但这几年她也告别了年少时的盛气，特别是兼职的阅历，使她改变了不少。她笑了一下说："那我当导游，你跟着我就行。"

志诚也想不到晓晴会如此沉稳，从前在他面前绝对的强势，共处的时光虽是快乐兴奋，但面对晓晴，他不免有点小心谨慎。经过几句话的接触，他觉得现在的距离令他舒服。他深深吸了一口气，说："那我跟定你了。"

一语双关又带点挑衅的回答令晓晴觉得这个眼前的小伙已经彻底改变，她扑哧一笑，指着志诚说："你变坏了。"过去的骄横一跃上脸。面对这张美丽又熟悉的脸，志诚的城府一下子被攻破了，他反咬一口，说："还不是因为你！"两人都笑了，距离又重新拉近，仿佛置身旧日，虽没有火花，但情谊暖融的感觉又回来了。

晓晴带着志诚坐地铁过海，在上环站下车。出了地铁口后，大厦林立，一座座高耸的建筑犹如刻着战绩的丰碑在维多利亚港的海旁迎风傲立，街道上西装革履、仪表光鲜的人步履紧凑地走着，志诚又感受到这个城市的高峻繁华。他们穿过皇后大道沿着鸭巴甸街上坡，游走于歌赋街、结志街、文兴里一带，城市的繁华被逐渐抛在背后，一栋栋老旧的建筑配上繁体字的招牌背后透着那从未间断的家国史，为街道平添几分底蕴。一道道坡道、楼梯和弯道，迂回曲折之间产生了距离，少了九龙老城区内窄逼的感觉，令这座城市的景观更有层次。穿过高楼广厦如同穿过了这座城市的光鲜外表，现在游走于它的肌理之间，《壹号皇庭》中的兰桂坊、《文雀》中的石板街、《岁月风云》中的都爹利街，电视、电影的场景幕幕在脑海中浮现，志诚感受着这座城市的毓秀温雅的风姿韵味。在兹念兹，他不禁打量着这座城市孕育的晓晴。她有东方明珠的璀璨，他也一直想探究里面的风姿韵味，却一直又在云里雾里不知所求，也许她如同这座城市，有时平静安然，有时纷扰窄逼，有时时尚高冷，有时毓秀温雅。两人在楼梯和小街上畅游，最后在一家餐厅前停了下来。

餐厅前面立着一间小铁屋。小铁屋仍保留着橱窗，橱窗的前面放置着一张长板凳，想必以前是个档口。志诚马上联想到了港式大排档，不过印象中大排档还应该有的绿色帆布遮顶和横七竖八的板凳已经不在。这家排档已经入铺，外面的档口只作装饰之用，他跟着晓晴走了进去。晓晴用顺溜的粤语点餐："两杯热奶茶、两个菠萝油。"

水吧的伙计用两个斗大的茶壶拉茶，起了阵阵蒸汽，在午后的阳光中冉冉升起，茶香慢慢飘来，若隐若现如乐章中的小提琴前奏。不一会儿，两杯奶茶已放到他们眼前。晓晴郑重地介绍道："香港丝袜奶茶。"

志诚拿起桌上的杯子，只觉手中的饮品通体褐色，但比牛奶咖啡的褐色淡一点，这种褐色有种温润的质地，如玉似璞。他小喝了一口，先是茶香香醇浓郁在口中久久不散，接着是奶味，黏稠胶口，使味道更悠长，最后一点点苦涩味收场，清扫了之前茶香和奶香有点过分的丰腴，如丰富晚餐后一杯清口的酽茶。

几口奶茶过后，晓晴开始滔滔不绝。她介绍道，丝袜奶茶是香港的地道货，用两种红茶各自打成茶粉，再按比例勾兑，一种取其色味，一种取其香气，用高温的水拉冲。传统的茶餐厅还会在冲之前提前半天勾兑两种茶粉，类似发酵地使茶的色味充分混合。而奶也要选炼制过的稠密淡奶，这样奶味才能在浓郁的茶味中突围。见志诚又喝了一口，晓晴马上说："你下咽以后，看看舌头有没有涩涩的感觉。如果没有，而且有少许回甘的话，那就是大师级的冲调了。"

志诚按照她教的方法，果然觉得有回甘，点了一下头说："嗯，有回甘。确实很好。"

交谈之际，伙计又上菠萝油。晓晴马上对志诚说："吃这个要趁热。"就把一个菠萝油递给志诚，然后又介绍道，"菠萝油要趁着菠萝包还是热的、中间夹的牛油还是冻的时候吃，让热包和冷油在口中嚼合，感到油香包甜，这才最滋味……"

志诚默默地倾听晓晴为他介绍的一切。窗外高耸的大厦仍然可见，他们有意在楼梯和坡道来回拐弯，用时虽长，但其实走得不远，那一座座巍峨入云的丰碑只在里内，眼前的街道却是温馨平静，楼堂馆所、菜市百货，满满的生活味。下午三点过后，餐厅里人逐渐多了起来。有探讨赛马心得的长者，一份马经，一杯奶茶，跟隔壁桌子的人谈得津津有味；有西装革履的上班族，在门口点一支香烟，一个蛋挞加一杯柠茶，交头接耳交换办公室情报，应该是忙里偷闲，餐未用完就匆匆走了；有年轻的无业游民，几口奶茶下肚，牛吹得越来越大，普天之下唯我独尊的气魄。志诚与晓晴一人一杯奶茶，身处喧哗之中。他们陶醉于市井凡尘，任一切尘嚣随身流过，历世事反得六根清净，阅凡尘而获心中至真。志诚愿意这样让时光流淌，他静静感受这一方水土，感受着晓晴。晓晴默然，面对着志诚探究的目光，她没有挡闪，可能那几个过去的盛夏，她已经习惯志诚走近她，与志诚相处，她可以卸下所有防备，轻松自在。就这样把一个下午耗尽。

晚饭过后，晓晴的电话响起。她含笑低语数句，就说自己要去兼职，送了志诚回酒店就走了。志诚看在眼里，没问，独自一个人待在酒店。没多久，隔壁床的团友就回来了。此人四十来岁，头发已经稀疏，略胖的脸上留下一层热天走景点的油光，黑白间隔横纹 Polo 衫，小小发福的肚腩已显，黑色西裤烫得直直的，配一双正装黑色皮鞋。年纪虽不大，但历经风霜的脸，黝黑粗糙的皮肤，再加上手上厚厚旧茧，无不都散发出一种老成的气息。交谈过后得知，他叫志邦，四川人，是早年南下务工的第一批农民工，进了港资厂后因为工作认真勤奋又上进好学，很快就从工人提拔为管理人员，一步步向上，现在已经成了工厂里几位主要的高管。因为今年业绩出色，香港老板奖励他们来港旅游。虽然此前素未谋面，志诚很快就从他身上感受到一种肯干敢拼的品格。

他们同处一座小城，小城的生活自然是开门的话题。大家都经历小城十多年的变化，站位和角度不同，聊起来差别竟是悬殊。十多年间，志邦通过自己的努力，从一个一穷二白的农民工慢慢走到了人生的坦途，事业有成，安家乐业，处于上升通道的他，感叹小城的发展为他带来的一切，对于小城正在高速的城市化过程，他目睹的是高楼大道、百业俱兴，一派繁荣。还谈到香港老板想逐步扩张自己的产业链，开发上游原材料的生产工厂，打算也让他管理，也占部分股份，干事创业的激情跃然脸上。

而对于土生土长的本地人，志诚当然也认同这几年经济腾飞所带来的生活水平的提高，但对于城市化造成原生环境的破坏，他不免觉得惋惜。志诚给志邦讲述小城的过去一处人家一处林，一半城邑一半水的自然环境；聊起了鸡犬相闻、瓜葛相连的老街旧邻。这也勾起了志邦的思乡情结。两人年纪相差虽远，但很快就谈得投契。谈到今天游玩的经历，志邦想想却觉得模糊，迟疑了一阵说："去了紫荆花广场，去了会展中心，反正就在维多利亚港周边转一下。"

志诚听了，觉得旅行团带他们去的都是例行公事，忍不住说："这些平时在电视上都看得见，又何必过来看？"

志邦有点不解地道："过来香港无非想看一下这地方的繁华，这景点嘛，还算可以。"

志诚见志邦答得有点儿尴尬，像是打圆场，顿感自己刚才的话过于直率，他补充道："我们从小受到香港文化的影响，过来多半是跑街串巷地去找自己印象中的香港，所以我今天都是叫朋友带我到一些接地气的地方走动一下。"

志邦见他故意说话把气氛缓和过去，觉得这个小城本地小伙也懂得体谅他这个外地人，心里喜欢，也笑着回了一句："你比我幸福，我从大山出来，出来时只记得看过《大侠霍元甲》《陈真》两部香港电视剧。到了广东以后跟了个香港老板才知道香港的事。虽然天天跟香港公司的人打交道，但不是产品就是工人，香港究竟是咋的，知得没你多。"

志诚才明白，大家成长的环境不同，对这座小岛的认知、情感当然就有区别了。南海温湿的季候风毕竟吹不过崇山峻岭。

志邦顺着题目聊到了自己的童年，话就多起来。他把童年的穷苦，出来后的艰辛，一一道出。志诚虽然在多年前从农民工的生活中得知他们的穷苦，但还是首次如此详细地听到他们的亲身经历。虽然眼前这个中年人的仪表在他的审美标准以外，但他十分认同他面对生活的态度。在他身上有着这么一种沉着，虽然他的容貌、衣装、言行土里土气，但他的为人沉稳可靠有如磐石。而在晓晴身上他感觉到的是轻逸，如雾似灵，可能是这座崇尚于时间与效率的城市的产物吧，一切浮光掠影、虚幻曼妙。两人谈着谈着见已夜深，就各自睡了。

次日，晓晴一早就到了酒店楼下等志诚，志诚刚好与志邦一起。一晚促膝长谈，他与志邦已经建立起友谊，正好向晓晴介绍。大家打了个招呼，三个人却聊不出什么话。毕竟志邦历事较多，首先打破沉默。

“志诚，想不到你说的晓晴这么漂亮，简直令我眼前一亮。”

晓晴一笑，轻轻地说：“你太夸奖了。”

之后就是志邦各种的赞美。晓晴呢，也只顾微笑点头，不失礼貌，但没有太多的话。志诚本想让他们熟络熟络，片刻后，晓晴看了看表，对志诚说：“我要去的早餐店快关门了，要快点。”

志诚有点诧异，昨天说好了各自早餐的。志邦却会意，点点头对志诚说：“你们走，好好对人家啊。”挥挥手，表示再见。

晓晴见状马上挥手，拉着志诚就走了。没走多远，晓晴一脸不愉快地说：“他要你好好对我，什么意思啊？”

志诚打圆场说：“他只不过从我的角度为我说话罢了。”

“可能大家是两个世界的人，沟通不了。”晓晴带点倔强的语气说着。

志诚知道自己拗不过她，就没争论下去。他也觉得他是晓晴与志邦两个平行宇宙里的奇点。他的小城是香港与内地文化的交汇地，他习惯在两种文化间切换，环境造就他的游刃有余，然而他更期待的是两种文化最后能够融汇大同。

志诚要去坐山顶缆车。晓晴嫌土，但在志诚的强烈要求下还是服软了，也许是为尽地主之谊而给予的优待，也许是两人间的关系发生了些许变化。

索道依山而建，上山的起端在花园道，现在已经是闹市。缆车一直到太平山的山顶，山顶是港岛最高峰，称红香炉峰，根据董启章的香港《地图集》，“红炉”一度成为这座小岛的名称，被记入《海国闻见录》《广东通志》《新安县志》等文献中。缆车于1888年运营至今，是香港最古老的景点之一。为了怀古念旧，志诚特别找了一个靠近车头的位置坐下。缆车徐徐离站，站虽建在闹市，离站后的索道却很快被绿树繁花所遮蔽，宛如一条绿色的隧道，车在亚热带的茂林中穿行，偶尔鸟鸣花香传入，“叮叮——叮叮——”车钟鸣声清脆，在志诚脑海里马上浮起了记忆碎片。那是《大地恩情》中的一幕：一辆徐徐开离的列车，也是穿行在如此的亚热带茂林之中，车厢内几个农民带着草帽，挑着一担农产品进车，大概也有鸡鸭声嘈杂，那一阵阵“叮叮——叮叮——”的铃声是清晰可闻的。电视剧里的画面与声音一一证明着这座都市有过一个质朴自然的渔村原貌。那“叮叮——叮叮——”的声音，回荡百年，在这座高速变化的城市中仍然提醒着人们有一种清幽从未间断。志诚回首问晓晴：“你以前都没有坐过这缆车吗？”

“小时候跟家人坐过一次，当时年纪小觉得挺好玩。长大以后就没坐过了。”晓晴若有所思地说。

“我觉得这里特别能代表香港的历史。”志诚说。

“嗯，是挺有感觉的。”说完后，晓晴目光放远，茫然地模糊了。

车开到路程中段，树荫更是密闭，烈日斑斓地映在沧桑的索道上，索道边上有一座废弃的站台，想必当初也是有乘客上落的，只不过随着缆车的运载功能不再，因而废弃。月台沧桑如索道，在稍微开阔的台阶上竖着路灯，墙壁上盘着绿藤，年月已久，已遮盖了站牌。志诚想起了宫崎骏动画里的火车站台。他接触宫崎骏的动画，最早是通过香港明珠台的《930电影》栏目，忘记了具体是哪部动画，印象中似乎是一个乡间的站台，藤蔓、孤灯、青苔、残阶和沧桑的索道。动画里淡然生活、励志精神与播出时香港的精神面貌相应，几度令他神往。为了这份神往，如今他尽力在这沧桑的索道上，在残垣败瓦的站台中挖掘。只不过，“叮叮——叮叮——”几声轻轻过后，却发觉已经来不及了。索道末端树木突然稀少，视野开朗，维多利亚港尽收眼底，如是个大江入海、龙盘深湾、高楼巍峨、鹰击长空，一派盛世气象。到站后，志诚拉着晓晴急急往开阔处走去，迎着海湾顺着山势吹上来的暖风，怀着随索道走过的浅淡沧桑，沐浴在那带着城市烟尘和亚热带树香的空气当中，只觉轻若飘浮，俯瞰芸芸众生，纵览沧桑百年，兴衰沉浮只不过眼前云烟，登临远眺，八风六念，也随清风散尽。

他们在山顶没过多久就乘车而下，这程选了的士，没绕多少山路就进入闹市了，似是还世入尘。车直驶至天星码头。下车漫步，身边低头赶路的行人一身匆忙，唯独两人遗世独立，一路悠然自得入了渡口。渡轮在海上随波起伏、汽笛鸣声远放。又在志诚脑海里泛起了不少记忆的碎片。维多利亚港的海不知汇聚了多少人事迷雾、商海浮沉，又被载入歌曲剧影中，林子祥《谁能明白我》中的苦海觅寻，许冠杰《铁塔凌云》中的乡愁流韵，乃至黄家驹《海阔天空》中的痴迷执着，每每都离不开这一片海和那一声船笛长鸣。天星渡轮是渡，也是度，渡了不少游子浪客，也度了不少痴迷怨恨。志诚与晓晴这一渡却是像是从彼岸渡回此岸。落入九龙，混迹于洗衣街、钵兰街、广东道，在深巷高墙、灰砖破窗间探寻九龙城寨遗迹。再转入油尖旺，感受古惑仔那种张狂的气焰，虽帮会堂口早已隐遁，但从这三教九流的闹市深巷中仍能感之一二。最后晓晴带着志诚走进一家藏在地摊后面的冰室。绿白花式瓷片地砖，高悬着吊扇，简易卡座，杜琪峰电影里的江湖似乎隐匿其中。他们从山顶凌虚之处转眼间几番沦落渡引至此龙蛇混杂之地，却不觉人生苦楚、世情冷淡，年轻不羁未晓愁苦，反而乐得逍遥洒脱。

两人共处的时间过得特别快。他们坐在窗边的位置，看着路人行色匆匆，看着摊贩揽客嚷嚷，看着顾客挑货付款。直到阳光透过带花的玻璃窗映射到绿白相间的地砖上由白变黄，觉得自己历阅人间烟火，竟有洞中一日世上十年的虚幻。与志诚一起时，晓晴耀眼的光环会变暗，言行举止内敛，璀璨的钻石成了温润的璞玉。有时她静静地待在志诚身边，露出些微乖巧。

可惜电话又响了，璞玉又变回了钻石。她走出去，低声笑语，隐隐约约地传来只言片语，似乎在安慰电话里的对方。收线以后，晓晴又提去兼职，没送志诚回酒店，自己走了。

志诚回到酒店后，独自坐在房间内，灯都没开。他在猜测晓晴已经有男朋友了。像她如此漂亮标致的女孩怎么可能没有男朋友？不愉快的事如果一刀到底也算是痛快，最令人难受的是它空空地悬着，一直没落地，把你的思绪情感慢慢吸光，令你形枯意萎。“咔嚓”一声门开了，志邦进来了，开灯以后才察觉到志诚。见此情景，志邦已猜到一二。洗漱过后，志邦试探性地问了一句：“那个女孩子不好对付吧？”

志诚摸不准志邦的意思，没正面地做回应，只是轻笑了一下。

志邦接着说：“那女孩有点盛气。”

志诚知道他在开解自己，心中感激，但实在拿不出心情来回应。

志邦又说：“千金难买少年穷嘛。当初我也受了你们不少白眼，几年打拼以后，现在大家不是同一个等次？”他指了一指血拼的战利品，说，“世界很现实，要人家尊重首先自己有实力。”

志诚其实不认同对志邦的观点。他认为志邦的观点太肤浅，不是所有的感情都建立在物质基础上，至少晓晴跟他温存时彼此不食人间烟火的一面，是志邦的观点无法解释的。但志诚也一直不解，他跟晓晴之间有一层说不破、击不穿的隔阂。现在志邦坚持自己的观点，不断在志诚面前重复，歪打正着地触到了这层隔阂，触动了志诚彻底审视他与晓晴关系的冲动。彻底审视意中人是对自己一种极端冷酷的行为，需要把心里盘结最深的根拔起，清洗、修剪，何尝不是一种刻骨铭心的痛？

第二天，志诚借口要去逛弥敦道，不经意之间就拉着晓晴走入了重庆大厦。因为对电影《重庆森林》的偏爱，此次到港，志诚早就有去重庆大厦的想法，本想与晓晴商量后再前往，但对感情的猜测把他内心折腾得如此这般，憋着难受，心中突然就冒出任性的冲动，不顾一切拉着晓晴走进电影里面他们一同神往的世界。

一进大门，一群黑人、尼泊尔人、印度人围了上来，递上各种各样的小卡片，说着听不懂的语言，烟味、廉价香体露味、密闭空间的霉味，还有人拉扯着你的衣角、背包。刹那间，视觉、嗅觉、触觉都胶着在森林的泥潭里，令人感到灰暗，心慌窒息。晓晴下意识地躲进了志诚的怀里，志诚见其中一张小卡片是一家餐厅，随手拿了过来。他立即搂着晓晴突出重围，眼前是一排排密集的铺位，一群群深色人种走过，茂密、拥挤、压抑。志诚看了一下卡片上餐厅的地址，辨认了方向，就打算过去。晓晴却拉了拉志诚的衣角，问道："真的要去吗？"

志诚见她有点胆怯，平时那种女强人的气质竟被阴冷的气氛剥清去尽，深藏着的小鸟依人的一面露出，美丽的脸蛋上多了一层娇美。志诚哪里把持得住，抓起她的手，把她半搂着前行，坚定地对她说："跟我走，不怕。"

他们按照指示的路线，乘电梯到三楼。只见这家餐厅就一扇陈旧的铝合金单门，门上方写着"新德里咖喱王"，旁边都是不知哪个国家的文字打的小广告。志诚正要推门进去，晓晴还是拦住了。她问："这张卡片是不是别人的托啊？我听过扒手集团在这里仇杀。前段时间好像也有个外国女人被人家杀死了，不知道是不是被拐卖到这里要逃脱然后被杀的。"

一时之间，卡片是不是一个阴谋？门背后是不是一个万劫不复的世界——勒索、绑架、人口买卖、劫杀？一万个险恶的念头在他们心中闪过。志诚只觉得晓晴用力抓紧他的手，靠得更近。他十分享受这种被晓晴依靠的感觉，一股热血升起，在荷尔蒙的刺激下，把门推开。他先探身进去，见一桌黄种人在用餐，心稍微放松，拉着晓晴进去，找了一张靠门口的餐桌坐下。一位身材矮胖的印度小哥，操着生硬的白话问好，递上了餐牌。查看餐牌的过程中，又有几桌黄种人操着白话走进了餐厅，看样子正儿八经的。他们的心才安稳下来，点了玛莎拉烤鸡（咖喱鸡）、芝士烤饼、玛莎拉 papad（印度一种小吃）。鸡的咖喱酱是红色的，以为很辣，其实不然。入口之后，咖喱混合的香味迅速填满口腔，肉桂、小茴香、孜然，一阵热闹过后，微辣泛起，紫苏的香味在鼻腔环绕着，久久悠扬。芝士烤饼，饼厚实有咬劲，芝士味浓且咸。所谓 papad 就是小薄饼，香脆。晓晴十分喜欢玛莎拉烤鸡，喜欢咖喱的浓香。经过一场惊心动魄的探险，然后又悠然自得地享受人间美味，她觉得眼前这个在农村天生天长的男生有种有别于香港男生的蛮横，可以带来惊喜。那一段喝酒、看片的浪荡日子又浮上心头，与他相处她衷心感到欢愉。此刻她尽情地享受其中，话比平时多了，周围的一切都变得有趣。他们探究桌面上的两种酱料，橙灰色的那种，像酸梅酱；绿灰色的那种，混合了薄荷和橄榄的味道，十分清新。他们猜测着可能是中和辛辣的调酱。他们探究餐牌上的食物名称，比对着英文猜测分类。他们研究餐厅的装潢，深红色绒布墙纸配水晶壁灯，很土，但印度风格十足。志诚借题发挥拿来当笑话，损人妙语逗得晓晴直发笑。

正当他们情投意正浓时，晓晴的电话又响起了。晓晴有点慌忙地接了，这次她脸上泛起了一点为难的神色，收线以后，笑容收敛了。志诚见状已经猜到大概，他再也无法承受猜测妒忌的折磨了，语气有点硬地问晓晴："你男朋友吗？"

晓晴见他如此直截了当，不知如何应对，平时的盛气不再，只好点头承认。她知道她跟志诚之间的关系已经跨越了朋友知己的界限，面对志诚，她也拿不准该怎么办，觉得对志诚诚实也是一种补救，也不想隐瞒志诚了。男生叫 Oscar，是上次兼职那个阿伯的儿子，各方面都很优秀。经阿伯介绍后，与晓晴在图书馆又相遇，大家都对艺术有兴趣，相识时间不短，但真正确定关系是最近的事。

志诚对晓晴一往情深，但他现在不禁觉得他们只属于那一个个盛夏，离开了盛夏的阳光、池塘边的土壤、楼顶夕阳的晚风，他们的感情就像浮萍，随波逐流、无根无基。他也觉得像晓晴这么漂亮的女孩哪可能没有男朋友。他们共同见证过的萤火之光，只会在这座流光溢彩的城市中被泯没。他在她心中只占很少那一部分，这部分只能深藏，在一个只有他们两人才能去得到的地方。

志诚默默地走了，留下那个流光溢彩的城市在海风中独转。

……

蝉鸣荔熟又一夏。志诚已经高中毕业，进入广州一所大学。大学就建在京九铁路的边上。深夜，当志诚为考试挑灯夜读时，总会听见火车声音"咔嚓、咔嚓——咔嚓、咔嚓——"由远而近，然后又一声长鸣，拉远放空，走了，一直南下到小岛，到晓晴所在的地方。有时志诚会听着火车的声音恍惚起来。

大学离小城只不过一个多小时的路程，同乡们有时结伴回乡。有一次志诚在回乡的车上听歌，隔壁位置一位同乡的女生见他那部已经残旧的随身听，不禁问："这么旧的随身听你还在用啊？”

志诚点了点头。

那女生见他没什么反应，又追问：“听什么歌？”

志诚把卡带的包装递过去，是 The Cranberries 乐队的 *Bury the Hatchet* 专辑，封面上一望无垠的沙漠上，一只巨大的眼睛在注视一个赤裸的人，人背对着眼睛缩成一团。女生似乎被封面吸引了，向志诚讨卡带听。出于避免被这位邻座骚扰的目的，志诚马上退出卡带，递了过去。专辑第一首歌是 *Animal Instinct*，凯尔特摇滚的代表作，忧郁浪漫的曲风里节奏缓缓轻放，不猛烈但节奏感十足。女生听的时候偶尔轻轻打着拍子，听得入神。不知不觉间已经到站。下了车，女生拿着卡带包装在他面前晃动了一下，说：“挺好听的，借来听一下。”然后一个鬼脸，就走了。

志诚还没来得及反应，甚至没搞清楚女生的模样，卡带就被抢了。他回过神来看她的背影，黄色长袖卫衣，牛仔裤，一双深蓝色 NB 跑步鞋，梳着一条短小的马尾辫。面对这如此野蛮的行为，志诚哭笑不得，只能接受。

大概一周后，志诚在学校的饭堂吃饭的时候卡带出现在饭桌上。那女生把它送回来了，放在桌面上的还有她的餐盘。她说：“专辑很好，特别是女主唱低沉清澈兼顾的嗓音，简直透人心扉。”难得知音，志诚开始与她交谈。她叫盈盈，中学就与志诚同校同级，一起考进同一所大学。因中学时期两人班级隔得太远，所以互不知晓。盈盈身材娇小，瓜子脸上经常冒出丰富的表情，配着身体的小动作，总会给人新鲜感。

盈盈又买来两碗雪耳莲子糖水，一碗放在志诚的面前，笑着说：“这碗给你的，当是谢谢你借我卡带吧。”说完以后，又看了看两碗糖水，问道，“怎么你这边的莲子那么多？这太不公平。你喜欢吃莲子吗？”

志诚正想回答“无所谓”，话还未到嘴边，盈盈就在一边说：“男孩子应该不吃莲子。”一边用勺子把志诚糖水里的莲子往自己碗里捞，捞完以后还对着志诚做了一个满意的表情。

志诚笑了，问道：“你不是我，怎么就断定我爱喝糖水？”

盈盈撒娇似的讲道：“人家一片心意嘛。不理啊，你给我喝就是。知道你们男生爱熬夜我还特意挑了个清润的雪耳莲子。哎呀，你怎么吃得满嘴都是。”话音刚落，她就从小背包里拿出一包纸巾，抽了几张分成两沓，一沓递给志诚，一沓留着自己用。

送糖水、送纸巾，作为一个男生，志诚难得享受这种礼遇，心里美滋滋的。他感到与盈盈相处十分舒服。自此以后交往就慢慢多了，相约一同回乡或是报同一门选修课，有时交换一下音乐，有时交换一下中学时代的八卦，志诚喜欢历史、哲学，盈盈喜欢悬疑、侦探，于是萨特遇见了东野圭吾，波伏娃与阿加莎成了闺密。

一天晚上，当志诚又听见列车的声音缓缓而过，“咔嚓、咔嚓——咔嚓、咔嚓”，之后一声长鸣。这次他没有想起列车驶向的远方，而是想起了《东京爱情故事》里面的日本城轨。秋风萧瑟、黄叶纷纷，也是这样的“咔嚓咔嚓”声拉得好远好远，恋人们在路轨边走着、倾诉着心事。小田和正唱的主题曲《突如其来的爱情故事》纷繁轻妙的节奏，与剧里那段段纷繁复杂的露水情缘在他的记忆中留痕。突然QQ上弹出了晓晴的短信：“我周末回乡，你回来吗？”志诚沉思，他想着自己应该如何去面对晓晴，那曲朝暮纷繁的《突如其来的爱情故事》又响起了。

周末晚上，志诚骑着摩托车到了晓晴外婆家，晓晴从家门走出，跳上车，直接对志诚说："去竹林。"志诚沿着老路走着，一样的景致，不过摩托车发出来的隆隆声打破了老城深巷的平静，不和谐地扰攘在夜空中。车停在竹林边上，晓晴下车，拉着志诚的手奔进去，没走几步就到了尽头，却看不见原来的池塘，那里已经被填土推平。晓晴问道："池塘呢？"

"已经不在了。"

"怎么竹林变得那么小？连、连阵风也没有？"

"是啊。这里以后会盖民房。"

"那、那萤火虫呢，应该还有吧？"

"已经几年不见了。"

"哦。"晓晴惋惜轻叹。

"你回来找我有事？"

"嗯。其实也没什么。"晓晴答完，往竹林的黑暗处走去。然而与几年前大不一样，竹林的周边装了路灯，可以躲避光芒的地方并不多。志诚默默跟在后面，什么也没问，什么也没做。晓晴走到一棵大竹子的前面，用手轻摸着竹子，像是感受着竹子的肌理纹络，轻声地说："连这里都不在了。"然后又转身问志诚："你在吗？"

志诚点点头："嗯。"

晓晴又转身到志诚的背后从后面搂住他。志诚本来想把她强拉到面前，他想与晓晴来一个普通的拥抱，像恋人般拥抱，谁知晓晴接着说："我爸妈要离婚了。"

志诚强硬的手松了。

“我爸常年北上来公干。在内地有了第三者，孩子都有了。我看了他信息才知道……”

“哦。你说吧，我在听。”志诚安慰说道。

“那内地女人没大我几岁，没成年就跟了我爸……”

志诚听到她说“内地女人”几个字，心里有点窝火，掰开她的手，把她拉到前面，对着她喊：“我也是内地人，那你为什么找我，不去找 Oscar？”

晓晴再也忍不住，“哗”的一声哭了起来。

“这样的家丑我哪有脸面跟人家说啊？”

“你没脸面跟他说，就有脸面跟我说了吗？”志诚继续质问。

“怎么连你都变了。池塘没了，竹林没了，萤火虫也没了。你可以像以前那样吗？”晓晴一个前扑，把志诚搂得紧紧的。

志诚再也无法抗拒一个在他面前卸下所有伪装的晓晴。这是她原来的样子，他见过吗？好像有，也好像没有。他似乎对这样的晓晴十分陌生。他像呵护孩子般，轻抚她的发肤，已经不论好坏对错了，但求与她共阅沧海茫茫，唯望桑田不至。

第二天，志诚早早地就去陪晓晴了。晓晴心情一直不好，志诚找了一家咖啡厅与晓晴共度。咖啡厅是台湾连锁企业，装潢以田园风格为主，只不过是加了一些绿色植物衬托，其实摆设等与他们第一次见面的国贸西餐厅大同小异。这几年生活好转，西餐已经进入珠三角大众的生活，志诚向晓晴推荐了饮品和小吃。晓晴对什么都不在乎，仍旧沉没在悲伤的旋涡中。

“爸爸一直都是一个好男人，我想都不敢想他会做出这种事。”晓晴一脸疑惑地自问道。

志诚觉得她这个问题问得有点幼稚，他不知道这是出自一个女人对感情纯真的执着，还是她高冷外表下面隐藏着无知，又或者她根本没有勇气去接受这个现实。

“你爸爸对你来说是一个好爸爸、好男人。这是他所能给你的，他也给你了。”志诚回答。

“那他为什么要做这样的事？”晓晴有点赌气地问。

“可能寂寞吧。”志诚答。

“寂寞就可以随心所欲了吗？”晓晴问。

“寂寞有时真的有点可怕。你可能没试过。”志诚试探似的望了望晓晴，接着又说，“有时候想你，我会觉得窒息，只能看书、听歌排解一下……”

“我在说我爸，你别把话题岔开好吗？”晓晴打断志诚。

志诚唯有再回到那个话题上，说：“你爸不是回来为公司开拓吗？遇到困难应该不会少，一个人身处异地，难免……”志诚没有说下去。

晓晴咄咄逼人说道：“别为他找借口，他回内地后就像变了个人。还有那个女人，知道人家有家庭还插一腿。”

志诚第一次在高冷的晓晴面前听到她用骂街式的词语数落人，有一个还是自己的至亲，本来忍不住要回两句硬的，但话到口边又吞了回去，毕竟她是晓晴，毕竟她心情极度悲伤。志诚冷静了一下，觉得自己不知不觉地为晓晴爸爸找借口。可能是都经历过寂寞侵占的人有种同是天涯沦落人的感觉吧。冷静下来的他开始自问，为什么一个男人要把自己推向如此一个不复之地。他低声说：“无论怎样，你爸爸也是错了。”

晓晴看见他低声说出，不像陈述观点，却像在认错。她也不知不觉把志诚代入他爸爸的角色了，见他主动认错有点消气。轻轻问了一句："如果是你，你会怎样？"

志诚被这样一问，角色陷得更深了，他有点深沉地答道："我也不知道。人要走到那一步才知道自己会怎样做。人有时候是矛盾的共同体，也许你爸爸已经被矛盾折磨得够多了。"

晓晴勉强地听进了一些，但仍然无声无色地坐在那里。志诚在她身边陪着。于他，能够与晓晴共同经历悲伤，慢慢地把情感堆积起来也何尝不是一种快乐。一直到夜幕降临。路灯未开，咖啡馆里灯光微弱，昏暗重重地压得四周严严实实，志诚再也无法忍受这种压抑。他拉起晓晴上了摩托车。他开着摩托在路上飞驰。晓晴问："我们去哪儿？"

志诚气愤地大喊着："你不是恨你爸吗？我现在就载你过去臭骂他。"

志诚以为晓晴会极力制止他的行为。但她没有，她只是坐在他后面，用手紧紧地搂着他的腰，身体完全依靠着他，贴得紧紧的。她的脸也贴在他的背上。他感觉到她在抽泣，眼泪沾满了他的 T 恤，他闻到她的秀发在风中吹散出来的香味。他把车开得更快了，在荷尔蒙的刺激下，他有种古惑仔的张狂。

晓晴爸爸的住处是一个二十世纪九十年代中期建的小区。当时没有封闭式小区的概念，志诚开着车就进去了，停在楼梯底下。小区道路中间有一排花圃，种着高高的大黄椰。大黄椰高大的枝叶把黄色的路灯遮了一半，把整个小区遮得昏昏暗暗的。昏暗的环境正好合了志诚那张狂的气焰。他抬头望了一下晓晴说的单元。那单元在三楼，透出日光灯明亮的光，照得阳台晾挂的衣物清晰可见。志诚看见衣物里有婴儿的服装，知道没搞错，拉着晓晴就上楼。走到门前，听见一男一女在屋内对话。

女的问："你在香港也这样抱娃吗？"

男的答："差不多吧。不过我在香港那两个是女孩。这样抱太刺激，她们不喜欢。"

女的说："够啦。再这样抱孩子他不肯睡。不知道你跟我在一起是喜欢我，还是为了儿子？"

男的回答："我两个都喜欢。"

女的又问："那我跟你香港的老婆呢，你喜欢哪个？"

男的笑着回答："你给我生了个传宗接代的，我当然喜欢你啦……"

晓晴性格一向骄横，志诚以为她听到对话以后一定会砸门大骂，哪知晓晴却依靠在他肩膀上低头哭泣起来。志诚火气骤然而上，用狠劲拍门。

"砰、砰、砰"，三下惊醒了屋内人。只听见男的把婴儿交给女的，就出来开门。

志诚火气仍未减，"砰、砰、砰"又是三下。

男的生气了，大骂道："谁啊？懂礼貌不？！"

门被猛拉了一下，开了。在看见晓晴的瞬间，屋内怒火朝天的男人却呆站在那里不知所措。志诚想过去质问，晓晴却转身冲下了楼梯。

志诚没料想到晓晴这一举动，想抓也抓不住，马上跟她下了楼。晓晴跑向摩托车旁，哭着对志诚说："走吧。"

志诚不肯，说："来都来了，怎么你不问清楚？"

晓晴哭得更厉害说："走吧，好吗？"

志诚还是不依，坚持还要上去。

晓晴没办法，抓住他胸前的衣服说："走吧，算我求你了。"

志诚感到晓晴的手在他胸前慢慢滑落，最后整个人坐在地上。他没办法，只好载着晓晴走了。

晓晴在志诚后面哭着。志诚安慰说道："我们找个安静的地方让你痛痛快快地哭一场。"

晓晴没答应，只是说："你只管开车就行了。"

志诚也来气了，说："难道让我连安慰你的资格都没有？"

他驶往一条又长又直的偏僻公路。这时路灯开了，四下无人，公路延伸至远处竟看不到尽头。志诚摘下头盔，又把晓晴的头盔摘下。他加速，向着公路延伸的无穷无尽处冲去。劲风从他们的耳边掠过，马达的隆隆声也被耳边的风声所遮盖。

晓晴问："你要干吗？"

志诚没回应，继续加速。晓晴紧紧地搂住志诚。她害怕了，她大喊着："你开慢点可以吗？！啊——！开慢点！"

志诚没理会，仍继续加速，喊着："烦恼已经在后面了，它跟不上你了。"

晓晴也喊着："慢点啊！一翻车我们会死的！"

志诚得意了，大喊："你愿意跟我一起死吗？"

晓晴喊："你慢点再说！"

志诚说："你不说'愿意'，我们就一起去死吧。"

他突然把车头一偏，整辆车顿时失去平衡，在道路上划出一道长长的弧线，刮起浓浓的泥尘、烟雾。

"啊——！"晓晴在后座大叫。

当车停下来的时候，她已经停止了哭泣。志诚从车上把她抱了下来搂在怀内，说："不要哭了，一切在生死面前都不算什么。"

晓晴整个人一下就软了，她偎依在志诚怀内号啕大哭，却没有多少眼泪。过了好一会儿，她又大笑起来。到最后她深深地与志诚接吻。吻完以后，又放声大笑。她问志诚："我送你的随身听还在用吗？"

"嗯。"志诚回应。

"拿出来给我。"晓晴说。

志诚从车里取出给她。晓晴拿在手上，使劲地把它扔进池塘。然后回头对着志诚说："以后有我就行了。"

志诚把她拉过来，又吻了起来。

周末短暂，第二天志诚就送晓晴回港，不舍当然有之，但志诚心里更多的是不安，他不知道晓晴回去以后，他们初长出来的根会不会随着那个流光溢彩的世界轮转飘浮，最终枯萎。他只能看着车把晓晴拉离他的世界，最终在人车繁杂的闹市消失了。

此后志诚与晓晴的交往比以前频繁，但每当提及Oscar时，她都避而不答。志诚只能用感情的事比较复杂、不能逼她太紧的理由安慰自己，日子也就过去了。

三个月后，志诚在小城的路上遇见了一条深绿色碎花裙。是彩儿。同一条裙子底下的身材变得丰满，配上楚楚动人的脸，散发出来的是中年妇女的丰腴含蓄。

彩儿见了志诚后并没说什么，只是陪着志诚走着。志诚很意外，但见彩儿不说话，他也一路走着。走了长长一段，彩儿停了下来。志诚回头看了她一眼。彩儿才慢步向前，始终保持在志诚的后面。她终于开口了，说："你是晓晴的朋友？"

志诚十分意外，停下来猛回头一看。彩儿首先回避了他的眼神，过了一会儿，才正视他，说："你们来找她爸的那天晚上，我从屋内看到你了。"

志诚才明白，彩儿与他的交集又多了一层。志诚无言以对，他实在不想跟彩儿说话。

彩儿说："晓晴是不是很恨我？"见志诚不接话，又说："其实我是真心对他爸好。难道一个人追求自己的幸福，这也有错吗？"

志诚深深吸了一口气，继续前行。彩儿在后面跟着。志诚加快脚步。彩儿紧接着说："我的经历你是知道的，我只是想追求我的幸福罢了。"

志诚停下来，望了彩儿一眼，彩儿被他这样一望马上低下了头，然后又抬头，故作坚定的眼神底下透出苍白，说："像我这样出生的人要改变自己命运有什么办法，世界就是这么不公平，我出生的地方一穷二白，什么都没有，之前我是怎样不堪你也是清楚的，如果我不抓紧机会我这辈子也就只能卑微地过着。我争取自己的幸福难道有错？"

志诚竟然没理会向前走着。彩儿仍然不依不饶，问道："像你们养尊处优的人，怎么会明白我的生活。你们有什么权力指责我？！"

志诚仍向前走着。彩儿受不住了，扯着志诚，说："你倒说话啊！"

志诚无奈，他回头对彩儿说："唉，我说你错了吗？指责你了吗？如果你自己都觉得自己没有错，那你自问一下你今天来找我又是为什么？还有，你如果真的觉得现在幸福，就把这条裙子扔了吧。”

彩儿哭了，梨花带雨，那楚楚动人的脸更艳更令人怜惜了。志诚觉得她那一脸楚楚动人不知是天生的，还是经历的世事给她装扮的。志诚本鄙视她的行为，但回忆里放映厅的彩儿远眺窗外的绿与发廊霓虹灯的红在他回忆里形成强烈的对比，他承认像他这样一个养尊处优的人根本无法了解她的伤痛。

傍晚的太阳开始发黄，照在小城的路上，路旁的两排千层木虽年日已久，但仍枝叶稀疏，泛起的一层层树皮有如讲述着岁月沧桑，水枯土瘦、风雨多来，纵使多年挣扎仍是叶稀命薄。

将近暑假，志诚收到了志邦的QQ。志邦留言说，他与香港老板合营的新工厂正在筹备，其中电脑、办公设备与办公网络等需要采购和安装，工厂规模不大，采购和安装量少，志邦知道此工程的技术要求不高，想省点费用，于是请志诚利用暑假帮他采购和安装。采购价格需要透明，安装算人工，给出的价钱对于一家工厂九牛一毛，但对于一个大学生非常有吸引力。志邦称这是双赢。志诚本来在大学也是读电脑信息的相关专业，所以就爽快地答应了。

工厂设在一个九十年代建成的老工业区里，与别人分租一个独院厂房。厂房有一栋工业楼和一栋宿舍楼，还有一个用来装卸货的院子。院子里树木茂盛，常年承压的水泥地面上已经出现裂痕，虽用沥青缝补，但仍有不少杂草从缝隙中冒出。工业楼和宿舍楼都是九十年代典型的水泥石米外墙配推拉铁窗的建筑，工业楼三层，宿舍楼五层。茂盛的树木以及老式的建筑很讨志诚喜欢。志邦的工厂在二楼，是一家为成衣制作纸盒包装的工厂，分打片车间、折叠车间和办公室。工序主要是把彩印好的大块纸片在打片车间打成需要的形状，再拿过去折叠车间折成包装成品。工人管理和订单对接在办公室进行。工人住在宿舍楼内，与其他工厂的工人分一栋宿舍楼。

志诚走进办公室，见办公室放置着几张办公卡座，在不远的靠窗处还有一张大一点的办公桌和大班椅。志邦正坐在大班椅上对比着样品。一件丝质碎花 Polo 衫、黑西裤、黑皮鞋，他比上次略有消瘦，室内有空调，仍冒着一头大汗，显然刚从外面回来。志邦见志诚来了马上迎过去，寒暄几句后就布置工作了。除了工作任务外，还交代了财务结算的票据等问题，就放手让志诚干事了，他自己也出去操持别的工作。

志诚坐在办公室里核算需要的材料。一个中年男人走进来，深色的 Polo 衫，白色西裤，一双蓝面白底帆船鞋，梳得顺服的头发，两鬓已经花白，但身姿仍挺拔，给人一个干练的形象，一股浓浓的古龙水味道散发出来。中年男人见志邦不在，操着一口纯正的香港口音问志诚："阿邦呢？"话说得温和礼貌但带有一种上级的压力。

志诚见容听声，已经猜到他是志邦的老板，连忙用白话回答："出去了。你先坐一下，有事我可以转达。"

中年男人见志诚讲白话而且对答体面："你是……"

志诚答："我是他请回来做电脑采购和网络工程的。"

中年男人说："哦。是、是，他跟我说过。呵，你这个忘年之交很会干事啊。发挥大学生一技之长，又帮我们省了开支，亏他想得出。"

他看了看志诚做的采购单，很赞赏地说："采购的事上，你老哥很信得过你嘛。不过也是，你一个大学生单纯又没有什么社会关系，贪不到哪里去。小兄弟，你老哥做事就这么精，你多跟他学着点，有好处。”

志诚细思才知道志邦用意之深，虽然被算计的感觉不好受，但他觉得志邦身上还是有东西可以学的。

中年男人见他若有所思，找了一张椅子坐下，靠在背上，跷起二郎腿，摆出一副聊天的架势，说：“你老哥过来的时候，就是土包子一个，不过我看着他人挺勤奋，就试着用，想不到他挺机灵。当年还在那边制衣厂的时候，条件比现在差多了……”

中年男人果然是志邦的老板，一提到当年创业就忍不住心中的感慨，不停地述说自己的光辉事迹。他姓欧，六十年代末去了香港，在香港制衣工厂里打滚多年，见内地劳动成本低，八十年代末回珠三角建厂，从十几台衣车做起，现在工厂已经发展到五千人。现在这工厂生产的包装就是为他的制衣厂配套的。志邦是他的第一批工人，一路主雇地走过创业过程中的不少坎坷，主雇不但成了关系，也成了一种情谊。

志诚是一个想干事的年轻人，对欧老板创业的经历很感兴趣，听得认真。欧老板也看出志诚的兴趣，讲得更带劲。

“不过现在已经没有当年的好景况了，当年我们试过两百块请一个工人，现在没有两三千搞不定。像这个包装厂本来我也不想上，不过现在不这样做没办法，人工提高了，利润上不去，只有向产业链的上游发展。你以为开工厂很容易，其实烦得很。所以这个工厂我也给志邦股份，让他去操持。像你这样的小年轻，比起志邦那时候差远了，吃不了苦，要求又高。”

欧老板开始抱怨起现在开厂的种种困难："我们港商在内地越来越不容易了。现在不单人工贵，各方面的成本都在上涨，如果工厂与工人们有纠纷，他一下子就把你告了，政府还站在他们那边。再这样下去就没法干了，前几天有个开厂的拉上我去了东南亚考察，那边的条件暂时不成熟，不过再这样下去就难说了。"

这一话题已经说完，志邦还没回来，欧老板又掀起另一个话题，见志诚仍然认真听讲，他放得更开，香港口音里带着粗言秽语，这次是他的种种风流往事。

志邦推门进来，欧老板也没觉察，直到志邦向他打招呼，他才从自己渲染的云里雾里抽出来，抬头对志邦说："等你一个多小时了。"

志邦连忙赔笑道："老板，我不是去落实打片机了嘛。您老人家怎么突然来访？"

欧老板收起刚才那副儿戏的表情，脸上庄重起来："我过来复查一下进度。主要是：一，无尘车间的工程进展怎样？二，工人的劳动合同和劳动关系处理好了吗？三，办公室的设备购置怎样了……"

欧老板一二三四地把工厂的进度有条理地问了一遍。志邦不慌不忙答："有劳老板您操心了。无尘车间工期长而且对以后生产影响大，这个事我亲自去处理，每天跟进度。劳动合同已经签好整理完毕，我个人建议请您制衣厂聘的律师过一下，数量不多，他讲义气应该不会收钱，这样我们就放心多了，至于往后这家工厂的法律业务怎样开展还要老板您定断。办公设备这方面我打算全权委托我这位小弟去做……"志邦也分轻重缓急地对欧老板的问题一一解答。

欧老板听完以后满意，脸上又浮现出儿戏的神态说："志邦同学，现在不是叫你到教导处问话，不要老是对着我唯唯诺诺的。"

志邦笑："老板你天生有种成功人士的威严，我不自觉就唯唯诺诺起来了。"

欧老板："你这擦鞋功夫，如果我信以为真，肯定 PK 收场。走，去看一下无尘车间吧。"说完就动身了。志邦紧跟其后。欧老板走了几步，回头对志诚说："靓仔，走，一起去。"志诚不知是否合适，看了一下志邦。志邦点了一下头。志诚就跟了过去。过程中，欧老板看得很细，问得也很细，志邦都一一回答了。

欧老板走后，志邦对志诚说："老板挺喜欢你的，很难得，他这人眼光高。"

志诚答："我就顺着他思路迎合了几句。他不是六十年代末才去香港的吗？话里好多'你们内地人'，这种优越感令我蛮不自在的。他的事业不是靠着内地的人力资源？"

志邦"嘻嘻"地笑了一下，他不敢正面说老板的不是，只好这么圆场了。然后又补了一句："老板，对身边人还是挺好的，也能听别人的意见，是个好老板。"

志诚有点关切地问道："我听他说现在做生意很难？"

志邦说："利润肯定比以前低，不过还是有的。老板是大鸡当然不吃小米，小米是我们吃的。这个社会什么层次的人吃什么层次的饭，分得很清楚。利润越来越微薄是肯定的了。我要做的是赶在这个利润被降为零之前多挣一点，像老板那样有自己的厂房、物业，这一辈子什么事都不愁啰。"

对于志邦的话，志诚很上心，作为一个大学生他想了解社会，而志邦是其中脱颖而出的一个，志邦成了他的良师益友。

工厂的设备一天天进场，工人也陆续地走上了岗位。办公设备也准备得差不多了。这天，志诚见志邦用计算器核算着工人的工单。工人除了保底的工资外，还有按加工的件数和合格率等综合计算的提成，多劳多得。财务还没到位，志诚见志邦忙得慌，提议他用 Excel 制作表格。志邦表示他不懂 Excel，提议把这项工作一并交给志诚。志诚对 Excel 也不在行。考虑之后，他想起了盈盈，便对志邦说："我有个同学对这个很在行，可以请她来帮忙。"

志邦说："好啊。我要对工厂的生产进行流程化管理，还有杂七杂八的工作要通过表格化实现的。"

志诚觉得这个工作太庞大了，提出："那你就要算工钱给人家了。"

志邦答："可以。"

志诚知道志邦在给他报酬上还有很大的空间，所以这次他开了一个价给志邦。

志邦听了笑了一笑："好啊，老弟，过来工作几天长本事了，跟你老哥讨价来了。"

志诚试探似的回了个坏笑，等待志邦的态度。志邦也知道志诚是故意不接他的话，要他表态，感到这个年轻人的城府已经建起来了。他爽快地回答："好，就这个价。你的工钱我也调到这个价。你这个老弟我认了。不过接下来工厂筹备的事都得放到你们身上，你可给我准备好了。"

志诚觉得能够参与一个工厂的筹备是一个十分难得的机会，所以他郑重地点头，表示答应。谈妥以后就给盈盈打电话，因为价钱对一个学生来说实在是很吸引，盈盈也非常爽快地答应了。

第二天志诚用摩托车载着盈盈到工厂。志邦向盈盈交代了工作，见盈盈人机灵，对Excel也熟练，很满意。吃饭时间，盈盈见工厂的伙食差，去找了志邦。志邦解释，因为人员仍未完全到位，饭堂未开，伙食差也是暂时的。盈盈提议购置一个小电饭锅，他们三人在办公室开小灶。志邦仍犹豫。盈盈就马上对他做工作，说道："老板，你现在都在厂里吃，这段时间那么辛苦，如果营养跟不上熬坏了身体怎么办，工厂现在正是需要你的时候，这可担当不起。我是打算购置一个电饭锅，两百多够了，每天你给我二十块的伙食购置食材，我煲一锅汤，就够我们三个人午餐和晚餐用了。"

志邦心算了一下，觉得性价比蛮高的，说道："你还蛮精打细算，话也说得动人。那就照你意思办吧。"

于是第二天早上，志诚先开车载盈盈到菜市场买菜，然后再去工厂上班。盈盈除了买了煲汤的材料以外，还购置了挂面等主食和一些餐具、刀具。到了办公室，两三下就安置好煮食和切菜的地方。同时，煮了一锅热水，把挂面下锅。志诚问她："这样煮面，没配料不好吃吧？"

盈盈竖起了食指在空中左右摆了一下，表示否定。然后从他们平时泡面剩下的调味料中取了一包倒进锅里，等水煮得差不多，熄火，盛了一饭盒给志诚。志诚拿起一尝，味道刚刚好。原来盈盈知道调味料不多，如果煮汤面味道会不够，所以特意把水煮敛，这样味道就不会淡了。志诚忍不住赞了一句："好吃。"盈盈也没回答，眉头一扬，做了一个得意的神情。

其实每天二十块钱的餐费并不够每天煲肉汤，盈盈今天买肉，隔天就来点玉米羹等的素汤或者粥，有时候天气太热，甚至煲一锅糖水，餐费用度调配得挺好，深得志邦的认同。难得身边有两个肯干又能干的年轻人，志邦把自己在社会打滚的经验倾囊相授。

每天志诚乘着晨风把盈盈载到菜市场。两人在那肉档菜摊上走过，看着一个个妇人在这片杂乱之地聚集，然后把荤腥菜素带回灯火万家。当看到市场里每天轮转着千家万户的日常时，他会留意着身边这个女孩，见她在这片尘俗的鱼肉瓜菜、柴米油盐中干练地操持着，他不禁有了在凡尘中随波逐流的幻念。子曰："道不行，乘桴浮于海。"志诚自命凡夫俗子，在尘世随波逐流中不仅没了夫子的落魄之意，反而有浮于凡音杂念之上的自在平静。盈盈告诉他，自己负责谈价钱、做买卖，他负责拿着东西，所以他什么都不用做，跟着她就行。有时盈盈一两句喊话或是可爱的表情，把他从神游中唤了回来。有一天志诚由衷问了一句："当我们老了以后是不是也是这样每天到市场买菜？"盈盈没有回答，甜蜜地笑了。志诚突然觉得自己是不是变了，从高冷的云端被早晨一道和煦的阳光带到了人间。

有一天，盈盈穿了一套厂里的工服，梳起两条小辫。

志诚问："这身装扮是干吗？"

盈盈答道："入乡随俗嘛。"就跳上他的车。中午饭点，盈盈又打了两个饭盒，拉志诚一起与工人们一同坐在院子的大树底下吃饭。志诚问她为何。她笑着回答说："曾经看过一部电影，里面的男女主角在六七十年代的工厂里一起吃饭，当时觉得很温馨，现在难得有这样的情景也想试一下。"

志诚说笑道："那你把我当你的男主角了？"

盈盈笑说："先试一下吧。"把头靠在了志诚的肩上，然后又马上离开，继续笑着说，"没什么感觉。"

志诚笑了，他说："你怎么这么多小动作？"

盈盈说："你那么没情趣，这样才不会把我自己闷着。"

志诚没接话了。他望着蓝天白云、洒在地面上的斑斓树影和明媚开朗的盈盈，只觉得岁月青葱。但青葱本属于初中、高中，对于一个大学生已经嫌老了。他寻着，想找出造成这片青葱空白的原因，觅得的竟是对晓晴的相思。

有时候志邦安排的工作没完成，他们晚上会加班。盈盈用电饭锅煮一锅饭，打两个鸡蛋，再下点油盐，就是他们的晚餐了。饭煮好，盈盈盛了两盒，一盒给志诚。夏日的余晖映照着，整个院子被染成金黄色，他们离开办公室透气，把饭盒放在二楼的栏杆上，看着一拨拨工人慵懒地走出院子的大门，在余晖里身影阑珊，日之夕矣，倦鸟归巢。志诚问盈盈："想回家了吗？"

盈盈望着残阳答："嗯，这黄昏是让人想家了。"

她走进办公室把志诚在电脑里在播的歌换了，走出来对志诚说："这种时候不准听那种虚无缥缈的歌啊。要听这个。"

志诚仔细一听，原来她把王菲的歌换成区瑞强的《陪着你走》了，志诚问："你不喜欢王菲的歌吗？"

盈盈答："我很喜欢啊。不过每次看到落日黄昏我就会想起这首歌。你记得以前有个广告吗？广告把这首歌的歌词改了，改成这样的：傍晚城市拍子变缓慢，陪着你归家乐悠悠，温暖，天天向往这光景……后面就忘记了。里面是九十年代初香港一般人家的小日子，挺温馨，挺让人向往的。"

志诚说："如果没记错是一个卖米的广告吧。"

盈盈连忙点头："嗯嗯嗯，你也记得吧。"

志诚说："印象还挺深。"

盈盈说："其实温馨的小日子才令人向往。"

志诚不知不觉间作为一个男人去听这句话，他觉得眼前这个小女子挺亲切、挺令人暖心。关心地问了一句："这段时间加班辛苦吧？"

盈盈说："辛苦是有点，但挺充实的，而且觉得自己像是进入另一种生活，挺有新鲜感啊。"

志诚望着她笑了，两人就没说话。太阳下山，天漆黑，对面的住宅点起一盏、两盏灯，直至万家灯火。志诚记得与晓晴看过很多次日落，从楼顶俯瞰芸芸众生，虚无寂寥。现在与盈盈从劳作之地夜观万家灯火，感到每盏灯下面都有一户人家，他有了逐门逐户地去细看的念头，想看一下灯火人家下的装修摆设，看一下饭桌上的柴米油盐，听一下家长里短，感受那份温馨实在。

终于把工作做完，志诚送盈盈回家，夜已不浅，他们没有留意小城的灯光已经遮盖了天上的繁星。与盈盈相处的时候，志诚并不会看得太远，他在盈盈的楼下放下她。对她说："等你进门了，我才走。"

盈盈轻轻地应了一声："嗯。"就走上楼梯了。

志诚听见房门打开。盈盈并没有向他喊话，而是从阳台望下来，默默地向他挥了挥手。志诚点了一下头回应，就开车走了。摩托车的声音在夜里回荡，盈盈没进屋，而是听着这声音越走越远，模糊，消失。

工厂的生产逐步步入正轨，志诚和盈盈除了应付既定的工作以外，还要帮助志邦处理其他事务。欧老板不经常过来，但过来就是一个上午。最初志诚和盈盈对企业管理的印象仍停留在书本里，认为老板只管方向，其他事自然会有人处理。但这次兼职使他们近距离观察一个企业的运转。工厂的琐事非常多，大到百万的订单，小到工人们的吃喝拉撒，大事关乎生存，小事关乎效率、成本，事事都不能马虎。这天欧老板前来与志邦商议工人的待遇问题，因为工人们签合同的时候相关的待遇不可能写得太细，工作一段时间后问题逐渐浮现出来了。

欧老板有点不耐烦，赌气说："签合同的时候这些事情不都是说好的吗？"

志邦说："是说好了，但到了具体问题上不可能写得太细。现在工人们提出来几个要求：一个是把八个人一间的宿舍改为两个人一间，伙食标准也要有相应的提高。"

欧老板一听，突然火了，大声说："两个人一间！单单这个变动，宿舍的成本就是原来的四倍，怎么啦这是，狮子大开口啦？！"

志邦见他大怒，连忙赔笑道："老板息怒，老板息怒。也不能说他们大开口，因为现在不少工厂都是两个人一间宿舍，有对比就有不平衡嘛。这……"

欧老板没等他讲完就抢着说："你不用在我面前啰啰唆唆，我问你，我们一起开厂的时候有这么多问题吗？"

志邦紧接欧老板的话："时代不同嘛，现在这些出来打工的都是'80后'。他们的父母就是我们这辈出来打工的。成长的条件哪有我当时艰苦，而且也读过一些书，人还是肯干的，就是要求高了一点。时代不同，时代不同。他们说人太多了就没有隐私了。"志邦最后一句关于"隐私"的话说出来自己也在打哈哈。可能他对这样的观点也不赞同，觉得站不住脚。

欧老板把火气发了，情绪稍稳定，可能也觉得自己刚才失态了，语气有点缓和，但带点不屑地说："嘁。小年轻的哪有那么多隐私？"然后拿出香烟点燃，在办公室吞云吐雾，像是在思考。志诚看出来他不是在思考，他这样的老江湖其实早就知道这道选择题的选项，只不过找点事平稳一下自己的情绪。抽烟就是想让自己尽快平和下来的证明。

盈盈受不了烟味，捅了志诚一下，小声说："不是已经室内禁烟了吗？怎么他还抽？"

志诚答道："这是他的地盘，他做主。"

一根香烟抽完，欧老板又变回原来那个文雅的样子，大声呼唤道："志邦、志邦，过来。"

志邦闻声大老远地应着："哎、哎、哎，来了、来了。老板有什么吩咐？"

欧老板吩咐道："宿舍的方案我想过了，两个人一间房确实没有必要，这些小年轻，独处时间太多不知道要搞出什么事。我只能够同意四个人一间房，同时你要在每间房间选一个室长来管理房间，有什么事他要承担责任。相应地把室长作为提升岗位和工资的参考条件作为回报。你看怎样？"

志邦连声答道："老板英明，老板英明。那伙食标准怎样？"

欧老板说："伙食我没问题。吃好一点是实事，他们也年轻，需要保证营养。我又不是没良心的吸血鬼。就是刚才说的什么隐私，我靠，小年轻有什么隐私？现在是出来打工，你以为外出旅游啊！"

志邦见他退了一步，马上赔上笑脸："老板威武，老板威武。”

哪知道欧老板一点儿都不领情，对着他说：“你别老对着我点头哈腰，我不吃这一套。”然后又像自动把今天的事与他平时的抱怨联系起来，自言自语地说着：“内地的生意真的越来越难做了，我以前回来创业的时候哪有这么多乱七八糟的事，大家团结一心，做得挺顺的……如果再这样下去，我们港商可能都要搬了。”说着，动身就走了。志邦跟在他后面，一直送出大门，回来第一件事就是往车间打电话，电话通了也没问是谁，说着：“叫他们过来。”

不久两男三女上来了，年纪不过二十，脸上有点儿腼腆，穿着一样的工服，可能是工服的尺码有限，他们有的衣服比较宽松，有的衣服稍紧，女的发型比较突出，有一个梳着辫子，有的用彩绳系着，看得出用心了一番。几个人站在志邦面前，没出声，等着志邦发话。志邦坐在椅子上，没起来，浑身扬出一种逼人的气势，与刚才判若两人。他带点训话式的语气，对着五个年轻人说：“你们提出来四个人一间房的事我已经跟老板说好了。他意见是能不能由八人减成六人。”

志诚记得志邦刚才跟欧老板提意见时，说工人的要求是两人一间房。现在听志邦这一说辞，明显上下都打了个折扣，他不由自主地望了志邦一下。志邦被他这样一望，脸转过来也看了志诚一眼，不过铁板一般的强硬表情没有发生一丝变化。

五个年轻人听了志邦的话，相对而望，想找一个挑头的，然后不由自主地把目光集中到其中一个男生身上。男生接受了他们的推荐，鼓起勇气向志邦说：“我们要求的是四人一间宿舍。改成六人的，与八人的有什么区别？”

志邦见他提了一句反问，带点挑衅，脸上出现了一丝愤怒，但很快就收了回去。他马上把手上持有的筹码放了出去，说：“你们提高伙食的意见老板二话不说就答应了，这说明工厂是关心你们的。但是你要知道宿舍从八个变为四人，这么一弄费用就增加一倍，你们也得考虑一下工厂的开支啊。如果工厂生意做不下去，你们工作也会丢，还有谈的必要吗？”

五个年轻人在志邦这个老江湖面前果然招架不住，一个回合没过就主动缴械了，态度明显软了下来。一个女生不好意思地说：“我们也知道老板对我们好，但是六个人一间宿舍也是很拥挤的，尤其是女孩子。有时候在电话里讲点悄悄话都不行。”

提起隐私这个问题志邦马上动怒了，他蹦出一句：“哎，我说，你们哪来那么多悄悄话？！”

那个女生见触怒了志邦，有点不好意思了，退了回去。志邦也觉得自己语气有点重，马上较为温和地说出：“四个人一间房也可以，但是我要你们建立一套宿舍的管理规范，这样我才可以再向老板申请。”之后志邦不仅把欧老板的想法全盘托出，还自己加了不少进去。五个年轻人见志邦肯再为自己争取，都一一答应了。

志诚看见志邦谈判的全程。他自己加上去的条件中有不少都是为以后的管理打定基础，不仅解决了双方的矛盾，而且把这次矛盾作为拓展以后管理的机会。不由心生敬佩，觉得这些都是从书里学不到的，由衷地向着志邦一笑。志邦看见他的这一笑也心领神会，觉得这个小伙子读懂了自己的计策，是个可造之才。

谈完以后，志邦叫五个年轻人回去，不过他们刚转身，志邦就叫住了挑头那个：“浩宇，你给我留下来！”语气特别重，不留情面。

那个叫浩宇的男生留下来，站着，有点不自然地对着志邦。志邦一拍桌子大骂道："你这兔崽子，挑什么头！回去我叫你妈好好地教训你。你这是领着人拆亲舅舅的台！"然后就一大堆训话和大道理。

浩宇也没说什么，只是有点不服气，听完骂就走了。志邦对志诚说："志诚，浩宇是我亲外甥，刚才你也知道他是怎样一个人。你们都是年轻人，你比他成熟多了，有时间的话，多跟他聊一下。"

志诚愣了一下。他本来并不留意对工人的管理，但现在觉得也是一门学问，就有意留了一个心眼，再加上受志邦所托，他就更有理由去接触工人们了。第二天的吃饭时间，他对盈盈说："我们下去吃饭怎样？"

盈盈没说什么，跟着志诚就到了院子里。志诚故意走近浩宇，见他在听音乐，走上前问："你听什么歌？"

浩宇对这两个不速之客有点戒心，答道："周杰伦。"并把耳塞拿下来示意可以给志诚。志诚婉拒。浩宇表情马上露出了一丝不屑的神色，把耳塞收回。志诚觉得浩宇的自尊心比较重，主动对他解释："我对饶舌风格还需要一些时间去接受。"

浩宇笑了一笑，问道："那 F.I.R 呢，喜欢吗？"

志诚点点头答道："嗯，不错。"

志诚也想向浩宇推荐几个歌手，但在记忆中翻了一下，新的粤语歌手都没有周杰伦这个级别的，只能把话锋一转，转到电影上面，香港电影仍然占据了主流，但由于语言问题，浩宇看的片子比志诚落后不少。话题谈开以后，志诚试探似的问道："在这里工作觉得怎样？"

浩宇有点警惕，他问："是我舅让你过来当间谍的吧？"

志诚被这样一问，有点不舒服，他觉得朋友之间了解一下大家的景况十分自然，但浩宇身上就是有一种毛躁，一触即发，让他们谈话的时候，志诚总要小心翼翼的。

见志诚一会儿没答话，浩宇自己接上了，说："其实我跟他说过，我不想在这里混日子。我想从事一些自己感兴趣的工作。"

志诚有点好奇，他看过浩宇的简历，中专机械专业毕业，在厂里的打片岗位虽不能说是专业对口，但对于他，岗位和待遇都没有亏待。志诚问："那你对什么有兴趣？"

浩宇又不屑地笑了一下，反问道："怎么你说话的语气跟大人们一样？我想从事一些有前途的工作，起码有出路，不是在工厂里打工。"

志诚已经自动忽略了浩宇的不屑，但他觉得不解。工厂里有志邦，浩宇可以比别人接触更多核心的业务，对他成长非常有用。所以劝说道："你舅舅在这里，有他带你，你会比别人走得快。"

浩宇不领情，反问道："我舅舅在这里又咋啦？为什么是你们两个在办公室吹空调、开小灶，而我就在车间里打片、吃大锅饭？"

志诚觉得他根本不讲道理，气得脸上发红，正想顶他两句，盈盈突然发话了："志诚，我记得还有个表没搞好，下午要交了，你现在可以帮我一下吗？"

志诚本能地回了一句："迟点吧。"想继续跟浩宇谈下去。哪知盈盈一把拉住他的手，有点撒娇地说道："不能迟啦，你跟我来。”硬生生地把志诚拉上了楼。到了楼上，盈盈把志诚按在座位上，还给他倒了杯凉水，劝说道：“大家都不在同一个频道上，你谈不下去的。”

志诚想回答，但“我”字一出口，盈盈又打断他说：“你受志邦之托吧？但这是你办不到的事，硬做下去只能把事情越搞越差。”

志诚觉得她有道理，气也就消了。浩宇提到他们之间的区别，让他陷入了思考。他们年纪相差不多，那是什么让他处于一个比较优越的位置？应该是出生地的差别，出生在珠三角的他比起出生在内地农村的浩宇可以获得更好的资源，但志诚又马上想起了志邦。志邦凭着自己的打拼不是也有一番作为吗？同时他也自问：谁又能保证他优越位置能够延续？想着想着有一只手在眼前晃动，是盈盈。她问志诚：“你想什么入神啦？”

志诚从沉思中醒来，应答说：“哦，没想什么。刚才谢谢你啦。”

盈盈得意地做了个表情说：“我 EQ 是不是比你高啊？”然后得意地把饭盒拿到志诚旁边，说，“让你陪我吃饭算是报答啦。”

志诚笑了。他觉得自己在晓晴和盈盈面前都处于下风。晓晴冰冷冰冷像利刃逼近，而盈盈事事为他着想，有时候更像在撒娇，如同一个软软的枕头砸来。

对浩宇的劝说失败，让志诚明白到人与人之间的沟通也是一门学问。香港老板、内地厂长、珠三角的“管理层”、内地年轻工人，各种最能代表当时社会阶层的人都在这个小小的工厂里融汇、交织、碰撞。欧老板表面儒雅，但交涉较深后，他会脱掉那一层儒雅的外套，咄咄逼人的干练慢慢露出，再深一点就是满口粗言的痞子模样。如果可以挑欧老板的一种形态去面对，志诚一定会挑他的痞子形态，那时候的他放下了伪装和架子，人就像粗言一样来得直接。欧老板痞子气重，而痞子一般重情义，所以一直带着志邦走南闯北。习惯了上个年代高利润、高回报的他，对每况愈下的利润颇有抱怨。他并非黑心老板，对员工的待遇保持在中上的水平，但是面对年轻员工的种种琐碎的新要求，他会勃然大怒、破口大骂，但骂的对象并不是工人而是年轻人，骂的内容也是父辈对儿辈的种种说教。以浩宇为代表的年轻工人，大多是来自内地的“80 后”。他们的父辈就是志邦这样第一批出来打拼的工人，家庭环境比起志邦一辈有了极大的改善，年轻人对生活有着各种各样的向往，然而出来以后才知道现实与期望的差距，工厂虽不是牢笼，但刻板的生活令他们沮丧。诸如宿舍人数、互联网接入、组织文娱活动等各种各样的要求，是他们尽力地把现实往理想的方向拉。而志邦有内地背景，有与香港老板沟通的能力，也有二十年的管理经验，在这两股势力中间游刃有余。志诚看在眼里，记在心中。

忙碌的日子过得特别快，在工厂的最后一天，志邦请志诚与盈盈吃顿“大餐”以示感谢，早早地在日本餐厅打了一盘寿司、一份关东煮和两瓶清酒到办公室，就他们三人围桌成宴。那年代日本料理算是奢侈品，而用餐的办公室是志诚和盈盈流下了不少汗水的地方，趁着最后一天晚上与它告别，简简单单的一顿饭搞得既有体面又特别有气氛。志诚和盈盈也不得不佩服志邦的用心。饮饱食醉之后仍是志诚送盈盈回家。

夜已深，摩托车的马达声如昨日响透了整条街。盈盈楼下那盏昏黄的路灯也如昨日，聚集着不少飞蛾。志诚依旧把车停在灯下，关掉马达以后，蟋蟀的声音浮起来了。不知道是不是酒的缘故，志诚今天晚上特别留意这一个多月里都没留意的一切。他摘下头盔，深深地吸了一口气，然后用力地呼出，转过身去望着盈盈。盈盈也望着他。不知什么时候，他们已经习惯了对望。过了良久，盈盈缓缓地说出："我走了。"

志诚点了一下头。这段时间他们的确很忙，忙得连珍惜也顾不上了，时光悄悄被偷走，只留下一些记忆的碎片，这时才猛然醒觉，觉得要去珍惜，所以小心翼翼地把这些碎片拾起，但已经拼凑不起来了，因此碎片也显得弥足珍贵。

盈盈走上楼，开了门，招手向志诚示意。志诚开车走了一小段，然而他却不如以往走得安心，突然暗涌如流、心潮澎湃，但他怎么也看不清心潮底下是什么，模模糊糊的但光明透亮，偶尔一两股杂流从旧地冲来，闹得纷涌。他抵不住了，把车停在路灯下。盈盈一如既往在阳台里没有进屋，听着志诚的车声停了，她忍不住，探头远望志诚，见他在路灯底下，把头盔脱了，出了两口大气，才慢慢地戴上头盔，慢慢远去。盈盈的鼻子一酸，志诚的背影已模糊。

连续一个多月的忙碌，志诚把晓晴给冷落了。不过这段时间他感觉自己获益良多，怀着兴奋的心情与晓晴通话，但晓晴对他的经历却是不冷不热。他觉得与晓晴之间再次漫起一层薄雾，一颗心像是落进了大海，随着波浪漂来漂去。分隔两地，纵使他千思万想也只能寄情于物。他找了个玻璃罐子，在里面放了萤火虫喜欢栖息的青草，再装进了星星小灯，在罐子的盖上贴上了字条，上面写着："晴：盛夏那点荧光我一直为你保留着。——诚"。他把罐子寄过去给晓晴了。

几天后，晓晴在 QQ 上给他留言："你可以过来吗？" 志诚二话没说，把证件办好，就急忙赶过去了。到了香港，下榻酒店以后，已经入夜。志诚给晓晴发了个地址，没想到晓晴马上就赶来了。人有点消瘦，淡妆素容、两眼深陷，神色憔悴，志诚想起了陆游那句"春如旧，人空瘦，泪痕红浥鲛绡透"，怜爱之心顿生。晓晴悄无声息就进了房间，关灯，上前搂着志诚，低声说："Oscar 要出国留学了。"

志诚觉得自己应该生气，但见眼前的晓晴消瘦憔悴，气都消了，反而安慰道："别怕，有我，还有我。"

晓晴没说话，与志诚相拥，把头深深地埋进志诚的胸膛，发出低沉的泣鸣声。

夜未央，他们望着窗外那流转得飞快的世界，感到小岛那灯光魅影竟是如此稀薄。两人徐徐睡去。

第二天，"叮咚——叮咚——"，门铃声把他们吵醒。晓晴见志诚仍窝着不想起床，她轻轻地吻了一下志诚的脸。志诚也醒了，把她搂过来也轻吻了一下才放手让她去开门。晓晴打开一条缝，探头出去。原来是清洁房间的服务员。晓晴问："你好，请问有事吗？"

服务员是个中年妇女，看了晓晴一眼，见她头发凌乱，只探头出来，已经明白，不由得上下打量了晓晴一下，眼光里带着一丝长辈的鄙视，但仍然十分有礼貌地说："你好，小姐。你房间的打扫灯亮了，请问现在可以打扫吗？"

晓晴被妇女上下一望，顿时打了个激灵，刹那间血气上涌，脸红耳热，从睡梦的甜美回到了现实中。她眼神有点慌乱，搪塞答道："哦。是我们按错了，谢谢。"

中年妇女又十分礼貌地答道："好的。祝你们生活愉快。”“们”字说得特别重，转头就走了。

晓晴关了门，有点慌张。她马上穿上衣服，从包中取出化妆品对着镜子抹画起来。志诚问：“你脸都不洗就化妆啦？”

见晓晴没回应，志诚又问：“你用厕所吗？不用，我用了。”晓晴仍然没回答。

志诚从厕所出来的时候，晓晴已经从头到脚梳整好了，连鞋子都穿上，妆画得特别浓，香水喷得特别重。志诚觉得晓晴又披起她的外衣，但他也怀疑自己是不是多心了，拉起晓晴的手，说道：“走吧，下去吃早餐。”晓晴有点尴尬，不过还是跟着志诚下去了。到了街上，日已高悬，这座流转飞快的城市如常地车水马龙、行人穿梭。

晓晴觉得本来普普通通的街上突然有了千百双眼睛注视着她和志诚，每一双眼睛都投来异样的目光，聚集在她和志诚牵着的手上。她的手被目光照射得酸酸的，慢慢地变得僵硬，而僵硬又传遍了全身，连步伐也僵硬起来了。最终她把手从志诚的手中挣脱出来。志诚停了下来，贴近她，以安抚的姿态梳理着她被风吹乱的秀发，贴近她的耳边重复着昨晚安慰的话语：“有我，别怕。”

他又慢慢地尝试把晓晴的手拉起。晓晴下意识地把手缩了回去，问道：“志诚，我们还可以做好朋友吗？”

话一出口，志诚像被电闪了一下，他盯着晓晴的眼睛，质问着：“什么？！我们床都上了，你仍把我当朋友？！”

晓晴避开他的目光，没回答，只是站在那里。志诚也没理她了，转身走了。

车、人、街道、店铺，一切一切，如常地走着，运转着。唱片店里播着叶倩文的《伤逝》：

谁能避免 伤逝伤逝
但离别是否这样可畏
太多恋爱曾铭心刻骨
未及得到那位
谁还害怕暧昧关系
人言又是否这样可畏
怕只怕再拥抱未着迷
最美好的记忆都会浪费

忧患向生

2004年6月16日腾讯控股在香港证券交易所正式上市，当时可能没人知道这是港股一个里程碑意义的事件。以计算机和信息技术为标志的第三次产业革命从单机到互联网再到移动互联，从文本编辑到信息互通再到影响生活的方方面面，进入新世纪，第三次产业革命正式走到了对经济贡献最大的一个阶段，互联网应用从一个单纯的媒体发展到包围了人们生活的衣食住行，无所不在。

彭浩翔的市井生活电影最能够反映当时的精神状态，从《青春梦工场》的港大学生到《志明与春娇》的社会青年，年轻人周而复始地在问题面前相互掩盖，有时所谓的“兄弟义气”也只是为兄弟找借口来抹平伤口，以逃避作为共勉的理由，你一言我一语地用阿Q的精神胜利法面对自己的短处。

而同一时间，内地却发生着翻天覆地的变化。加入 WTO 后的几年，以劳动力为主要竞争力的商品换回了海量的外汇。现金充裕甚至是过度充裕，给经济社会发展带来了巨大的变化。2005 年到 2007 年，内地的农民工薪酬飞涨。然而劳动力开发与产业开发一样有梯度，内地的劳动力红利随着社会发展以另一种形式出现。由于内地大学生劳动力市场的供给量增大，使大学生的工资没有跟随其他劳动力上涨那么多。这些能够从事复杂劳动价格又相对低廉的大学生劳动力成了内地经济转型升级的有利条件。一众企业抓住了劳动力梯度开发的机遇，以劳动密集型科技企业的模式迅速壮大。内地的互联网产业因具备了充裕的资金和廉价的人力资源两大要素而飞速发展，使内地慢慢成了互联网产业蓬勃发展的地区。

在娱乐影视领域，逐步强大起来的内地与香港平分秋色。白话影视剧的传播始终局限在华南地区。而经济发展以后，内地娱乐首先崛起的是电视剧，金庸的作品逐部被拍摄，2004 年李亚鹏版的《笑傲江湖》、2006 年黄晓明版的《神雕侠侣》投资都比以前香港拍的翻几倍，两部影片被香港电视台引入上映，收视率不俗。电影方面，2004 年《天下无贼》、2005 年《疯狂的石头》几部影片标志着内地电影产业的崛起。内地有着十几亿的受众市场是香港无法比拟的，因此影视作品的收益也比香港高得多。香港不少明星纷纷北上从业。内地与香港影视明星的合作也日渐增多，而且两地明星相恋的也不在少数，当然其中难免有一些爱情悲剧。

在内地与香港两地的众多爱情悲剧中，有一个是属于志诚的。他没有听歌，没有看书，没有看电影，唯恐接触到感性的片言只字就把他最脆弱的防线击溃。在情感沦陷、满目焦土瓦砾的现场，他仍挺立着，犹如败阵中就义的战士，屹立成为最后的尊严。落花流水春去也，数月已过，虽事事如常，却也只一副行尸走肉。盈盈发来了多条短信，但他一直没回。

不知不觉间将近毕业。对校园里的一对对恋人来说，毕业是一个抉择的时候，决定在一起就在同一地方找工作，否则也只能劳燕分飞了。这年中秋已过，与岭南以往终年盛夏的天气有点不同，刚进十一月已经寒风萧萧。每年十一月，狮子座的流星雨都会从天空划过，这年媒体报道由于寒流提早到达，天色晴朗是观赏流星雨的好年份。但这与志诚无关，一切浪漫的事他都极力置身事外。

这天盈盈又发来短信问道："我的课已经上完了，下学期估计不用回校，在清理宿舍时发现几部你的书和CD，什么时候还你？"

志诚答："无所谓，你留着吧。"

盈盈回复："我才不帮你保管呢。星期三，选修课后我拿给你。在湖边的第三张石凳那里等。你准时啊，还你后我还要回宿舍看流星雨。"

志诚问道："你怎么还有选修课？"

盈盈答："我感兴趣的一科，大热，今年终于报到了。别问，你记得准时。"

星期三晚，志诚早早就到了，他独自坐在湖边发呆。这也是这段时间他常处于的精神状态。突然几本书和几张CD出现在他眼前。这是盈盈惯用的打招呼方式，简单、直接。盈盈仍旧梳着小马尾，穿着上面有个大大卡通头像的白色卫衣、牛仔裤和那双深蓝色的NB运动鞋。细心一看，原来上身的白色卫衣竟是一件大码童装。志诚接了盈盈的书和CD，盈盈的话跟着就到了。

“为什么老不回我短信？”

志诚敷衍着说：“这不是毕业吗？大家都忙。”

盈盈又问：“忙归忙，回复一下能碍你几秒？你是不是有事瞒着我？”

志诚再次敷衍：“我真的很忙。”

盈盈也坐下来，问道：“那你忙出个结果了吗？毕业后去哪儿？”

志诚答：“回家，子承父业呗。不存在什么疑问。”

盈盈语调提高带点呵斥道：“我就说你在骗我。你都不用找工作，有什么可以忙的？你一定有事瞒着我。”

志诚解释道：“我真没有。”然后故意把话题岔开，说，“你呢？工作找得怎样？”

盈盈被他这样一问，突然深沉了起来，答道：“已经有两个offer了，一个在广州，一个在我们小城。”然后有点害羞地问道，“你……你说哪个好？”

志诚本来想聊两句就走了，却想不到被盈盈的问题缠住，之前他处于发呆神游状态，现在见盈盈把择业的问题提出，他一时也不好回答，只是沉默地望着天空。

一颗灿烂的流星从天空中划过，夜空中一串流火拖着长长的尾巴。盈盈惊喜万分，连忙叫了起来，四周的人起哄了，喝彩声一片。之后一颗又一颗，流星开始密集起来了。孤独的人是经不起浪漫的，良辰美景最相思。点点流星犹如天空中掉下的眼泪，竟然落到了志诚的脸上。他望着天空泪如雨下，发出咽呜。盈盈才发现。她早就料到他是发生了什么事，她静静地坐着，什么也没问，也不打算去问，用陪伴作安慰。志诚哭得更厉害了，他把头埋进了盈盈的怀里，低呜着。

有人问：什么是男孩子最珍贵的东西？是身体吗？显然不是。是心吗？可能是，也可能不是。你怎么知道他把心交给你？但如果一个男孩子把眼泪交给你，那对他来说，他就把他的全部都交给你了。

这天晚上，志诚那一份屹立的坚强被瓦解，他倒下了，倒在一个意想不到的女孩的怀里。

这天晚上，流星雨璀璨地在空中划过一条条光迹，眼泪在志诚的脸上流出一道道泪痕，湖边的石椅上，有个女孩把它们收集起来，又让它们飘在风里。

这天晚上，盈盈安抚着这个把眼泪交给自己的男孩子。在他耳旁轻轻地说："我还是回小城工作吧。"

春去秋来又是几年，志诚接手了父亲的工厂，盈盈去了一家设在小城的外企，晓晴则到了香港的一家设计工作室，三个人都开始了人生的另一个阶段。前几年中国正式入世以后海量的商品出口换来了海量的外汇输入，资金的大量涌入，造成各种成本上涨。除了成本上涨以外，由于人民币升值压力不断增大，汇率市场不稳定。按照工厂的生产周期，外商一般提前半年下单、签合同，用美元作为结算单位，在人民币升值的大趋势下，半年时间里如果人民币升值就很容易把原来就微薄的几个点的利润吞没。所以例如成衣、玩具等劳动密集型的产业，除了利润越来越微薄以外，风险也越来越高了。志诚其实对此早有预期，但还是对事态发展的速度始料不及。内地商品的成本优势逐渐不那么突出了。成本上涨的重要一环是人工成本上涨，不过，人工成本上涨也代表着国内的消费力提升。志诚看到这点。他想去开发内地的消费终端市场，根据他判断，一二线城市基本上是香港品牌例如佐丹奴、班尼路、G2000 的市场，这些品牌的公司有些本来就是他的客户，而且实力雄厚，深耕一二线城市多年，他根本没能力与他们较量。志诚瞄准三四线城市的市场，想复制香港品牌的模式抢占在三四线城市的先机。这种想法其实是被动地逼出来的。毕业以后，志诚比较快地完成了从一个学生到一个私营企业老板的转变，接手了父亲的制衣厂，基本上独当一面，但这也意味着生活的压力完全由自己承担了。别人看来光鲜的背后其实种种压力各方而至。跟父亲那一辈人相比，志诚考虑得更长远一些，所以有复制香港品牌，主攻三四线城市的打算。

战略方面的问题，志诚马上想起了露娜，发了个邮件咨询她。露娜没几天就回了。信里写道：

志诚：

难得你想起我来了。知道你现在能够独当一面，为师也算是心怀安慰了。你的想法我觉得有前景。

我觉得你大方向不会有错，注意一下战术方面的问题吧。我的建议也只能如上。有空面聊。

马到功成，请我吃饭为盼。

露娜

他又去问志邦。志邦的意思是，他和他以前的老板欧先生面对的主要是品牌方的大客户，把几个主要的客户搞定，然后抓生产流程就行，直接面对终端消费者的生意他也给不出什么意见。志邦还是用一个生意人的话语给了志诚最终答案：他也看好三四线城市的消费力提升，但面对终端消费者他也不知如何操盘。内地成衣制造业虽然已经十分成熟，但设计、营销等环节仍以香港为主，建议志诚去香港补齐短板。他看好像他这样的年轻人。至于这句话中，看好的重点是放在志诚这个“他”上面，还是放在“年轻人”上面，就是志诚自己的判断了。然而一提香港，志诚就自然想起了晓晴。这几年公关应酬不少，酒足饭饱、引吭高歌以后，已经没有精力追逐理想，柴米油盐才是安身立命之处，所以对晓晴柏拉图式的感情也慢慢地冷了下来。尽管晓晴每逢佳节都准时送来问候，但志诚心里已经没有了昨日的火花，他与盈盈处得稳定。告别校园，走进社会，犹如走出了伊甸园，走进了现实。在残酷的现实面前，那些在伊甸园留下的伤疤只是轻描淡写的划痕，回首过往萧瑟处，不免笑自己的“傻与天真”，而现在已练就出“也无风雨也无晴”的心态。晓晴的伤痛也逐渐变得淡然。

志诚拨了那个好几年都没动过的号码。“嘟——嘟——”通了，志诚这才意识到马上就跟晓晴通话了，多少个过往在脑海中闪过，音容笑貌、喜哀悲乐。“嘟——嘟——”又响了两下。

“靓仔，什么事？”

电话那头的晓晴传来了比较欢快的话语，称呼和语气仿佛是刚刚亲密聊天的挚友又因同一话题来补充什么消息，已经没有以前的盛气，令志诚有点意外。晓晴的问话正中志诚的下怀，志诚打蛇随棍上，马上答道：“真的有事找你了。”

晓晴笑了一下：“好的，什么事？全力以赴。”

志诚问道：“你现在还在设计这行里吗？”

晓晴答道："嗯。什么事？"

志诚说："我想在内地三四线城市建立自己的门店，内地缺乏设计方面的公司，想在香港找一下，希望你能够帮我打听一些门道。"

晓晴想了一下，答："嗯……我现在从事的职业与服装设计有一定的距离。隔行如隔山。我先问一下行内人。有消息再跟你联系。"

本来听到了晓晴说"隔行如隔山"后，志诚就想着以晓晴这么高冷的性格，要她去为这件事四处打听她一定不干，但想不到她竟然还有下面半句，说得也挺认真实在。想必会尽力。所以他恳切地说了一句："谢谢你！"

晓晴笑道："我跟你有什么好谢谢的？你等我消息吧。"

志诚答："好的。"

晓晴又拉起寒暄来："厉害啊，志诚。要开发自己的门店了。"

志诚无可奈何地笑了一笑："听我说要开发门店的人都交口称赞。其实我是不得已而为之。我也是被逼着这样干的。"

晓晴说："客套话不说了，兄弟有事，我尽全力就是了。"

晓晴此话一出，志诚有点蒙。他想着这种多少带点痞子气的话语怎么是从晓晴的口里说出。他答："那好，我就放心交给你了。"双方就结束了通话。

晚上，志诚主动向盈盈提起自己找过晓晴。盈盈笑着问道："你怎么这么诚实？"

志诚说："我想有关晓晴的事，都应该对你交代一下。我不想把事情搞得复杂了。"

盈盈笑了一下投入志诚的怀抱，什么都没说了。

一个星期以后，晓晴来电说通过一个同事已经帮志诚找到了几家关于服装设计的公司，要志诚到香港一趟。志诚收拾行装，再次搭上去香港的车。虽然内地已经开通了对香港的自由行，但由于晓晴的缘故，他从那次以后都没有到过香港。这次他坐“和谐号”列车过去，本来想在列车上回味一下过往的路，但列车封闭且急速，车窗外面的景色一掠而过，连同那重重叠叠的过往也一掠而过，毫不拖泥带水地穿过去了。当然同样急速的还有志诚的心，现在他已经无暇思索与晓晴的丝丝缕缕，被生活驱动的他，正如那飞驰的列车往着一个方向毫不拖泥带水地奔着。

下榻酒店后，晓晴来电说她通过公司的创意总监联系到三家从事服装设计的公司。今晚英国足球超级联赛有比赛，她同事约在兰桂坊的一家酒吧看球，请志诚到时过去见创意总监一面。

志诚如约到了兰桂坊的酒吧。酒吧装饰以英超联赛为主题，昏暗的灯光下，挂着各支球队的队旗，中央一部挂顶的大电视，正播着赛前评论。晓晴把他带到了一张圆桌前。五个人正兴致勃勃地听着一个留着腮子胡的人吹牛。晓晴与他们眼神对接了一下就拉凳子叫志诚坐下，没有打扰腮子胡。只见腮子胡道：“‘杀人王’平时有名三点不露的。咋知道今天，两点四十五就到了公司。幸亏我这几天肚子不怎么好，提前回了公司拉一泡。隔着厕间就看到了他那双‘阿妈’皮鞋，那种气势简直把厕间的板间都逼破。又听到厕所门口外老妖婆的高跟鞋，‘嗒、嗒、嗒、嗒’来来回回踩踏着。心想这是大事不妙的征兆。三两下就把肚子的事解决完，冲出来。哎，果然！你班扑街仔还在hightea，仲未返来。说时迟，那时快，我把我的手机放到你条扑街的桌面，帮你条茂利开电脑，冲了一杯热茶放你条粉肠桌上。刚刚帮你们伪装好，老妖婆就带着‘杀人王’杀到。‘杀人王’问你们哪去了，我说他们有茶有手机在桌面的，应该走不远，可能到其他办公室吧。‘杀人王’看着桌面上的手机起疑心，正想拿起来看。你懂的，他见过我手机。在这个万分危急之际，我看见 Candy 今天盛装里的事业线。急忙叫 Candy 交报表给‘杀人王’看。哎！‘杀人王’果然是见色思迁，就跟 Candy 走了。哪，你班扑街仔要知道，如果不是我拯救了你们，你们今天早就被‘杀人王’处死。今晚是不是应该你们请我？”

其中一个剪平头的马上用嫌弃的语调接着说：“嘁，我以为你讲什么伦事，讲禁伦长。原来就是想我们帮你买单。鬼都知道你所有公粮都上缴老婆，没零花钱早说。我帮你买鸠张单就是。”

腮子胡回怼：“你条扑街仔忘恩负义。下午的茶好喝不？我忘了告诉你，为了及时给你伪装，我拉完了忘记洗手。”

满座人笑了，起哄指着平头说：“吃屎啊你。”

平头听了，随手拿起桌上的一块薯片就向腮子胡扔去。腮子胡听见刚才平头说他“妻管严”，顺势撩起了话题：“谁说我上缴公粮。跟你们说个‘一楼一’阿姐们的行内秘密。通常阿姐们的客人比较多，根本搞不清楚哪个跟哪个。不过为了标注客人们的特点又不容易被发现，她们行内会在电话里有暗号……”

其中一个戴黑框眼镜的男生插了一句说：“不用问，你的肯定贴‘微软’了。”

大家都笑了。腮子胡拍桌子，指着黑框眼镜说：“你条扑街仔，无大无细，明天上班你就知道厉害。”

黑框眼镜挑衅道：“下班还在摆上司款你禁伦贱。”

平头对黑框眼镜说：“你主动到他家向嫂子投诚，以后做嫂子的卧底，我估计胡须强以后都不敢摆上司架子。”

晓晴见他们没完没了，主动打断道：“好啦、好啦，你们的个人恩怨迟点再聊，我朋友有正事找胡须强。”

然后就向胡须强介绍志诚。胡须强是晓晴公司的创意总监，英文名 Tony，在香港的设计行业混的日子比较长，有点人脉，晓晴通过他联系到了几家设计服装的公司。

Tony 看见志诚后嬉皮笑脸收敛了起来，一本正经地翘起舌头用白话一个字一咬着音说：“你好，晓晴跟我说过了……”

旁边的晓晴笑趴了，调戏说：“你以为卷舌就是普通话啦，好逊啊。我朋友会讲白话的。”

志诚见 Tony 有点尴尬，马上出来打圆场说：“是我不好。都没说清楚。”

晓晴还在大笑补充道：“不用向他道歉，他下班后没什么地位的。”

Tony 果然不生气，用白话跟志诚介绍情况，说：“你的事我已经跟几位朋友说过了，我都极力推荐给他们，不过听他们的话，意愿并不是很强烈。我把他们的电话发给晓晴，你去拜访吧。”

讲完就迫不及待地重返酒桌的谈话圈，大声嚷着：“今晚车仔（切尔西）对曼联咩盘面啊？”

晓晴跟志诚打了一个眼色，示意出去。志诚点了点头，两人就离开了酒桌。志诚临走之前留意了一下他们喝的啤酒牌子和人数，在出去的路上让酒保加了两打嘉士伯啤酒与几样小吃，付了款，就往晓晴处走去。

晓晴坐在酒吧外面的凳子上，那里相对较静，在霓虹灯的映照之下，志诚才有机会细看晓晴，她染了暗红的头发，妆有点浓，特别是深蓝色略有闪烁的眼影，使本来已经标致的脸犹添几分神秘，这份神秘有点摄人心魂，怎么也望不透。上半身纱质垂感深红色半袖衣，应该是小众轻奢牌子，令身体曲线玲珑凸显，下半身深黑色绒布紧身牛仔裤，配一双中帮高跟靴。志诚脑海里突然浮现了两个词——知性、尤物。这时不知哪里响起了谢霆锋的《玉蝴蝶》的曲子。志诚想起了里面的歌词：

如何看你也是树荫
如何叫你会有共震
灵魂化作法语日语
同样也是灵魂
如何叫你最贴切合衬
如何叫你你会更兴奋
连名带姓会更接近你
还是更陌生
要是完全忘了姓氏
也没有本身的名字
总记得神情和语气
无字暗语你也心中有知
我叫你玉蝴蝶
你说这声音可像你
恋生花也是你

风之纱也是你
怎么称呼也在这个
世界寻获你
你哪里是蝴蝶
然而飞不飞一样美
夫斯基也像你
早优生也像你
这称呼配合你
才回肠和荡气
改得多么入戏

他觉得这歌词正配晓晴现在的形象。走到晓晴旁边坐下。晓晴在包里拿出一包薄荷香烟，用眼神问志诚要不要。志诚回绝，有点惊讶地问："你什么时候吸烟了？"

晓晴说："忘记了。其实我也不是吸啦，有时候无聊来一根。一包烟管一个星期。"

志诚笑了一下。那次以后，他跟晓晴仍保持着联系，但其实也只是在信息上时常打个照面，这些日子里，晓晴经历了什么，他并不知道。上一次见面时他已经不再是以前那个单纯的男孩了，进入社会后，一次一次历练，人逐渐沉稳。所以此刻他没有说话，只是静静地看着晓晴。晓晴拨了拨头发，深深地吸了一口烟，也静静地等着，像是在调整大家的距离，找一个合适的位置再展开交流。

晓晴的电话响了，原来是球赛开始了，同事们提醒她。她应了两句就挂了机。

志诚突然想起她与同事们刚刚交谈的场景，一个好奇冒出，不禁打破沉默，先发问："想不到你会出现在一帮粗言秽语的人中。"

晓晴笑了，笑得较以前清朗，她说："志诚同志，大家是成年人了。你怎么还把我当以前伊甸园里的小女孩对待？"

志诚问："那你那些艺术史和言情小说呢？"

晓晴不经意地说："都束之高阁了。"

志诚把脸逼近了晓晴，刻意把晓晴脸上的那几分神秘刺破，一张脸看得清晰，浓妆底下的轮廓其实与以往无异。志诚坏笑了一下说："我觉得你有点烟火气了。"

晓晴没介意，笑了一下，然后用手捧着志诚的脸，轻轻地吻了一下，又松开手，半开玩笑地说："那你喜欢吗？"

志诚也笑了，说："比以前更招人喜爱。"

成年的意思有时是指知道了分寸，把握好自己的情感，不再任它自由地萌生、扩散。志诚与晓晴在对话之间，大家都已经感觉到各自的分寸。志诚心里那颗盛夏的种子虽然曾经生根发芽、绿树成荫，但遭遇风雨后已逐渐枯萎。志诚舍不得丢弃，几经修剪，把枯枝败叶除去，只剩最纯真的一撮翠绿，然后他把这翠绿藏进自己最深的静谧之处。

志诚问："你跟 Oscar 怎样了？"

晓晴吸了一口烟，然后平静地回答："我们还是很好的朋友。他现在在读 D（Doctor，博士）。不过有一点可以确定，他……他现在还没女朋友。你呢？"

志诚说："我跟盈盈应该会结婚。"

晓晴听到笑了，笑得很甜，说："是吗？那恭喜你了。"

志诚答："应该吧。还不确定，我……我觉得现在还有很多事要做。等事情确定好后，才能给人家个好归宿吧。"

晓晴低头大笑，说："好归宿？哎呀，你……你好土啊。"

志诚也微笑答："是的，我其实真的很土。"

幽暗的环境，薄醉微醺，两人谈及过往只是欣然一笑。

第二天早上，晓晴带着志诚到服装设计公司拜访。几家公司都集中在沙田，办公场所由旧厂房改建而成。这几年制造业在香港已经严重萎缩，很多工业厂房被改成办公室，由于租金较低，得到一些创业公司青睐。去的第一间公司把本来的厂房简装成工业风的办公空间，因为地方大，公司里有许多摆件，衬托出浓浓的艺术气息。接待他们的是公司首席设计师的助理，中等身高，身材瘦削，长袖白衬衫上有不规则的图案，衬衫放在宽松的牛仔裤外，配一双 PUMA 白色板鞋，斯文中还有一点点的青涩，比较典型的香港男生。助理把他们领进接待室，然后说："Philip 在那边，交代完几件事就过来。"志诚和晓晴就这样不知不觉在接待室等了四十五分钟。一个中年男人的声音传来，人未到声音已经到了："哎呀呀，让你们久等了。我本来以为讲两句就可以，但一讲就讲了大半个钟。"走过来的正是这家公司的首席设计师 Philip，中等偏高，短发已经花白，脸型瘦削，修身的白色衬衫和皮质长裤，外面套一件深蓝法兰绒背心，踏着一双鹿皮中帮靴子。

志诚不介意他来迟，亲切地跟他握了一下手，简单直接地把这次的意图和出价抛给 Philip。Philip 一边听志诚介绍，一边咬着笔做思考状，等志诚介绍完情况，他没有马上回答，转动着办公椅继续思考，过了好一会儿，缓缓地说道："其实你给出的价位是不错的。不过我们主要考虑的是前景问题。如果我们公司现在进军内地，要投入多大的人力资源？这个对我们来说相当重要，实不相瞒，香港现在的设计师都是前十年欧美设计师带出来的，现在这支队伍并不是相当成规模。所以我们的人力成本普遍还是比较高的。如果要投内地市场，我们一定要这个市场有稳定的成长。”

志诚说：“Philip，我是很看好内地市场的，你想一下，有十多亿的人口做后盾，消费一旦拉动将成为世界一极。”

Philip 说：“但到目前，内地的消费与欧美相比，甚至与香港相比，仍然有一段很大的距离。”

志诚说：“这个只是时间问题而已。内地这几年的发展速度你也可以看到，做生意其实就是抢占先机，提早布局，你就可以挣取比别人丰厚的利润。”

Philip 笑了一下：“这个道理大家都懂，只不过要看你信不信啰。你如果一定看好内地，那自然是觉得可以搏一把。”

志诚这次是怀着志在必得的心态过来香港，早就对出价做了个调查，他提出的条件其实相对比较优厚，他自认为一定可以打动对方，面对 Philip 现在不软不硬的态度，他有点急了。语气比较硬地问道：“其实你了解内地的市场吗？到过内地没有？”

Philip 与志诚的讨论本来只停留在理论层面，一下被志诚问得如此具体，他愣了一下然后，打了圆场说：“其实我们对内地真的不了解，所以才这样迟疑。志诚，这样吧。你是 Tony 介绍过来的，我相信我的兄弟不会老点（忽悠）我。你给几天时间我考虑一下。”

晓晴也觉得 Philip 一直与他们游花园，忍不住了，也插口说：“其实这个条件是非常优厚的了。Philip 你可以与其他客户对比一下。”

这一句带着质问的话出来以后，志诚立刻觉得有点过，马上恢复了平静，思考了一下，打断晓晴说："我相信 Philip 是个专业的设计师，还是相信他的专业眼光吧。我们还要去其他设计公司，先不打扰了。"

Philip 一听如释重负，连忙起身对志诚说："那好，你们先去其他公司看一下。"

志诚把自己的名片递给 Philip，然后说："如果考虑合作，务必及时告诉我。"

Philip 伸出手做握手状，说："一定一定。"

双方握手言别。

出了公司后，晓晴马上鸣不平："你干吗打断我？"

志诚说："人家都已经下逐客令了，你还不走？"

晓晴说："我说的有道理嘛。"

志诚说："没错，你说的是有道理，不过是站在你立场上的道理。他的立场我们不清楚，大家不能站在同一个立场上的谈判，越早结束越好，都省事。而且我刚才说还有别的公司要去，是想告诉他他有竞争对手，如果他在乎，会跟我们联系的。就怕他压根不在乎。"

晓晴仍然有点愤愤不平。

这天他们又拜访了另一家公司，公司的态度都差不多，都没有实质的回应。晓晴怨气更大了。志诚却沉默着，走出第二家公司没多久他就问晓晴："你公司几点下班？"

晓晴说："六点。"

志诚看了看表，差不多四点。他拉着晓晴的手说："在你下班前，我想见 Tony 一面。"

晓晴说："现在还早，不用那么赶。"

志诚没直接去晓晴公司，与晓晴先去了一家大型商超，问晓晴："Tony 平时有什么嗜好？"

晓晴说："男人，不是烟就是酒啦，难道你还能送个女人给他？"

志诚笑："这全世界都是一样。"

志诚不懂烟，对酒还是有点认识，当时法国的红酒、白兰地在内地畅销，价格虚高。志诚挑了两瓶西班牙雪莉酒桶酿的年份威士忌，性价比高，而且包装大气精美。他认定设计师们都是品味比较高的群体，对这些小众商品很了解。到了晓晴的公司楼下，他也没上去，而是在附近找了一家茶餐厅坐下，让晓晴去叫 Tony 下来，而且吩咐晓晴要 Tony 单独下来。晓晴虽然答应，但还是怪他把事情搞复杂，有点怨气地去了。

没多久，Tony 到了茶餐厅。志诚招呼他坐下。Tony 点头，说："你有事到我们公司谈就行，不必下来啦。你是晓晴的朋友，我可以尽力的，肯定会尽力。"

志诚没等他多说就把装着酒的袋子拿到他跟前，说："Tony 哥，我没别的意思，只说明我的诚意和实力。"

说完起身就走了。Tony 还没反应过来。

志诚本以为开出优厚的条件，设计公司肯定会有意向的，没想到事情会如此周折，所以只订了一天酒店，但现在想多留一天，一来明天再去一家公司，二来观察一下 Tony 的反应。无家可归之际，晓晴爽快地邀请他到她家里。回家的路上，晓晴的电话响了，是 Tony。晓晴接通，电话的那头声音特别大。志诚隔着电话都听得清清楚楚。"放低两支两万多的威士忌就走。"晓晴一听价钱，眼睛眨了一下，望着志诚表示不可思议。电话里又传出 Tony 的声音："我叼，喂，你的朋友我肯定要帮的，不过我们不搞这些。”

晓晴说：“他在我身边，你们的私人恩怨你们自己聊。”就把电话递给志诚。

志诚接过电话，用比较亲切的语气说：“Tony 哥，你好。”

Tony 说：“志诚，你快把酒拿回去，我们不兴这一套。”

志诚答：“Tony 哥，我就知道你识货，这个日本的威士忌性价比极高，是收藏级别的。一瓶给你，一瓶给你推荐的公司的熟人。我拜访了两家公司，他们的意愿都不高，我真的想知道他们的立场是怎样的。”志诚把话引入正题。

Tony 答：“实不相瞒，我们这一辈的设计师都是欧美派系带出来的，现在在香港已经成了中坚，有了这么多年的积累，所以生意是不愁的。对于内地市场当然有意向。不过对于我们来说，除了挣钱以外，还希望在业内打出名堂，内地市场短时间内不可能与欧美等地方相比。在巴黎、米兰等地办一场 show 获得名声和影响力远比北京、上海等地要多，所以我们更愿意把精力放在欧美市场。”

志诚了然，说：“Tony 哥，谢谢你对我说真话。那我可以提出第二个方案：其实内地对设计的要求并不太高。我提出可以由首席设计师领头，要第二甚至第三梯队来负责我们的项目。相对而言，我会在价格方面做一定的调整。反正我的意思是找到一个大家都能接受的契合点。”

Tony 问：“那你喜欢哪家公司？”

志诚答：“这一点我充分相信你，Tony 哥。”

Tony 说：“那 Philip 那家公司啰。哦、哦、哦，你的酒快点拿回去。”

志诚对他说：“这酒是表示我的诚意与实力的。我们小城的人比较实际，没穿金戴银，但是希望你和你推荐的公司知道，我们是有实力的，要花的钱一定不会少。”

电话那头的Tony还喊着：“喂、喂，扑街仔，你快点拿回去。”

志诚已经把电话挂了。

晓晴问：“你怎么把电话挂了，人家喊你把酒拿回去呢。”

志诚答：“你没听见他叫我‘扑街仔’吗？都把我当自己人了，已经说明他笑纳了。”

晓晴望着他笑了。晓晴继续问：“那你想跟哪家公司合作？”

志诚说：“这个由不得我，橄榄枝已经抛出去了，就看谁接。我相信Tony的眼光。”

晓晴看着志诚，出口骂了一句：“奸诈。”

志诚笑着说：“过奖。”

两人几年不见，各自在社会上打拼，昨天晚上浅谈，大家以叙旧为主，并没察觉彼此之间的差异。今天共同在社会上跑了一天才感到大家走的已经是殊途。晓晴看着志诚收线后那个稍稍得意的样子，心里有点失落。失了什么呢？她自己也不知道。只是，当亚热带傍晚的斜阳照在这个男人的身上时，一阵晚风卷起了她的秀发，提醒她，她曾经在同样的盛夏拥有过这个男人的那份纯真与憨厚，然而现在已不在，追不及。

饭后，他们直奔晓晴住处。出来工作没多久，晓晴就自己租了一个地方住。租处与办公地点相隔较远，不过志诚知道她一向比较自我，自己租房子也在情理之中。住处就一套间，一张偌大的床把沙发挤得不能再往边上靠了，晓晴把这里打扮得如她一样精致。家具以浅色调为主，使不大的空间显得宽松。

里面有摆件和装饰画，最明显的一幅挂在床对面的墙上。画宽差不多一页半的A4纸，但很长，差不多跨了三分之二个房间，是印象派风格的油画。画家把各种的绿洒在画布上，从深沉到明亮的渐变，犹如一轮皓月下的荷塘。绿的变化很有层次，里面藏着很多，藏得很深。从画挂的高度可以看出，主人睡在床上时，视线会自然而然地落到这幅画上。房间虽然不大，但有一个阳台，种满了各式的小花，在本来狭窄的地方还放着一张茶几和两张凳子。

进屋以后，晓晴强烈要求志诚去洗澡。志诚也觉得自己走了一天尘汗满身，就去了。出来后，晓晴抛给他一罐气泡酒，一罐自己带进了浴室。出来时，身穿一件白色宽松T恤，超短裤，没穿内衣，曼妙的身姿在衣下若隐若现。志诚望得两眼发直，吞了一口口水，直言说："你穿得那么性感，就不怕我侵犯你？"

晓晴笑答："我更怕你什么都没想，那就说明我没魅力了。不过就看你刚才的神情，就知道我还是魅力爆表。"

两人坐在沙发上喝着气泡酒。沙发太窄，两人相互依靠才舒服，肌肤之亲在所难免，但来得有如闺密般自然。酒是日本蜜桃口味气泡酒。志诚看了一下，对晓晴说："我喝过澳大利亚的Sparkling Shiraz。大家都是气泡酒，好像比这个日本的好入口，而且香味更醇一点。"

晓晴答："肯定啦，那个最便宜也要23澳元一瓶。这个才十多块港元一罐。"

"哦。其实Sparkling Shiraz也不是什么好货，澳大利亚种不了其他葡萄才强行往酒里打气。想不到抢了守旧的欧洲人的先机。现在卖得不错。"志诚应。

晓晴这才反应过来，说："好啊，志诚。这几年好景了，平时也喝这么贵的酒？"

志诚答："偶尔喝一下而已。"

晓晴说："真的偶尔吗？"

志诚打趣说："是啊。像你讲粗口，偶尔。"

晓晴马上追问："我什么时候讲粗口了？"

志诚："有啊。不多，但我真的听过了，可能自然而然地你自己都不知道了。"

晓晴脸上嬉笑的表情收了下来，摇了摇罐里面的酒说："可能是吧。工作的这几年我变了。你也变了。"

志诚说："其实我觉得现在的你更令人有好感，以前太高冷了。"

晓晴问："那你以前为什么喜欢我？"

志诚淡然地说："那就是真喜欢，不需要理由。"

晓晴回应的也只是一丝薄笑。当大家都能够平静地面对阴晴圆缺的过往，那就说明这段感情已经被酿醇了，那是老酒，淡淡飘香却绵醇如水，没有一丝悸动、一丝涟漪。两人薄醉，谈过往，谈盈盈和Oscar，平淡中没有一点点火花。

一直到夜深。窗边飘来一阵阵湿气，"沙沙"声音由远而近。夜半竟下起了大雨。本来交谈甚欢的他们竟然不约而同地沉默了，相望着。雨云飘到，雨越来越大，湿气、雨声笼罩着他们。大雨继续下着，湿气、雨声更重，把夜半的一切都覆盖了，他们像是被这场大雨包裹着，一个与外界完全隔断的空间，严严实实的，这里只有志诚和晓晴。是昨日外婆家的小房里看过的雨？两人不禁都产生了同样的意境，他们相拥，隔着衣服用手在对方身上寻找着彼此心中的那个少年，探嗅着彼此的体味色香。然而昨日已往，彼此也只是密友，平淡得没有一点点火花。

早上，志诚被窗外的阳光刺醒，经过昨晚的大雨，阳光灿烂、空气清新，鸟声鸣啼，志诚正躺在床上，睁开眼，进入眼帘的果然是那一幅荷塘月色。

这天志诚去Tony介绍的第三家设计公司。公司与前两家一样，意愿不是特别高。看到该做的都做了，志诚致电与晓晴告别，回小城了。一个星期以后，晓晴来电问志诚是否有消息。志诚答没有。晓晴咒骂Tony。志诚却说再等几天。果然第三天Philip来电，说可以考虑志诚的方案，开发另一支团队，他只把握方向，具体设计由其他设计师负责。把这个意思表达了以后，Philip说："你的酒可以拿回去了。"

志诚知道香港的设计师有他们的原则，所以主动让了一步说："这样吧。你的那支先存在你那里。如果我们能合作，那就是我这个客户给你们公司的激励礼物，酒就可以光明正大作为你公司团队的激励奖品。这个也是很正常的商业激励嘛。如果不能合作那我自动拿回。至于Tony那支，我觉得他是应该收下的。你能打电话给我，说明他下了不少功夫。当作中介费也好，当作劳务费也好。这个也很正常。"

Philip见志诚把理由说得如此充分，也不知道怎样反驳了。他说他的助理会与志诚谈细节，就挂机了。

没过多久，Philip的助理来电，交谈几句以后，志诚才从脑海里把他的轮廓找出来，原来是上次拜访时那个不太起眼的男生——Eric。电话那边传来他的声音："Philip交代我与你们谈一下细节。我想去你那边面谈，一来大家直接一点，二来把考察你们工厂的事一并做了，节省时间。"

志诚没想到这个男生已经把事情想得如此细致了，不禁有点好感，爽快答应，说："好。那我派车去接你。"

Eric 说："不用了。内地我熟，你告诉我到哪个车站，然后到车站接我吧。"

志诚有点意外。双方定了车站。Eric 如期而至，瘦削的脸上还保存着几分学生的稚气。交谈时，Eric 的话针对性不十分强，但还是挺实在。谈完协议的细节后，Eric 对志诚说："实不相瞒，我是挺看好这个项目的。"

志诚有点意外，问道："哦？何有此见？"

Eric 说："我的大学是在内地读的。几年下来，对内地有一定的了解，本来自带的优越感相对减退，看法自然就跟他们不同了。我自问看问题会比他们客观一点。"

志诚轻问道："香港学生在内地上大学相对比较少……"

Eric 说："我是比较底层那类啦。香港大学学位其实很少，只有好成绩的才能挤得进，考不上的有钱人会出国，那些既考不上又没钱的，像我这种，就回内地读啰。"

志诚连忙打圆场说："别妄自菲薄，我只是不经意一句。"

Eric："我说的也是事实。所以我特别希望这个项目能够落地，到时我会申请到这个项目的团队里去。"

交谈之初，志诚一直抛问题，试探着 Eric。因为 Eric 是 Philip 派过来的代表，他想知道 Eric 个人对这个项目的真正态度。现在见 Eric 差不多把自己和盘托出，也有加入这个项目的意思。他知道是往深处谈的时候了，所以马上转变了语气，带点果断地对 Eric 说："既然你对这个项目那么有兴趣，那么我也想你去推动它一下。"

Eric 为志诚的转变感到意外，表示疑问地望着他。

志诚接着说："第一，其实我们的要求真的不高，以你们公司的经验和积累，完全可以找二线的设计师负责，对你们公司的人力资源消耗不高；第二，我们开的价钱也不低。其实这样就等于你们公司在原有的基础上增加了附加的收入。Philip可能是习惯了设计师思维方式，原则太强，只想每个产品都做成精品，没有从投入产出的角度去考虑。你如果想这个项目落地，你就从这方面说服他。"

Eric 点头表示认同，但又问："我可以说服他？"

志诚拍拍他的肩膀说："可以的。他派你作为代表过来谈，本来就相信你嘛。堡垒是最容易从内部攻破的嘛。这一点上，你比我更有力。"

Eric 听取了志诚的意见，回去以后说服了 Philip。Philip 派了一个新晋的二线设计师 Hugo 负责组建志诚项目的团队，Eric 也加入了。香港的设计公司在谈判的时候表现得不太积极，但是合约签订以后，却非常专业、负责，经常加班加点为志诚提供设计稿件，而且经验老到，也为志诚的广告营销提了不少可贵的意见。双方合作得十分愉快。

半年以后，志诚的自有品牌服装店在广东的八个三线城市同步开张。按照他的计划，先在这八个地方站稳脚跟，然后逐步推向省外。志诚本来已经是一个小心谨慎的人，在这个项目开始之前对市场的调查做得十分充分，包括定位、价格、盈亏计划、人工成本、广告营销甚至员工用餐、供货物流等，事无巨细都考虑周到。但即便如此，实际操作中问题还是接踵而来，所以整个门店体系在开张后半年才逐步步入正轨。这样前前后后加起来一年的时间把战线拉得漫长，给资金流增加了不少压力。而且有不少实际开销在计划外，这更是雪上加霜了。

但最严重的影响还在他的旧业务上。互联网的普及使信息更加便利，客户可以更便捷地与工厂对接，建立竞标平台竞价。民众富裕后投资工厂的门槛相对降低，一时之间很多工厂出现，竞争增大。于是订单僧多粥少的局面出现，工厂进入价格战的红海。利润被挤压到临界点的同时，成本上涨、利率不稳定的大环境还在继续。这一切把珠三角的工厂推到了生死存亡的境地。

旧业务资金回笼减少严重，新开发的业务又在不断地烧钱，志诚倍感压力。这一年他事事都亲力亲为，从设计流程、成本控制到营销推广、门店销售，一边奔波，一边摸索。根据调研，他得出新业务业绩不理想，问题主要在营销环节，所以他进一步加大了广告营销上的投入，但是一点起色都没有。这天办公室的员工匆匆忙忙地跑进他办公室说："老板，香港华顺商行的标被广鑫厂拿了。"

志诚脑里突然一个响雷，问道："什么？"

员工继续补充道："是的，对方用了一个你根本不相信的价格把标夺了。"

志诚没跟员工磨蹭，马上拿起电话致电华顺的余叔。华顺是在香港的老商行，在国外接单然后把单转给内地的工厂加工，从志诚父亲创业到现在，华顺与志诚的工厂一直在合作，是最老的一批客户了。而余叔是香港华顺商行的股东之一，一直在管理派单业务，长期以来都是他与志诚的工厂沟通，除了工作以外大家私交甚密。电话通了以后，志诚问："余叔，听说标被广鑫厂拿了？是这样吗？"

余叔回答："是啊。"

志诚又说："余叔，我们合作了这么多年，大家都建立起信任和默契，如果你们突然换厂，可能会对你们的效率产生影响。请你建议董事会考虑一下。”

余叔无奈答道：“志诚，你是我世侄，你也知道我能帮的肯定会帮。但我们公司的大股东是国外的公司，这几年他们直接派一个鬼佬过来插手具体事务。这个标是在公司的网上平台上操作的。对方在加权最大的价格项得分比你们多了很多。我也无话可说。”

志诚说：“之前我也打听了他们的报价。大家行内人，你也知道这个价格是不现实的。把标给他们，他们会从多方面做手脚，这样对你们公司和他的工厂都不会有好处，是一个双输的选择。”

余叔答道：“我也知道。但是老外就是迷信数据和平台。再说这个鬼佬是国外公司的高管，拿工资的，公司是挣是亏都跟他没关系。他只要按照程序走，谁都不能说他错，总比不按程序然后出问题强。”

志诚说：“那余叔，你是公司的股东啊。标搞得不好你总会损失吧？”

余叔说：“我是小股东。再说国外的大股东公司也做了风险控制，虽然挣不了估计也不会亏到哪里去。那就大家耗着呗。”

志诚知道主动权已经不在余叔手上，现在他连建议权都被剥夺了，再谈下去也是徒劳，所以打了个圆场就收兵了。

“咔嚓”电话挂了，志诚冷静下来才知道后怕。失去一个大客户就等于旧业务创造的现金流被削减，新业务也无法盈利。志诚叫来了会计，要她对事情的严重性做一个准确的财务评估。评估结果是，工厂已经无力对新业务进行输血，旧业务也要收缩才能维持。

志诚强迫着自己接受失败的现实。当务之急是如何在不影响旧业务的情况下逐步撤出新业务，而且旧业务的生产规模也要做出相应的缩减，工厂才能存活。志诚知道，如果过早把情况公布，工厂员工在精神层面上一定受到巨大冲击，人心不稳，可能真的会把事情往不可挽回的方向拉。最好的方法是先稳住，然后一步步有计划地做战略撤退。所以他马上找了会计谈心，并向其保证，缩减工厂的规模不会对她的薪酬有影响。这只是他表现出来理性的表面，作为一个企业的领头人，他知道要有效地实行战略撤退，首先自己先不能倒下。然而他的内心正面对着失败的惶恐。倒不是担心以后的生计，而是从父辈手上接过来的事业在自己手上败去的内疚。

失败的惶恐是一种吞噬，慢慢、慢慢地蚕食着心中光亮的一面。当你还要把这光亮的一面在人前展示，来稳定军心，你的演技会越磨越精湛。有些人会越演越往角色里陷，直至完全代入角色，最终把自己也欺骗了，与角色一同堕入无法挽回的地步。有的人比较现实，早早地就接受了自己已经失败的事实。对于接受事实的人，惶恐又会变成一种痛，一种从高处跌下，把你原来的自信和愿景摔得支离破碎的痛。而这种痛又在现实与扮演的分裂中一次次地经历，接受现实的人清醒地接受着惶恐慢慢地吞噬，有如凌迟。

为了把影响控制在最小范围内，这些天志诚自己在办公室加班，分析数据、设计方案、考虑可行性操作。盈盈下班以后都会与他会合。几天下来，外卖饭菜吃腻了。这天，她下班去买了些肉菜，就去志诚工厂的饭堂加工。饭跟在志邦工厂里打暑期工时一样，煮一锅，再往里面打个鸡蛋，放点油盐，不同的是加了两个菜。煮好以后，盈盈硬要把志诚从办公室拉到外面吃，要他透透气。天空从浅青慢慢过渡到深蓝，天边描着两道彩霞，白、金黄、蛋黄、橙红、虾红颜色拉得缤纷，盛夏的风鼓起的热气扑面，一阵阳光把土地烤出焦炙的味道，蝉还在树上鸣着。志诚最近一直泡在空调里，脑海里只有数据、分析、方案，一切感觉都被钝化了。现在种种声光气味来袭，才觉得从牢笼中解脱出来。

盈盈默默地把饭递给他。他扒到嘴里嚼着，是一种熟悉的味道。盈盈知道他这些天心情不好，所以都没主动跟他讲话，只是默默地陪着。见他嚼得起劲，不禁问道："好吃吗？"

志诚点点头："嗯。"

夜色继续昏暗，转眼就彻底黑下来了，工厂对面民宅亮起万家灯火。此情此景，志诚想起了与盈盈一起在志邦厂里打工的日子，又是嚼着这熟悉的味道，当初自己在志邦的工厂里是如何踌躇满志，毕业后又是怎样在父亲的基础上发展起来，雄心勃勃，而现在一个冒进的想法竟让这些年的积累都付诸东流，不禁眼眶红起来了。他问盈盈："我现在被打回原形了，像是回到了跟你在志邦工厂里打工的日子。"

盈盈却不以为然，她笑了一笑："不是啊。我们现在多了两个菜。只是你没去夹罢了。"

志诚被她这样一答却不知怎样回应，他本来以为盈盈会与他一样叹气两句，但她却对这些都不在乎，志诚心里很暖很暖。

盈盈见他又沉默了，便对他说："你那时候不是说很想到对面的万家灯火下看一下别人的生活的吗？不如我们也去对面点上一盏灯吧。有我们的灯，你以后就可以看个够了。"她说完以后，眼睛一闪一闪地望着志诚，还笑得特别灿烂。

志诚说："现在的我可能什么也给不了你。"

盈盈说："我其实喜欢简简单单的日子啦，是你想多了吧。"

盈盈指了指对面的灯又说："你看一下，那灯下不都是一些普普通通的人家吗？女孩子的要求其实并没有你们男孩子多，能在灯下一起柴米油盐也是种生活嘛。"

志诚说："其实我不是要求多，只是想能做点让自己感到自豪的事，不安于现状罢了。现在那些安于现状的人结果还比我好了。"

盈盈把头靠在他的肩上说："你如果不去试过，会甘心罢休吗？"

志诚沉默了，盈盈问到自己的心坎上，他就是那种没撞得头破血流就不罢休的人。他想说点什么，"我……"一个字出口却语塞了。

盈盈见他无语，赶在他前面说："怎么了，没有下半句？"

志诚没有回答。盈盈把头挨得紧紧的，微笑地望着前方的灯火，缓缓说出："我们结婚吧。"

虽然志诚早就想过跟盈盈结婚，但绝对没想过是现在，这个时候。他知道这句话从女孩子口中说出来的分量有多重。他也望着对面的灯火，想着余生有人与自己同甘共苦，就算如现在这般不济，也可以有一盏灯为他亮着，暖暖的感觉令他所有的伪装都松懈了。他泪如雨下。

有的女孩善于收集男人的眼泪，这种女孩不会十分美丽，因为太美丽的东西令人觉得虚无，从而无法在里面安心，心不稳，泪水自然就不会落在里面了。而面对不完美的东西时，你会感到她也可以承受你的不完美，此时你会从云端落下静静地去看、去感受，发现她的可爱，最终会变成一种依赖。这种因为可爱所以美丽的审美才会长久。

“一个男人常被他所爱的女人的‘缺点’吸引，不仅是她的怪念头或她的软弱，甚至她脸上的皱纹、斑点，寒酸的衣着，有点歪斜的走路姿态，这些反而比美貌更持久、更坚实地把他同这个女人系在一起……在紧张与狂喜的折磨下，我们眩晕的情感犹如鸟群，在女人的涡流里拍打着翅膀翻飞。就像飞鸟在枝叶茂密的树上寻找栖息之处，我们的情感逃匿进女人隐秘的皱纹和欠缺雅观的步态里，以及我们所爱恋的肉体上那些小小的疵点里。在那里我们可以安全地躺下来。旁人无论如何猜不到，正是在那些小缺陷和似乎可以挑剔的地方，爱情的箭落了下来。”这是本雅明说的。

盈盈的表态使志诚走出了情绪的低谷。

没过几天他也收到露娜的信，露娜写道：

志诚：

这次失败其实也有我鼓励你上马的责任。对于宏观的事物我觉得我们没错。不过在操作方面，可能你我都没经验。不过不管如何，坐等被消灭，还不如自己痛痛快快干一场。我想你也是我的性格，也认同我的观点吧。

露娜

几番思考后，志诚去找了志邦。这几年志邦靠着早入行的优势把规模做上去了，意气风发，已经是在行业内有点名气的老板了。虽然利润也是越来越薄，但包装行业加工流程比成衣简单、工人熟练度要求不高，所以压力也相对比志诚小一点。

志邦听完志诚介绍，也有点抓不准，对志诚说：“失败也是一种宝贵的经验啊。”

志诚觉得这句话有点假大空，无奈地对志邦笑了一下。

志邦马上会意，解释说：“老弟，我不是在打哈哈。你老哥都没有去做过终端市场的生意，所以要真给点具体的操作意见那是胡扯。不过老哥打滚多年，当中失败比成功要多出不知多少倍，也都从每一次失败中得出经验。”

志邦的话给了志诚处理问题一个新的方向。他尝试挖掘一下在新业务中有什么可以再利用的，即使没有实际的东西，一些可以吸取的教训，他也争取把它拾起。在数据的分析中，他发现自己以前不在乎的网络销售有大规模的增长，且增长十分稳定。当初开设淘宝网店，是当作一个宣传窗口，为的是在网络这个新生态上有自己的展示平台，销售并不是重点，特别是成立之初，因为客户下单量少，而且物流和支付问题上的纠纷把志诚烦得几次想关闭。志诚细心地对数据进行分析，他发现网店的销售数据是在2005年后稳步放大的，而且纠纷也明显下降。他与财务数据做比对，发现2005年后增长的主要原因是支付宝引入了淘宝平台，有了第三方金融平台背书，客户对网络销售更有信心了。志诚再对成功销售的产品数据进行发掘，他发现商品的指向性非常强，都集中在几个单品。而令他意外的是这些热销的单品都不是设计团队的力作，往往是设计师为了充数的无心之笔。他用这些无心之笔的数据与实体店的作品比较，发现了同样的情况，力作反而销售得不好，无心之笔却卖得不错。

网络的销售数据点燃了志诚的希望，他想起了《长尾效应》里对网络经济的论述，由于网络商品的陈设比起传统实体店来说是海量的，无数的个性化需求被激活，从前销售分布曲线的高位被挤压，挤压到了长长的尾部去了。而他估量，内地拥有十几亿人口，就算把握到这个尾部的一小段利润也很可观了。一个新的计划在他心里萌生：把握网络销售的风口，选几样成熟的单品把它做好做专，从以量取胜到以质取胜。

在这个浮现的新改革方案中，他的优势在于已经有了从设计到销售的一条完整的产业链条，也可以把工厂缩减产能多出来的人手调配到网上销售和物流等新部门，这样一来裁员的压力就会大大降低，也就减少了改革的阵痛。现在主要的问题在于设计环节，因为只做几个单品，设计的费用会大大降低，而且在风格上也要做出相应的改动。志诚最担心的是 Philip 的设计公司：第一，能不能在减少费用的基础上继续合作；第二，要香港的设计师改变风格似乎是一件比较困难的事。不过志诚觉得做生意上还是利益优先吧，Philip 的设计公司没理由看着内地这么大的网上市场不去干。

说干就干，志诚去了香港。在车上他对晓晴说了自己的情况。晓晴知道这事对他十分重要，所以强烈要求陪同。志诚同意了，挂了电话，独自远眺车窗外的雨。这几年内地经济起飞，多少农田洼地上被浇铸了一层水泥钢筋，犹如在大地的面容上覆盖一层厚厚的尘灰，隔断了大地与天空，再也难见一场哗啦啦下得痛快的夏雨了。虽是盛夏，天空却一片灰霾，雨小得可怜，闷闷地从天上落下，淅淅沥沥，志诚的心境悲凉，脑海里浮起 Beyond 的《海阔天空》：

今天我
寒夜里看雪飘过

怀着冷却了的心窝飘远方
风雨里追赶
雾里分不清影踪
天空海阔你与我
可会变

志诚与晓晴在Philip公司会合。Philip召集了负责志诚项目的团队一起开会，讨论与志诚公司的合作走向。团队共四人，首席设计师Hugo，是Philip公司的第二方阵，胖胖的中等个子，负责项目这几年与志诚已经熟络。他下面的就是Eric和Bruce的两名学徒型设计师。

志诚开门见山介绍了工厂的情况。Hugo听了以后，感叹说："嚯，那你以后咋办？"

志诚说："工厂的运转不成问题，只不过新项目可能就输不了血了。不过我现在已经有新的打算，在这里给大家介绍一下。"然后他试探性地望了一下Philip，见Philip表情没什么特别的变化就介绍了新的设想。

还是Hugo第一个发表意见，他说："内地的网络销售work吗？"

Philip补充道："这个也是我考虑的问题啦。我上次去贵州，那边地方都好落后，连网络能否普及也是个问题。"

志诚问Philip："你去贵州的哪里？"

Philip答道："黄果树瀑布啊。"

设计团队一听都笑了，Hugo抢着说："老板，你拿这么偏的景区做例子，倒不如拿喜马拉雅山做例子，山上连信号都没有啊。"

Philip 说："哦，那是我的数据不准确。"

志诚连忙解释道："其实内地这几年发展得挺快，网民的数量已经达到 6 亿。"

Bruce 听到问："6 亿？这个数据准确吗？我在 ICQ 上好像都没碰过几个哦。"

志诚解释道："因为我们不用 ICQ，我们用 QQ。"

志诚心里有点着急。他说道："我们工厂的网店销售稳步上涨，这个是数据。"他把准备好的数据报表发给在座的每个人。

Bruce 看了报表，问道："这个内地的平台与欧美的电商不同啊。欧美电商是生产厂家与消费者间的批发商，内地这个却如一个出租铺位的卖场，什么人都可以开店，什么货都可以在上面卖，我怕我们的产品与冒牌货被放在一起。这就扑街啦。"

Hugo 听了，问："有没有色相好的假'劳'（劳力士），我以前在罗湖买过一只很逼真，现在都被扫了。"

Bruce 指着 Hugo 笑说："哦、哦、哦，你自己用假货就别到处讲啦。现在讲出来，以后你戴真货都没人信啦。"

Hugo 回应道："你妈的，我现在就先杀了你灭口。"

志诚见他们又把话题谈偏了，望了一眼 Philip。Philip 叫停说："好啦，别再偏题啦。我们现在是在开会啊。"然后又自己补充一句道："志诚啊，网络销售在内地是一项新事物，我们不好把握啊。"

志诚说："其实网络销售是世界的潮流，而且我们也有足够的销售数据支持，这方面的销售稳步增加。"

Hugo 听了用手搭着志诚的肩膀，说："老板，你上次过来推销你的项目也是这样说的。现在项目进展一般般啊。”

志诚有点急，连忙解释：“上次不同，上次是比较急，但这次我们有失败的经验了，而且整个体系都已经搭建好，做起来成功概率肯定比上次大。其实欧美在网络销售上出过一本总结经验的经典叫《长尾理论》，其中观点刚好与我提出的新想法吻合。内地有 6 亿网民，就算在这个长尾上占据一段也已经很不错了。”

Bruce 问道：“什么尾？”

志诚说：“长尾理论啊。克里斯·安德森提出的对网络销售的新观点……”

Hugo 连忙打断道：“好、好、好，不用解释了。上升到理论层次太高深了，我们还是回归自己的主题吧。”

志诚说：“其实我讲这个理论是想说明以后内地的网络市场一定会很大。我分析了一下我们这些年的数据，发现部分我们不看好的款式，反而卖得好。在我报告里面的第 36 页开始有这些款式的图集。”

Bruce 翻了一下，笑着调侃道：“哦，不会吧？好土的款式哦。”问旁边的 Eric，“是不是你设计的？”

Eric 回答：“这个……好像是 Hugo 设计的。”

Hugo 笑语：“是吗？嘻嘻，好像是啊，我都有点看不起自己了。”

志诚这次赴港其实心急如焚，想尽快说服 Philip 公司开始新的项目，哪经得起他们这般磨蹭。所以再次用较高的声调说：“不管怎样，这也证明了我们可以设计出内地市场热卖的款式，说明你们公司是可以在内地打开市场的。”

Hugo 听了他的话马上严肃了一点，沉稳地说：“如果要我放弃自己的风格迎合市场，可能有违我的设计原则。如果一个设计师连自己的设计风格都没有，那等于失去灵魂了。”

Bruce 马上对着 Hugo 说：“上次对着意大利公司你好像不是这样说的，你是不是崇洋媚外啊？”

Hugo 解释道：“那不同。上次意大利那家公司曾经在设计上教会我很多，算是半个师父啦。我还是分得清的。”

尽管志诚尽量加快议事速度，但 Philip 的团队还是很难聚焦到主题上，在不停打趣和调侃中浪费了不少时间。志诚觉得自己与他们之间渐渐凝聚出一个分隔，他属于沉重的一边，而 Hugo 他们属于轻逸的一边，在稀薄的分隔中，重的沉淀、轻的上浮，逐渐成了上下两个分层。终于他发现 Hugo 他们的话语是带着光亮的上方传过来的，下面他独自承受的昏暗冰冷，Hugo 他们是无法体会的。

最后，Hugo 对 Philip 说：“老板，我承认这个项目我们失败了。可能两地之间的审美观差异太大。”

志诚听 Hugo 的意思，觉得他们接受新方案的意愿不大，突然志邦的话一闪出口：“失败也是一种宝贵的经验啊。”

大家听了这句有点空的话，有点突然，都愣了一下。最后 Philip 笑了一笑说：“志诚，我知道你对新项目抱十分的希望，但失败了我们就承认吧。让它过去就是了。”

志诚有点抓狂说：“我不是不承认，我承认得不能再承认了。但这次失败不代表我们下次失败，而且大家在这次中都费了不少心血，总可以在失败中找出点经验，为我们的新项目提供借鉴经验嘛。”

Philip 说：“志诚，我们不在这里讨论哲理性的问题。你是一个很好的客户，感谢你这段时间带领我们走进内地市场，只不过我觉得，内地市场可能目前还不是我们进入的时候。毕竟两地的差距有点大，过个十年八年吧，到那时候差距没那么大了，我们可以再合作，这几年来大家合作都愉快，以后过来香港找我聚一下。”

Philip 这句话无疑已经把再合作的门关上了。志诚还是不死心，缠着 Philip 又谈了半个小时，最终还是没能把 Philip 说服。Eric 送他们出公司。在途中，Eric 对志诚说：“Hugo 他们有时候说的话不沾边际你别介意。我们公司自己开会也是这样的。设计这行业放得比较开。”

志诚回答：“不介意，这个你放心。你们的专业和勤奋我也见识过。只不过大家面对问题时的态度有点不同吧。毕竟大家处境不同。对我来说，如果新项目上不了就没有退路；对于你们，只是损失了一个不大不小的客户。处境不同啊。”

Eric 说：“这个其实也是源于他们根本没有了解内地的市场……”话到这里，已经到了公司门口，Eric 没把话说完，志诚俩就走了。

出了 Philip 公司的门口，志诚又去两家设计公司推销自己的项目，但都被拒绝了。他想继续跑第四家。晓晴见他着急得像只乱撞的苍蝇，不禁说：“好啦。你现在跑下去也没用，不如先回去，想清楚了再作打算吧。”

志诚答：“不跑怎么知道不会成功呢？”

晓晴说：“你现在就是浮木心态，失去了 Philip 这根木头，想连忙去找另一根代替，不要这样好吗？你不是经常跟我说‘谋定而后动’吗？”

志诚不得不承认他无力反驳晓晴的话，只好打消了继续跑的念头。晓晴见他情绪低落，没让他回酒店，把他拉回了自己的住处。饭后洗漱完，志诚一直没话，坐在沙发上，落魄得周围都像蒙了一层黑。晓晴开了瓶红酒与志诚一边喝和一边谈，问道："说句实话，你现在的业务量萎缩太大，香港的设计公司可能不会考虑。"

"嗯。"志诚应付地应了一句。

晓晴继续说："其实你有没有想过你说的网上销售可能真的行不通。Philip 他们的公司很有经验，他们的意见你应该认真考虑一下。"

"嗯。"志诚又应付一句。

晓晴说："如果真的行不通，就别继续了。免得费力不讨好。"

"嗯。"

晓晴开始对他的态度有点不满，语气重了一点说："我说的你听得进去吗？"

志诚因为在两个月前失去老客户已经备受压力，一直以来靠着对新项目的一点点希望顽强地撑着，今天被设计公司的人一次又一次地否定，而现在又被晓晴一次又一次地质疑。渐渐地他觉得自己已经被逼向墙角。他慢慢地从嘴里说出："这个项目一定要上，因为我已经无路可走了。"

当话如果没说出来时，自己还可以欺骗一下自己，暂时不去面对现实，但话一旦说出，就等于自己已经承认了，那再也没有欺骗自己的余地，志诚此刻才真正面对现实。他抱着头，身体萎缩得像冬天那片最后落地的枯叶。

晓晴看着眼前这个落魄的男人，又想起印象中那个阳光和带些倔强的男孩，不禁起了怜悯之心。她是否爱志诚？可能爱过吧，但始终未能下定决心投向他，经过岁月漫长的冲洗，这种感情逐渐变得温醇如酒。而此刻，她确定自己是在乎志诚的，面对眼前这个可怜的男人，她选择用最原始的方式去慰藉他。在那里她看见一个迷路的男孩，穿着较为宽大的二手衣服，被田野林间的太阳晒得黑黑的皮肤，还有那一双稍微残旧变形的布鞋，站在盛夏的荔枝林里面迷茫彷徨。晓晴把他抱入怀里，用身体的温暖安抚他那彷徨的心，除此以外她再也无法做些什么了。

记得在日剧《悠长假期》里面木村拓哉的一句话：当人生不顺利时，不用努力冲刺，就当自己放了一个悠长假期，一切慢慢都会好的。目前，志诚就处于这种悠长假期之中。他什么都没做，早上到工厂打卡，然后到茶餐厅把早餐吃到中午，再回去小憩，下午就到咖啡厅里泡着，晚上或者与盈盈相聚，如果盈盈没空，他就去喝个小酒。他曾经几次说服自己要跟 Hugo 他们一样，轻描淡写地接受失败，但每每在这种安逸中睡去的时候，突然一愣地惊醒了，魂牵梦绕地觉得牵挂着某事，然后辗转反侧地彻夜难眠。最终他发现自己真的无法这么清浅地让事情过去。如是一个月过去了。一天他的电话响了，显示是香港的号码，志诚觉得号码有点熟，心里有点意外。打开一听，原来是 Eric。Eric 说有事要跟他面谈，自己在香港打工回去内地不方便，想志诚到香港一趟。

反正闲着没事，志诚就赴约了。见面地点是 Eric 公司附近的一家糖水铺。志诚看见 Eric 的时候，感到他有点紧张，于是叫店家倒了一杯热茶给 Eric。Eric 手握着热茶，目光没与志诚对接，只是看着手中的茶水，说："志诚，我想接你的项目。"

志诚很意外，他问道："接我的项目？ Philip 上次已经明确拒绝我了，现在是他改变主意了吗？"

Eric说："我想自己接，自己出来单干。"

志诚说："你知道我的情况吗？说句实话，我现在自己的状况也不太好。"

Eric回答："你的情况我知道，感谢你提醒我。我也是经过慎重考虑才向你提出的。"

志诚对Eric所说的"慎重考虑"很感兴趣，他问："你慎重考虑过什么了？可以分享一下？"

Eric一本正经地回答道："设计师这行很讲论资排辈，我这样一个不是名校又没有背景的新人，想要在香港这个地方出人头地很难。而且我把你说的热销的作品与我们的得意作品做比较，发现其实我们的设计风格没有以内地的市场为导向，是不对的。"

对Eric这番接地气的意见志诚有点意外，打趣说："Hugo说过如果要设计师放弃自己的风格就等于废他武功，你自废武功吗？"

Eric回应一句："我放弃风格可能会被废武功，但没饭吃的话一定饿死。"

志诚觉得Eric的想法与自己吻合，大家谈得很深。这一天晚上他在晓晴住处过，与晓晴商量Eric提出的请求。晓晴见志诚重新有了斗志，很开心，想用实际行动支持他，所以提出她可以作为一个第三方给出专业的意见，对Eric的设计把一下关。虽然志诚也不知道Eric能否胜任，但目前除了这条路别无他途了，所以第二天就回工厂，做项目落地的思考。

经过一个星期与Eric和晓晴的接洽，志诚与Eric达成了共识，由志诚出资组建一家新的设计公司。公司的股份志诚和Eric各占百分之四十，晓晴占百分之二十。晓晴不出资，工作上也只负责给出意见和做最后的把关，但为了避免志诚和 Eric 在意见不一时相持不下的局面，就引进了晓晴作为最后表决权重。

在商议的过程中，晓晴也问志诚：“公司是你出资的，你也是公司启动的第一个客户。Eric 说到底只是一个打工的，为什么在股权上给 Eric 这么大的份额？”

志诚的回答：“如果别人的份额太少，他就不会努力了。要做人情就要做到底，先画一个大饼别人才肯卖力。”

晓晴回了一句：“看你又变回了以前的奸诈，看来现在已经雨过天晴了。”

志诚只是笑而不语，其实他的天真的还没晴，他只对自己说：“咬紧牙走下去吧。”

设计公司的环节解决以后，志诚迅速把体系运转起来。Eric 与之前 Philip 团队的工作方式完全不同，他会到内地了解顾客的需要，特别是一些三四线的县级城市。在 Eric 看来，一个群体的审美观如同经济是有梯度地发展的，对于香港这样一个经济繁荣、普遍学历比较高的城市，审美观要比内地前卫。为了找对内地的审美观所处于的位置，他经常到内地三四线城市采风。不过令他感到意外的是，内地审美观的发育速度与经济发展一样快。根据他判断，除了有经济的大背景支撑以外，网络也加快了审美观的迭代：网络上出现了新鲜事物很快就被人传播，而那些被大众所接受的会迅速成为潮流。网络用传统传播方式不可比拟的速度不停地重演这种大浪淘沙似的筛选，以至于迭代速度也特别快。Eric 慢慢培养出对潮流迭代的嗅觉，设计出来的作品越来越为网络消费者所接受。网络是一个平等的平台，没有论资排辈的障碍，Eric 在这里获得了信心。

他逐渐觉得，所谓的潮流风格其实并没有一个固定的风向标，只要为大部分的受众所接受，你的风格就是潮流。

志诚负责营销，那几年网络平台获得风险投资，大肆扩张。作为平台的商品提供商，志诚公司不但抓住了网络商业的风口，而且也是平台的最早客户，享受平台很多优厚的宣传政策，乘着这趟顺风车，他的网络销售增长迅猛。在品牌塑造方面，得益于前几年实体店的推广，他品牌已经初步被认知，现在网上销售薪火延续下来，逐步为消费者认同。由于与 Eric 合作的设计公司与服装公司是两家不同的企业，志诚决定，建立自己的设计公司品牌，与服装品牌联合打在销售的服装上，为下一步设计公司的发展打下基础。

而晓晴虽说只作为顾问出任公司股东，但设计公司成立之初，Eric 一个人无法承担的工作都有晓晴帮手处理，也为设计公司站稳脚跟做了大量的工作。如此几年过去了，网络销售的份额已经成了志诚公司的业绩主力，公司的收益和利润也达到了新高。晓晴也辞退了原来的工作，成为志诚设计团队的又一个核心。志诚和 Eric 也把手上的部分股份转到晓晴手上。但公司到达一定高度以后发展就遇到瓶颈。志诚想突破，却苦于找不到突破口，一直等待着。这天他到商场买皮鞋，却被皮鞋的价格惊呆了。原来两百多块就可以买一双不错的皮鞋，现在没有六七百块买不下来。价格涨了差不多两倍。商业嗅觉敏感的他，马上如狮子一般嗅到了血腥味。于是他对大商场鞋业进行调查，发现大商场名目众多的皮鞋品牌都由香港的一家巨无霸鞋业集团——千丽集团所持有。他感到一次突破瓶颈的机会可能要来了，于是召集公司内部的骨干开会。参会的有设计公司的晓晴、Eric 和产品公司的财务负责人、销售负责人。

会上，志诚把自己的调查报告发给参会人员，并问："大家从这份千丽集团的调查报告中看出什么了吗？"

销售负责人说："他们垄断了国内众多城市的大型商场，然后获得定价权，把鞋子的价格提高了两倍。"

财务负责人说："天啊。按鞋子的价格和利润比例，价格提高两倍，利润就提高了四倍。不过包下国内的大型商场这个支出也大得很吧。风险很高。"

Eric 问："他们决策层就对这个战略有如此大信心？"

志诚笑了一笑，说："他们是香港的集团。"

Eric 问："那又怎样？"

志诚说："所以是用香港的商业思维来设计战略啰。"

Eric 问："我还是不懂？"

志诚说："香港独有的金融——地产利益闭环内，以地租作为主导的分配关系已经根深蒂固，得土地者分大利，购房产者分中利，这几年因内地旅客大幅增加产生的数量级消费提升的收益，从商户手中的现金过渡为房东手中的铺租，商户只能分得小利，而在商户底下的从业人员更无法从中分利了。千丽把这种地租商业逻辑直接套用到内地，所以敢做出如此大风险的决策。"

销售经理问："那对我们有什么意义？"

志诚说："我想向往鞋子的方向发展。"

Eric 听了马上说："我反对。鞋子是最讲究穿着感受的一个商品，而目前我们公司最重要的渠道是网络，对于穿着感受为主的商品，很难在网上卖。"

志诚对 Eric 说："我绝对认同你的观点。不过千丽公司现在以这样高的价格卖鞋子，而且垄断了实体店，我觉得必然会倒逼消费者上网买鞋。”

晓晴有点忧心地望了一下志诚，语重心长地说道：“志诚，几年前你做实体店的事……”

志诚笑了一下说：“输得很惨，是吧？所以我这次仍然是互联网经济的思路，轻资产去做。我们只做设计，委托工厂生产，用现有的渠道。”志诚望了一下财务负责人，问，“这样对公司的现金流不会有多大影响吧？”

财务负责人说：“如果是这样，影响财务的只有预先制作的库存。”

志诚向大家说：“那行了吧。还给你们一颗定心丸。这次如果赚了是公司的，如果赔了算在我个人头上。”

销售经理马上说：“既然老板决定了，我们执行就好。”

晓晴嘲笑道：“都说做销售的个个都是猴精，这下我可看到了。”

销售经理说：“晓晴美女，‘猴精’这词你也会用，这说明你对我们内地文化的了解有了一定深度。”

“嘁。”晓晴不屑道。

Eric 问：“志诚，我就不明白，你为何对皮鞋的方向如此确定？”

志诚答：“你没看到现在内地大商场里千丽集团的几个牌子吗？外观同质化非常严重。这怎么卖啊？是我不明白千丽为什么如此确定好不好？”他又郑重其事低对 Eric 说，“所以你的设计部门才是最重要的一环。”

Eric 笑了一下说：“有件事你应该知道。千丽的设计公司就是 Philip 的公司。”

志诚笑了一下，说：“哦？是吗？那你可要小心点哦，把以前的记忆清空一下才设计我们自己的。设计你负责。造鞋的工厂和成本控制我负责。”

财务负责人说：“小城的皮鞋制造业世界有名，千丽那么大的盘，小城肯定有不少工厂为他们加工，我怕你找的工厂也会与千丽重叠。”

志诚说：“那更好，千丽的鞋子质量是不错，说明工厂靠谱。”

Eric 说：“太多重叠可能会有是非。”

志诚没回答，鼓起劲对大家说：“还没做，考虑那么多风险干吗？做了再说！”话后，他一锤定音，决定把项目进行到底。

第二天早上，Eric 致电志诚说：“你好，志诚。我昨天思考了一晚上，如果公司这边确实要发展鞋业项目的话，我想再招几个设计师充实一下队伍。你看可否？”

志诚回答：“充实设计队伍是我们公司一直以来的方向，你放手去做吧……”志诚迟疑了一会儿问，“你是不是已经有合适的人选了？”

Eric 说：“是的。我……我想看看 Hugo 和 Bruce 行不行？”

志诚笑说：“唉，哥。您这不是在逗吗？他们之前都没想跟我们合作，现在你居然要他们投到你的麾下。”

Eric 说：“也不一定要到我的麾下，大家合作嘛，我可以外包。”

志诚说：“我听说他们在 Philip 公司不被重视，你念起旧情了吧？千丽是他们的客户。你这样做更加纠缠不清了。我觉得你可以谈一下，Bruce 可以争取，Hugo 就别放太多心思了。”

Eric 说："好的，好的，那我就去做了。"

Eric 去约 Hugo 和 Bruce。Hugo 把见面地点定在尖沙咀的一家酒吧。Eric 到时，Hugo 与 Bruce 已经到了，两人手指点点、评头论足地似乎在议论。Eric 问："怎么你们来得那么早？"

Hugo 说："我们俩没人管得了。"

Eric 点了点头。Bruce 问："你找我们什么事？"

Eric 把项目和自己想挖他们的想法介绍了。

Hugo 听了马上说："想不到志诚当初互联网销售的想法真的行得通。现在还派你来招安是吧？"

Eric 说："不是招安啦，我们是猎头。"

Hugo 说："不过千丽是我们的客户，我们过去不好吧？"

Eric 说："其实我们现在公司的平均薪酬水平与 Philip 公司看齐。你们也是有经验的设计师，又是旧人，志诚对你们也是非常认可的，过来后薪酬一定比现在高。"

Bruce 回答："要去内地上班，不行吧？"

Eric 说："我们公司的骨干在香港，在香港上班。不过不排除会有北上的预期。不过就算北上了，都可以通过 CEPA 作为人才到内地任职。"

Hugo 问："CEPA？"

Eric 答："是的，《内地与香港关于建立更紧密经贸关系的安排》。"

Bruce 说："哦，就像内地的红筹在香港上市一样，企业过来，人过去。"

Hugo 听到股市马上精神起来，对 Bruce 说："你上次接的那只红筹涨得不错，还有什么介绍，我追加投资。"

Bruce 说："是啊，现在内地红筹轮番在香港上市，这拨行情就看他们了。你不是说买楼吗，怎么还投资股市？"

Hugo 说："买鬼咩？现在楼市涨得那么快，我想在股市里面再赚一点，起码可以减轻一下负担。"

Bruce 说："你老婆现在肚子都那么大了，到时小孩子出生，你现在租的地方不够吧？"

Hugo 说："是啊。现在我老婆大肚，所以我今天晚上出来跟她说是谈正事的。"

Eric 见有空位，马上插了一句说："其实内地现在的互联网发展得挺好，我们公司就是互联网企业，如果你们过来趁这趟快车，买房也不是不可能呀？"

Hugo 和 Bruce 一齐问 Eric："你买房了？"

Eric 答："我在内地买了一套。"

几天后，在公司的会议上，Eric 向志诚汇报招揽 Hugo 团队失败。志诚也介绍了工厂的物色情况，果然与千丽公司有重叠。但志诚一意孤行，仍然要执行皮鞋项目，而且叮嘱 Eric，说设计部门是计划的灵魂，令 Eric 倍感压力。

就这样皮鞋项目如火如荼地进行着。这天志诚召开紧急会议，令大家意想不到的是，会议的主题是：如何应对千丽公司的侵权警告。原来会议召开的前一天，志诚公司竟然收到了千丽公司的提示函。虽然名为"提示函"，但其实是警告志诚公司，如果双方在皮鞋业务上重叠太多，容易导致侵权。届时千丽公司一定竭尽所能向志诚公司追讨赔偿。函件的言语处处流露出傲慢。

销售负责人气愤地说："妈的，我们都没卖，人家就来告我们了。”

志诚说：“现在来的提示函，并没有告我们，函里说为了避免恶性竞争，保留维权的权利。”

晓晴说：“那就是威胁啰。”

志诚说：“提示，只是提示。”

财务负责人问志诚：“那老板，你打算怎么办？”

志诚说：“我们又不打算侵他的权，当然继续啦。”

大家听到志诚执意继续，相对望了一眼，然后又不约而同地向晓晴望去。晓晴接过大家的推荐，对志诚说：“志诚，千丽那么大的公司有很专业的律师团队，我们可不能跟人家较劲啊！”

志诚笑了一下，说：“所以啊。这件事我早就说过，如果这个项目成功了，利润归公司；如果失败了，损失我一个人担着。”

晓晴不解，语气有点重地说道：“你知道我们都不看好你的项目吗？我是大家推荐给你进死谏的，其他的人都不敢说。”

志诚嬉皮笑脸地说：“既然大家把我当孤家寡人了，那我就专制一次。项目继续进行！”

晓晴没办法，把手上的笔往桌面一摔。志诚没理会。销售负责人突然问了一句：“哎！我有个问题。我们的计划都是在公司内部进行的，我们这样一家小公司的内部项目，千丽怎么会知道？”

“那是啊。千丽怎么会知道？”大家面面相觑。Eric 听了，低下了头。

志诚说：“业内很小，知道也不奇怪，大家别想多了，用心工作就是。反正有什么事，有我这个当老板的扛着。”

会后，Eric 去了志诚办公室。他脸色有点沉重，向志诚说：“志诚，我有件事想跟你说清楚。”

志诚见他一脸沉重，有点奇怪，答道：“什么要紧事，搞得你如此沉重啊？说吧。”

Eric 说：“我那天去招揽 Hugo 和 Bruce 的时候，把我们的项目都讲了，可能一时没把握分寸，把一些不该说的都说了。本来以为大家是老同事，他们不会做出什么过分的行为，但现在想起来，到底还是我说得太过。我怀疑千丽那边是他们透的风。”

志诚听了，笑说：“别听风就是雨。业内小得很，走漏点风声也是很正常的吧。”

Eric 说：“可是。如果不是他们，我就想不到千丽为什么注意到我们这家小公司。”

志诚说：“Eric，谢谢你对我坦白。不过我相信你，也相信 Hugo 他们。我觉得不可能是 Hugo 他们告发我们的。既然你现在过来找我，那我在这里给你一项秘密任务。”

“哦？”Eric 有点疑惑。

志诚说：“接下来，你听好了。我们这次的计划主要的是设计，设计是灵魂。以下几点你要帮我处理好。第一，我要经典的设计，就像我们卖衣服一样，只出经典款，把经典的款式设计好。第二，速度要快，最好在一个月内把设计稿全部搞定。最后一点，也是最重要的一点，我要你绝对保密。除了我跟你，公司里任何人都不能知道。你可以抽调人手组织一个秘密小组。”

Eric 问：“那晓晴呢？可以让她知道吗？”

志诚摇了摇头，说：“不行。”

Eric 说："她也是设计团队的元老。我怎么可以绕过她办事？"

志诚说："这个我都帮你想好了，你明天就知道。"

第二天，志诚公司里出了公告：由于公司内部发展战略泄露，公司成立专门调查小组对泄露战略的事件进行调查。调查小组由晓晴负责。为了确保水落石出，公司聘请第三方调查公司介入。

但令人意想不到的是，几天后一家媒体竟然以头条的形式报道了志诚公司与千丽公司的事件。报道用香港娱记的叙事方式，用词尖酸刻薄，博取受众眼球，但又含糊其词，令志诚公司抓不住把柄。但更令人不解的是，该篇报道还把志诚公司的情况摸得透透的，连志诚公司设计团队的核心人员曾经在千丽的设计公司里任职、志诚公司的委托工厂与千丽公司的委托工厂重叠等深层次的关系也被挖了出来。

志诚对这件事的反应非常平静，但公司的中层却看得非常重。报道一出，公司的中层马上围了志诚办公室，要求召开紧急会议应对。志诚见群情汹涌，也同意召开。会议除了平时的核心团队意外，还扩大到所有中层。志诚坐在主席座上，一眼扫过，只见大家都愁容满脸。销售负责人挑了个头，说："老板，我觉得我们要重视媒体的报道。"

志诚问："那你想怎样重视？"

销售负责人说："我们要起诉这家媒体。"大家都点头表示同意。

志诚没有回答，望了一眼法律顾问。法律顾问说："这家媒体的报道虽然指向性很强，但都没把话说死，要定性比较难。"

志诚还补充道："而且把他惹毛了，我们的事可能就真的成了社会热点了。"

其中一个比较年轻的中层站起来说："那老板，我们怎样应对啊？总不能被动挨打吧？"

有人附和，大家都觉得应该积极应对。Eric 问晓晴："你那边查出什么眉目了吗？"

晓晴说："哪有那么快。调查这事可不好做。"

志诚像是找到了一个突破口，马上接上话题，说："既然都没有确实的证据，大家少安毋躁。等有了确实的证据我们再反击。"

又一个中层听了有点急，说："老板，不能少安啦。这事万一媒体发酵，我们公司不好处理啊。"

晓晴认同说："是啊。志诚，我们要积极点。"

志诚说："别那么悲观。"

此话一出，大家都炸开锅了，都说要预防媒体发酵，要积极应对。

志诚见了笑了一下说："那好。大家都说要积极应对，请问各位有实质性的建议吗？"

问题一抛，会场上马上又静了下来。

志诚笑着摇了摇头，有点愤懑地说："那你们急个毛啊？我的观点还是那样。我们先要有证据，有筹码在手上才能跟别人较真。在没有实质性的证据以前还不知道这水有多深。先别去蹚。"志诚整理一下思路后，对晓晴说，"这样吧。我把调查的经费再增加一倍，你马上加大调查力度。等把事情搞清楚了，我们再反击。"

晓晴有点不忿，直接怼回去，说："志诚，你怎么把皮球推给我了？调查是我们公司内部的事，跟媒体报道有直接关系吗？你这样一推，所有压力都集中到我这里了。”

志诚说：“我是希望调查可以把事情的来龙去脉搞清楚嘛。”

晓晴说：“我是搞设计的，我才不帮你搞调查。”

志诚说：“团队里面我最相信你了。你就帮帮我吧。”

晓晴一脸愠色，说：“我是当你兄弟才帮你顶着。”

志诚笑了，打哈哈说：“好、好、好。谢谢，谢谢。”

但销售负责人还是不依不饶，说：“老板，你真的要慎重考虑一下，如果媒体发酵对公司销售造成的影响。我觉得媒体连我们公司内部的事都摸得那么清楚，我们公司一定有内奸。”

志诚点了点头，说：“首先谢谢你的谏言，赤诚之心我心领了。我还是觉得问题没有你们想象的严重。至于内奸的事，不是已经加大力度调查了吗？散会。”说完就离座，走了。

会后的第三天，此事真的发酵了。铺天盖地的新闻，还一步步地提高事件的高度，最后竟然把民族创新的大义也写上了。而志诚公司内部也是乱成一锅粥，调查行动加大力度进行，对公司内部邮件、业务来往记录都进行清查，而且员工们听着风声，甚至有人对公司是否可以经营下去产生怀疑。

这天早上，中层干部都围着志诚办公室要求志诚马上召开应急会议。志诚看着他们着急的样子，笑了一下，说：“你们今天过来逼宫吗？”

吓得中层们连连赔不是。志诚又笑说：“大家别紧张，开个玩笑而已。”

会上，还是销售负责人第一个站出来，说：“老板，今天我就把心里话说了。上次会议，大家叫你提前准备，你不听，现在真的发酵了。你、你、你说怎么办？”

志诚回答：“老莫，我再次感谢你的赤诚之心。上次是我判断失误。”

老莫急了，说：“你、你承认错误有什么用？关键现在我们怎样做？”

志诚没有回答老莫的问题，而是望了 Eric 一眼。Eric 会意地点了一下头。志诚才说：“我看这样吧。我们开个公告会，把情况说明一下，给公众一个交代。”然后问老莫，“你看这样行吗？”

老莫气急败坏，说：“早就应该这样做。但现在是不是太迟了？”

志诚说：“那好……”

就在这时候，行政部把一份邮件交给志诚。志诚拆开一看，笑得厉害。大家都意外。志诚把邮件往老莫手上一抛，说：“千丽他们致函过来。你看。”

“啊？！”老莫迫不及待地接过，一看，十分惊讶。对大家说：“千丽致函跟我们划清关系，称媒体的报道与他们无关。”

志诚嬉笑着说：“那么大一个集团，用得着如此紧张吗？”

财务负责人说：“跟他们没关系，那是谁把事情捅了出去？”

老莫对着 Eric 说：“Eric 你以前是 Philip 团队，按说这件事你嫌疑最大，是不是你？”

Eric 有口难辩，连忙摇头。

志诚说：“老莫，你别给别人扣帽子。冷静点。”然后问晓晴，“调查的情况怎样？”

晓晴说：“公司内部的邮件、业务查了一遍，已经筛查到了可疑线索，现在是对线索进行第二次细查的时候，应该很快就有结果了。”

志诚对大家说：“那好，我们自己先别乱阵脚。当务之急是把媒体公告会开了。”

志诚与大家商讨后决定，媒体公告会由行政部召集，工作要点如下：第一，发函给所有就此事发表过言论的媒体；第二，就公司的立场草拟公告文书。

就第三点是否设置现场问答环节，更好表明公司立场的时候，大家争论激烈。支持方认为可以有一个更好的机会向公众交代事实；反对方认为公司要做的只是说明没有抄袭的情况，并没有实质的内容向公众交代，如果设置问答环节，又没有实质内容，有点欲盖弥彰的味道。

最后志诚拍板：设置问答环节，而且亲自上阵，接受记者提问。

接下来的日子里，公司为媒体公告会忙得不可开交。令公司的同事感到意外的是，多家媒体都应约参加，其中有影响力的媒体不少。

媒体公告会在小城的一家五星级酒店召开。经过将近三十年的发展，小城的经济突飞猛进，为了满足商务接待的需要，小城有多家星级酒店。志诚对于公告会的布置非常用心，租了酒店最大的宴会厅，而且会前还提供茶点。公告会场的装饰也是找了专门公司布置。公司的中层都过来给志诚撑场。

离公告会不到半个小时，晓晴怒气冲冲地推开了会场后台的门。“啪”一声，把一沓资料狠狠摔在志诚面前，厉声说道：“你说！你到底在搞什么？！”

在场的中层都知道决定公司前途的一次公告马上就要开

始，都被晓晴这么一句吓蒙了，围了上来看个究竟。志诚拿起晓晴的资料，翻了一下，然后轻描淡写地说：“哦，查出来啦？”

晓晴见志诚不冷不热，心里气愤，声音更加严厉，说：“你到底是怎么了？说啊！”

志诚站了起来，说：“等公告会之后你就清楚啦。”

晓晴不肯，说：“你现在就给我说清楚，每条媒体报道的线索都指向你高中老师露娜。”

此话一出，大家都炸开锅了。大家都想知道志诚要怎样圆场。志诚不以为意，看了一下表，问行政部负责人：“到齐了吗？”

行政部负责人愣了一下，然后说：“到、到齐了。”

志诚说：“开始吧。”正想走到前台，晓晴把他拉住了。她说：“你讲清楚再走。”

志诚抓住她的双肩，用坚定的眼神望着她，说：“你相信我，开了这次公告会，你一切都会明白。”

志诚自信地踏上了讲台。

公告会开始。舞台上，志诚自信满满地向在场的记者，介绍道：“大家好，谢谢大家参加我们公司的公告会。我是公司的董事长吴志诚。前段时间，大家都非常关注我们和千丽公司的纠纷，在此我向大家郑重声明，我们公司绝对没有抄袭千丽公司的任何产品。千丽公司的确是一家非常厉害的企业，旗下品牌全部都是业界翘楚。大家可以看一下。”

会场的屏幕上马上出现了千丽公司旗下的品牌，观众席中马上起了骚动。千丽公司的品牌战线第一次被展示在公众视线。

志诚接着说："我在此可以跟大家声明：第一，千丽公司的产品都走高价路线，而我们公司的产品走实惠路线，但我也向大家保证我们公司的产品质量完全过硬。之前有媒体报道我们的产品甚至出自同一家工厂。此信息真实。第二，千丽公司的产品雄踞了各大商场，我们公司目前只走网络。第三，千丽公司的产品款式新颖，我们公司的产品只做经典款式。下面是我们公司的产品。"

屏幕上，马上有了公司产品的投影。Eric 和设计团队的同志马上跟进，并把产品的样板拿上讲台陈列。后台的中层无不感到意外。原来 Eric 的团队早就把鞋子系列的解说 PPT 和样品板都秘密做出来了。此时，大家终于明白，为什么那个告密的线索会指向志诚自己。原来志诚一开始就利用媒体和公众猎奇的心理，把事情搞得满城风雨，提高事件的关注度。趁着高热度的时候又借此开公告会，突然来一个峰回路转，把公告会开成发布会，不仅满足了受众们的猎奇心理，又令媒体有了新话题可以炒作。一步步下来，给公司的新业务做了一次营销。更妙的是，这次营销也狠狠地针对对手千丽公司的空位，突出自己物美价廉的优势。会上，志诚有意把千丽公司的品牌全部亮出，把千丽公司的垄断包围战略亮到了舆论面前。

公告会后，志诚与公司一众中层在酒店聚餐。气氛十分热烈，大家觉得此次聚餐可以称为庆功宴，轮番为志诚祝酒，马屁也拍了不少。志诚意气风发，在宴席上说："这次成功其实是我们和千丽公司的发展眼光不同。千丽是香港公司，做事的风格像搞金融、搞垄断。我们公司立足内地，深耕内地市场，而且是互联网企业，所以我们走的是互联网的路线，充分利用传播的力量壮大自己。"

有人问："那老板，媒体为何如此配合你的计划？"

志诚得意地说："我高中开始就跟媒体人打交道了。现在这些媒体人在业界有点影响力。"

又一位问道："那我们以后应该怎样走？"

志诚自信满满地说："你放心，你老板我已经计算好了。"

大家都起哄，马屁又轮番来袭。可志诚还是保持着冷静，他看见晓晴离席了。

公告会迅速传开，志诚公司的品牌和皮鞋项目得到很好的传播。然后网络上又出现了几篇文章，把千丽公司垄断大型商超的事情揭了出来，舆论又一次热议，志诚的公司竟然被赋予挑战恶龙的少年英雄形象。

志诚顺势而为，针对鞋子在网络销售方面穿着感难以体验等问题，提出了解决方案。为了消费者能够得到较好的体验，志诚公司承诺消费者在同一款式上选择连续码数，第二个码数免运费，降低用户体验的成本；完善用户体验评价，预先提供穿着感受参考，等等。公司的皮鞋项目很快就做大做强。不过正是志诚得意的时候，晓晴却连连称病没来开会。

皮鞋项目越做越大，Eric 又去找志诚想增加设计方面的人手，志诚问他是否已经找到适当的人选。Eric 想了一下对志诚说："我还是想找一下 Hugo 他们，他们的能力我是认同的，直接招聘过来我可以省下很多培训的工夫。"

志诚说："现在你以一个上司的身份去招聘他们，你考虑过他们的感受吗？ Bruce 或者还可以接受，但 Hugo 呢？以前他才是你的领导。"

Eric 说："香港的职场上下级观念没那么重，我们都看得挺轻的。"

志诚说：“如果不单单是上下级观念，而是人的社会地位的高低呢？”

Eric 沉思着没有回答。

志诚说：“我也跟你一起去吧，面子给足他们。说句实在话，他们的工作能力和干劲我是认同的。”

Eric 说：“那好，我去约他们。”

Eric 就要转身走。“等等。”志诚却把他叫住了，补充道，“找个没有酒、能谈正经事的地方，别让不三不四的心浪起来了。还是我来订桌吧。”

Eric 点头笑了一下。

志诚订了一家韩国餐厅。多年应酬令他养成一个习惯：只要他做东，无论请谁，他都会提前把应酬的大小事务安排好。何况 Hugo 与 Bruce 曾与自己共事，他也趁此机会跟他们一聚。所以这天他早早就到了餐厅，查看了提前准备好的菜式。这是一家韩国餐厅，设在中环的一栋商厦里。Eric、Hugo 和 Bruce 相继到场。第一道菜是一碗粥。Bruce 奇怪问：“怎么菜都没上先上一碗粥？”

志诚答：“哦，韩国人好酒，所以很多正宗的韩国的餐厅都会先上一小碗粥。他们说，粥会在胃里形成一层膜，先粥后酒，可以护胃，酒量也可以大一点。”

Bruce 喝了一小口，说：“好鲜。”

志诚说：“这是用鲍鱼的内脏煲的，鲍鱼的肠很美味，你试一下。”大家大快朵颐。志诚又介绍：“我们今天主要吃光州料理，师傅是韩国光州的，做法正宗。至于食材，有些来自光州，有些来自济州岛。”

第二道菜是鱼生。这次轮到 Hugo 问：“怎么韩国料理也出鱼生啦？”

志诚答：“韩国鱼生跟日本的鱼生不同。做日本鱼生的鱼都是捕捞的，捕的时候鱼会挣扎，所以肉质会很硬。韩国人自己说他们的鱼生是潜到水里，当鱼未来得及反应时一枪刺入脊骨。鱼没有挣扎，所以鱼肉特别鲜滑。”

Hugo 正要去夹。志诚说：“Hugo 哥，吃这个鱼生先夹一块瘦的，再夹一块肥的，蘸点酱油就可以。”

Hugo 按照志诚所说，把鱼生放进嘴里，轻轻嚼了几下，说：“嗯！好多油，好吃。”

第三道菜也是鱼生。不过服务生把花生酱和辣椒酱放进盛鱼生的碗里，搅拌均匀再上桌。Hugo 问：“怎么又上鱼生，有什么不同？”

志诚没回答，说：“你试一下再说。”Hugo 与 Bruce 都夹了一块鱼生放进嘴里。Eric 在偷笑。

Bruce 看见，不禁问：“Eric，你笑什么？”

Eric 问：“好吃吗？”

Bruce 说：“好鲜美，一辈子没吃过这么鲜美的鱼。”

志诚点了点头，说：“嗯。这是河豚。”

Bruce 吓了一跳，鱼生含在嘴里，不知吐不吐好。

Hugo 敲了一下他筷子说：“吃啦。如果有毒，你已经死了。河豚在韩国是高级料理，不过香港不准吃。”

志诚也点点头，说：“是啊。在香港吃这个很困难。今天这些货是我早早预订的，还不知能不能到。”

Bruce 才又慢慢嚼几下。Hugo 已经把第二块放进嘴里了。

第四道菜是个烧烤，只见长长的一块肉片，是什么肉就辨认不出了。志诚介绍道：“韩国烧烤司空见惯，但会烤这个鲍鱼的不多。刚才的鲍鱼，内脏已经煲粥了。而剩下的肉像制作潮州牛丸那样不停地敲打，把纤维打断，然后慢慢烤，烤的时候不停浇酱油，所以这道菜味道有点重。要上了前面两个味道比较淡的鱼生再上。”

第五、六、七道菜也都是鱼。志诚又说：“这是黄鱼，其实以前香港和上海都很多，不过现在被吃光了，光州那边海产仍算丰富，现在还有。做法不同，可以试试。”

Hugo 看见这么多好菜，叹了一口气说：“哎，志诚，你现在是成功人士啰，吃顿饭都这么讲究。”

志诚说：“当初我们大家都共过事，处得不错，算是兄弟了，难得今天可以聚一下，所以今天的菜我才特别用心。”

Hugo 看了看志诚说：“当初如果我跟你合作，应该也比现在好吧。”

Eric 听了想插一句，但被志诚制止了。

Hugo 又接着说：“我的女儿出世了。妈的，原来租的地方已经不够用。看来要买房子了，如果当初跟你干了，相信首期绝对没问题吧？”

Bruce 也跟了一句，说：“你好歹租得起房，我还住我爸妈那里，公屋申请又排不下来，现在连婚都不敢结。”

志诚见 Hugo 和 Bruce 双双埋怨目前的生活，觉得火候已经差不多，把话扯到正题上：“其实你们可以过得更好一点。”然后看了一眼 Eric。Eric 会意，接下话题，说：“我们今天请两位出来，主要是问一下两位有没有意向加入我们公司。”

Hugo 听见，原来沉下来的脸马上嬉笑起来，像是找到了什么好玩的玩意儿，向着 Eric 说：“哎，你条友仔原来想策反我们两个。喂，你现在叫我们做二五仔，肯定是一个一个地谈。一下子约两个出来，谁敢答应你？”

Bruce 也觉得好玩，马上附和，对 Hugo 说：“我一会儿在回去的路上把你杀了，那就没人知道了。”

Hugo 又回了 Bruce 一句：“你条反骨仔，枉我平时对你那么好。”

志诚打断道：“Hugo 说得很有道理，如果想策反其中一个我们肯定一个个来，不过我现在想要你们两个，如果不是一个团队过来，我想你们的工作能力可能会打折扣。”

Hugo 又说：“现在内地的发展情况怎样？主要的设计环节应该还在香港这边吧。我想我们还是看准一点再说。”

志诚问：“Hugo 哥，你知道我为什么要特意挑了一家韩国餐厅招呼你们吗？”

Hugo 问：“你又有什么算计啊？”

志诚说：“九七年金融风暴韩国被搜刮一空，推出了三大产业政策，其中一项就是数字内容产业，之后《天国的阶梯》《蓝色生死恋》等佳作频出，这几年韩星引导的潮流相信你们也是有目共睹。以前香港哪有这么多韩国餐厅？我们的企业正式面向内地十多亿人口，未来发展的空间可比 Philip 的好。我希望你们好好想一下我的 Offer。”

Hugo 想了一下，说：“我女儿刚出生，我想多点时间陪她，不想回内地工作。”

Eric 说：“我们公司还是以香港为主，骨干还在香港工作。”

Bruce 说：“听志诚的意思，回内地是迟早的事吧？”

Hugo 也附和，说：“就是啊。迟早你们都会回内地的。”

志诚觉得他们在这个问题上兜圈，有点不耐烦，说：“就算是回内地也是几年后的事，你们有足够时间缓冲。再说小城离香港也是两个多小时的车程，香港中产到中环上班也差不多时间。”

Hugo 说：“你给点时间我考虑一下吧。反正现在女儿刚出生，我还是不想变动。”

Bruce 也说：“是啊，如果要回内地，我女朋友肯定不愿意。”

志诚说：“你在香港买不起房子，她就算愿意，你们能结婚吗？”讲出来后又觉得说得重了一点。幸亏 Eric 打了个圆场。

饭后，志诚坐 Eric 的车回酒店。在车上 Eric 问：“你觉得他们怎样？”

志诚说：“我觉得是无望了。赶快找其他公司猎头吧。”

Eric 问：“何以见得？”

志诚说：“我觉得他们举棋不定。我看我们公司迁往内地应该要提上日程了。”

Eric 笑了，说：“我问一句，你要不要挖得那么深啊。”

志诚说：“不好意思，高中以后习惯了这样思考。那你觉得怎样？”

Eric 说：“我就觉得他们像彭浩翔电影里面的男主角，《青春梦工场》里面的梁志安，《志明与春娇》里面的张志明，还是个小孩。”

志诚“扑哧”地笑说：“是！真的很像。”

时值圣诞前，香港街头的圣诞节装饰盛丽，华灯辉煌、霓虹万丈，“Jingle bells，Jingle bells……”的歌声、“叮、叮”的铃声总会令人安然、欣喜，逛街的年轻男女脸上泛起欢愉幸福的笑容。志诚在车内独望着繁华的圣诞街景，他想这正是儿时香港电视上令他艳羡的一幕，多少次想要置身其中。然而现在与这令人艳羡的一幕只隔着薄薄一片玻璃，他却觉得自己与外面是两个不同的世界。看到窗外人们的笑容，不禁想起了《红楼梦》里那一句：“眼睁睁把万事全抛，荡悠悠芳魂消耗。”然而人们却只见繁华，哪知无常。车在路上默默地驶着，在街道的昏暗处拐了个弯，消失在繁华中。

下车后，志诚没有上酒店，而是转道到晓晴那里。晓晴在房内听歌喝酒。志诚到了她也没理会。志诚拿起茶几上的红酒看了看，然后倒了一杯，摇了一摇，闻了一下说：“勒庞庄，虽然不是大庄也可以哦。”志诚再拿起酒瓶看了一下，再说：“现在这个蜡封的封装手法已经很少见了，这酒庄的制作工艺很传统吧？我们的首席设计师果然有品位。”

晓晴不冷不热地答道：“我哪有董事长有钱啊？喝不起大庄，唯有找一些有特色的小庄慰藉一下自己啰。”

志诚见她单单打打的，知道她对自己有意见，所以问道：“大小姐，请问我哪里冒犯了？”

晓晴答：“我哪敢称大小姐？我还不是董事长棋盘里棋子吗？需要的时候朝九晚五随时差使，不需要的时候就是董事长手上的烟幕弹，去做做所谓的调查啰。”

志诚知道她怪自己在部署皮鞋项目时把她排除在核心团队之外，而且还充当了引开大家视线的角色。

志诚诚恳地说：“好了，我承认是我的错。让你委屈了。不过当时 Eric 已经与 Hugo 他们接上线，他嫌疑最大，如果要他充当这个调查的角色可能有点不合逻辑嘛。所以在两个主要设计师里面只有你可以充当烟幕弹的角色，我只能要你上了。实在是对不起。”

晓晴说："我在你眼里就一个棋子。"

志诚说："我也为你权衡过，后来觉得就算充当这个角色对你的伤害也不大啊。所以就让你上了吧。"

晓晴听了更怒，大声说道："志诚！你……你真的……"

志诚说："你在公司也有股份，公司好，大家都好。确实我只是站在生意的立场考虑这件事。令你受伤害了，对不起。不过大家成年人了，不能单单从感情方面去考虑，为了公司的将来请你体谅一下。"

晓晴说道："既然你跟我是同事关系，现在很晚了，你在这里不合适，请你离开。"

志诚知道她在气头上所以没说什么，把酒杯放下，默默地走了。到了门口，又回头诚恳地说了一句："对不起。"

关门以后，他才注意到晓晴正放着 Twins 的歌。

志诚离开了晓晴的住处，独自在城门河边走着，这里没有圣诞节的喜庆，河水孤清地流淌着，如日常般平静，河边没有欢声笑语的情侣，有的也是匆匆赶回家的路人。河两岸两排密密麻麻的住宅，把天空遮了一半，已经亮起了万家灯火。志诚心里想起了盈盈，想起了平静的生活。他终于觉得是时候了。

一个星期后，志诚驾着一辆小摩托到了盈盈公司门口，接她下班。盈盈看见小摩托后喜出望外，笑得特别灿烂。志诚很喜欢看盈盈笑，自跟盈盈逛菜市场的时候他就喜欢上了，现在他更明白阅尽苍苍茫茫，其实最美不过人间烟火。他载着盈盈在路边停了下来，跟盈盈说了他利用晓晴引开公众视线的事，他问盈盈："我这样做是不是很卑鄙？"

盈盈笑说："是有点，不过我觉得晓晴消消气就没事啦。"

志诚说："我跟她的关系你是知道的，你觉得我这算是利用朋友吗？"

盈盈说："你自己心里不是有答案了吗？反正你的答案我都认同。"

志诚说："不知道为什么每次做错事，我都喜欢跟你忏悔。"

盈盈得意地笑着说："因为我比你聪明啊。我不是一开始就告诉你了吗？"

志诚也笑了。

他抓住盈盈的手，说："知道我今天为什么骑摩托来接你吗？"

盈盈说："不知道，你说。"

志诚抓起她的手向对面街道的一盏灯指去，说："当年我也是骑着摩托载你到志邦工厂的，那时我不是说过想跟你一起去对面点一盏灯吗。就是那盏。"

盈盈问："你这算是求婚吗？"

志诚说："哦。本来我都没想把这当求婚，既然你说了，那就算是了。"

盈盈撒娇道："不行。这样太便宜你了。"

……

皮鞋项目成功后，志诚做了一个令人意外的决定：再次进军线下市场。Eric与晓晴听了都有点目瞪口呆，毕竟线下市场曾经是志诚事业的滑铁卢。

但这次志诚有充分的理由：第一，服装与皮鞋的销售在网络上一直很好，已经有了基础；第二，品牌得到了消费者的认同，也有了基础；第三，公司的体系从设计到销售已经成熟，而且之前有过办实体店的经验，可以事半功倍；第四，是最重要的一点，志诚根本不打算在这个实体店项目里投入太多。现在已经有了品牌，可以通过开放加盟来进行拓展。具体的方案是从网上招募加盟商，收取加盟费，并从加盟费中抽取部分作为加盟方的启动补贴，用于装修和购置设备等。由于他们公司的单品数量并不多，所以志诚计划把实体店打造成适合年轻创业者、两三个人就可以满足人手需求的小店。这样既符合他们公司的产品战略，又可以把开店成本和人力支出降低，方便打开市场。

本来公司的核心管理层反对，但听了志诚的想法以后，都觉得公司只输出品牌、设计和形象等虚拟资产，对公司的财务没有造成压力，所以就答应了。

实体店刚开始时也是不温不火，但由于没有造成压力，志诚一直坚持着，因为经过上次的教训，他懂得一个道理，任何事情的爆发总需要一定时间的积累。所以他不但坚持着，还不断地通过网络营造一个产品体系的社区，同时通过社区获取客户反馈、孕育产品的文化，静静等待爆发的一刻。实体店上市的一年后，数量有了迅猛的增长，成了志诚产品体系的又一项提供现金流的业务。志诚又故技重施，把网上社区、工厂和物流基地、实体店、设计公司四个体系独立分制，划分清晰的产权结构。

经过几年的迅猛发展，志诚登上了人生的一个高峰。在第一次创业时曾经想象有一天自己达到如此高度会是怎样一份“会当凌绝顶，一览众山小”的豪情壮志，然而现在身处顶处却只觉得一切已经淡然。在经历过一次次失败、彷徨、焦虑、痛苦后，他确信与今天的收获相比，他的付出要多得多。此前，他渴望收获，也常常用结果作为衡量标准，而现在他知道自己的成功除了个人努力以外，机遇也是其中一个重要的因素，所谓成败有时只不过一线或一念，所以他把成败看轻了。记得海明威笔下的那个与大鱼搏斗的老人。“他觉得自己已经死了。他把双手合在一起，手掌互相摩挲着。这双手没有死，只要一张一合，就能感到活生生的痛。”“此时，他已经超越了一切，只是尽心尽力把小船驶回家去。夜里，有些鲨鱼来袭击大鱼的残骸，就像人从餐桌上捡面包屑一样。老人毫不理睬，除了掌舵以外，什么都不在意。他只注意到，没有了船边的重负，小船行驶得那么轻快，那么平稳。”战胜了大鱼却输给了命运，命途不济才显英雄刚毅。志诚现在懂得去欣赏这样的事物，所以他现在并不沉醉于成功，因为成功多少都会有些运气的成分，他却常常怀念自己失败后仍然挺立的那段日子，也想起了情感上屹立过的那几个月。

领略过登峰的虚无缥缈后，志诚想起在峰下是否有属于你的那盏灯，谁会为你亮起一盏灯。他与盈盈的婚期也差不多到了。他们没有选择在新区建立自己的家，而是守在老城。春有繁花秋有月，任由老城的住户一户户地往新区迁，他们仍守在那里，看老城里的繁花开遍，秋月高悬，看那民房上攀满绿藤，更旧一点的变成残垣，他们仍然守在那里。这何尝又不是一种屹立？

志诚发了一条短信告诉晓晴婚讯。晓晴回复：“恭喜恭喜！我近期家里有事，就不过去了。红包后补。”晓晴在房间里找了好久，终于找到了志诚当年送她的玻璃罐子，一个装了大半罐她折的幸运星，罐里面的草早就枯黄，充当萤火虫的星星灯还可以亮。这个罐子代表了时间的累积，可惜最终还是未积满；这个罐子代表着永恒，可惜永恒失去了色彩。唯有那代表寸火流萤般的星星灯还亮，其他的早已逝去。

晓晴看着那一罐星星灯，听着容祖儿的《信今生爱过》，缓缓唱道：

走不完喜怒哀乐的道路
找不到温柔的脚步
曾踏出会碰到你的恍惚
却分不出那一吻是甜是苦
只想你叫我当过最美丽的公主
至少有一次我什么都不在乎
我相信我幸福
我从此不再怕孤独
也许最永恒的保护
就是把最短暂的记住
我相信你也幸福
就算你的世界一样残酷
当你为你的笑而满足
而当我哭你会在栏栅处

轻狂有悔

“呼、呼、呼、呼——”重重的呼吸声，大汗淋漓，从身体的每一个毛孔里渗出，有如置身于梅雨天气的潮湿，志诚喘息着。这一切都应该被忽略，灵与欲之巅本应是超越一切的虚无，无奈他却清醒，更令他不解的是自己竟感到那副皮囊越来越沉重了，是与日俱增的沉甸甸。

事后，志诚小躺了一会儿就去洗澡。今天他去香港的设计公司开会，晚上在晓晴家里过夜。他与晓晴都保持着这种关系。志诚打开水龙头，让水从头洒落，顺着身体的轮廓直流而下，然后汇聚分流，深壑之处打转停留，带着汗水体液流到地面，清清浅浅地就过了。“哗——”打在头上的水声，掩盖了所有声音，把脑海里的一切清空，一片空白，身子空乏。每次，与盈盈完事以后，她都会拉一些琐事，孩子的事、房子的事，甚至是别人的家事八卦，把他从灵欲之巅拉回生活中，以前觉得烦，现在却感到实在，使他确定是安安稳稳地睡在床上了。现在他与晓晴默然，各自躺着，望着那熟悉而陌生的天花板，没有生活承托，悬浮半空，空虚来袭，逐渐焦虑，再逐渐，有点内疚。

香港的设计公司这几年在他服饰品牌的带领下逐步打响了名声，从服装跨界到其他行业，业务步步扩大。晓晴从原来的设计公司跳槽过来。志诚与 Eric 分别在原先的股份上面分了部分给晓晴，三人成了公司的铁三角，合作愉快，关系融洽。公司在香港聘了几个设计师，但主要的人手在内地的分支机构，招聘的是应届的设计专业大学生，从头抓起，乘了内地大学生劳动力成本较低的快车，公司的收益很高。

欢愉过后，世事浮上心头。志诚想起了前几天与志邦约好的饭局，听志邦的意思是有项目想跟他们合作，就顺口与晓晴提出："志邦，你还记得吗？"

"嗯。就那个土佬吧。"晓晴不冷不淡地答道。

"他说早年在欧先生厂里的一个兄弟，现在在一家国企当领导了。国企要启动一个精品店的项目，有不少的包装材料订单，志邦这边想争取。"

"那跟我们有什么关系？"晓晴问。

"志邦有工厂，但没有设计。他想与我们一起把这个项目拿下来。"

"做生意吗？"晓晴问。

"嗯。"

"会不会很麻烦啊？"晓晴说。

"那就当作学一下啰，这个蛋糕大着呢。"志诚说。

“那你自己学个够，我可没兴趣。”晓晴说。

志诚看了一下睡在身边的晓晴，面容清秀如旧，纤瘦的体型带点骨感，有一种少女们无法模仿的性感。而自己早就进入中年，这几年酒席饭局间攒下来的脂肪占领了身体的中央，腆突的肚子、稀疏的头发无不显露出“油腻”二字，与这样一个不老不死、不食人间烟火的尤物睡在同一张床上，仿佛有个必遭天谴的诅咒将降祸于身。他用手抚摩着晓晴的身体，细嫩的感觉令他感到年华逝去的方向，那就是流走于酒席饭局间的杯觥交错，习惯于世故的圆滑。

两天之后的一个晚上，这样的酒席、饭局又开始了，志邦召集的，目的是想拿下国企精品外包装项目，地点定在一家潮州私房菜馆内。为了避免迟到，志诚提前了半个小时就到，本来以为是第一个，但推门后发现，志邦与一个老年男人已经在茶座上喝茶。老年男人头发已经全白，身材微胖，身穿一件较宽松的红色 Nautica Polo 衫、白色短裤，踏一双帆船鞋，脚踩在鞋跟上当拖鞋穿。志邦却是一身正装。老年男人用一个烟斗吞云吐雾，见志诚推门，慢慢地转头看了志诚一眼。志邦就已经到了门前相迎，口里笑着说：“哎呀呀，老弟你来那么早啊！”

志诚说：“我来得那么早还不是第一个，想不到日理万机的老哥你比我更早。”

志邦说：“我早点过来跟老板聚一下嘛。”

志邦称之为老板，志诚脑中马上浮现出一个名字：欧老板。他恍然大悟，连忙走到茶座前伸出双手向老者握手，并说道：“欧老板，你还记得我？我志诚啊。”

欧老板正叼着烟斗在茶座上抽烟，见年轻人认出自己，有点意外，不免放下烟斗，看着志诚，一下子想起来了，说："哦，你就是志邦那个小弟。哦、哦、哦，认出来了。哈哈哈，都长大了。"他没起来，仍旧坐着，伸出一只手，紧紧地与志诚握了一下。然后他解释道："小弟不是我没礼貌啊，老人家站起来不方便，不起来了。"

志诚听了："欧老板，您哪里话。您老人家德高望重，我们不论辈分还是事业都是你的儿孙辈。如您不嫌弃，我在外面称是您门生了。"

欧老板听了，大喜，笑道："好啊。你这小子油腔滑调，学你老哥，学十足了。"

志邦在旁边说："我这小弟，有出息，现在手下服饰品牌从设计到销售，从网上到网下，全部都搞得有声有色。"

欧老板听了，说："那么有出息，年轻人难得啊！想当年你还是一个毛头小子。"提起当年，欧老板停顿了，眼里模糊，嘴里缓缓吐出一口烟。然后说："当年我还是意气风发啊。唉——"叹了一口气，拿起茶喝了一口，慢慢在口中回味，接着说，"当年把工厂迁到东南亚一个地方，妈的，那边配套又不完善，不是没电就是工人要谈条件，搞得我鸡毛鸭血。"一拍大腿大声说，"根本做不下去。老了，老了，跟你们这些后起之秀无法比了。"

志邦见他有点触动，连忙对他说："老板只是辈分高，哪里老啊。如果不是老板提携，哪会有我们今天？"

欧老板反驳道："志邦你条擦鞋仔，一定要奉承我。你们事业如日中天，我的事业早就收皮了，这一点我是承认的啊！"

志邦说："老板，您有厂房、物业收租，可比我们挣得多，又轻松，您才是人生赢家。”

欧老板听了，原来皱着的面容舒展些许，说：“那倒是。他妈的，幸亏当年在内地买了地，建了厂房，要不然渣都没了。”

志诚见欧老板舒展了的脸，心里想：千穿万穿，马屁不穿啊。

欧老板又自鸣得意地说：“上次有个房地产商出三个亿买我的厂房，想做地产项目，搞得我心里痒痒的。我真他妈的想卖了算了，拿着钱去养老。我那个混账儿子，出去留学十多年了，回来不知道是不是水土不服，搞哪样哪样不成。我卖了地皮、厂房，拿钱找家大银行搞个家族信托还好。不然不知道那个扑街仔什么时候把我的身家败光。”谈到儿子他脸上又蒙上一层灰。

志邦安慰道：“小老板只是年轻了一点，历练几年就会好的啦，您放心好了。”

欧老板反驳道：“还年轻吗？不是跟志诚差不多，你看人家都独当一面了。”

志诚说：“小老板是办大事的人，怎么可以跟我们这些做小买卖的人相提并论？”

欧老板有点动怒了：“他妈的，他就是大事做不了，小事不想做，整天空谈……”

志邦踢了志诚一脚，志诚会意自己讲错话了，见欧老板桌子上的烟斗，故意问道：“老板，你这烟斗很好看哦。”

欧老板一听，马上转换了频道，说：“哎！小子你识货，我这个烟斗是金丝楠木做的，我养了好久了。金丝楠木啊，现在都没了，你知道我是怎么找到的吗？”

志诚答：“愿闻其详。”

于是欧老板就把自己找金丝楠木的事情，精彩绝伦地道出，讲得眉飞色舞。志邦、志诚在社会上混了多年，都知道怎样帮助他在故事里承上启下。欧老板讲得更带劲了。故事讲完后，他一副悠然自得，像是把一切空虚焦虑宣泄完毕，精神上得到了满足。讲完以后他向志邦叮嘱道：“志邦以后多点找我吃饭。今天要表扬你，召集了一个饭局，而且我老人家拉你出来喝茶，你马上就来了。”欧老板又看了一下表，出口骂道，“他妈的，国华他迟到，跟我吃饭居然敢迟到？没规矩。”

志邦又把一个话题往上塞，说：“老板，你看这些凤凰单丛好吗？”

欧老板拿起喝了一小口，然后又回味了两下，说：“茶叶是不错，但应该不是凤凰山正山的……”欧老板把他对单丛茶的研究讲了一遍，中间还搭着不少品味生活的体会，似乎琴棋书画烟酒茶无不精通。志诚听到的却是空虚、悲凉。

第二个故事就要讲完之际，房间的门推开了，一个油头粉脸的人进来了，身穿宽松浅蓝色短袖衬衫，黑色西裤烫得笔直，黑色皮鞋，一身老干部着装。欧老板见他进来，猛然从自己演义的故事里跳了出来，呵斥道：“我叼鸠你国华啊！现在才来，我在这里等你好久了。”

那个油头粉脸的男人，马上双手合十，拜着道：“老板、老板，对不起、对不起。有点事拖了一下，迟了，迟了。我一会儿自罚三杯，自罚三杯。”

欧老板还是有点赌气地说：“你肯定要啦。饿死我了，志邦，叫起。”

志邦连忙点头：“好的、好的。”

国华见志诚有点脸生，打量了一眼，就没过问了。志邦见了，连忙介绍道："杨总，这是我的小弟志诚。做设计的，公司在业内已经有名气，今天过来给你介绍一下。"话音刚落，志诚连忙递上了名片。

一句话时间里，国华脸上已经过了几种颜色，先是"杨总"的称呼，得意得涨红，听到"设计公司"后蒙了一层薄灰，最后"给你介绍一下"几个字，又遮盖着一层阴黑，最后还是堆上一个塑料式的微笑对志诚说："后生可畏，久仰久仰。"他接过志诚的名片，没回赠，径直往饭桌走。志诚跟在后面有点疑惑，"后生可畏"应该称得上，那后面的"久仰"是从何而来就不知了。

四人就座，服务员送上餐具。国华从随身的小包里拿出一饼茶叶，递给欧老板说："老板，前几天朋友从云南收的易武正山古树茶，纯料的，特意给我拿过来，所以迟到了。不好意思，实在不好意思。"

欧老板接过茶，打开包装，在灯底下照了一下，手指在上面细摸，然后又凑近鼻子闻，说道："成色还可以，但应该不是纯料，你看这叶子的纹理与那叶子都不同。不过，算你心里还有我。"脸上的颜色稍微好看一点。

国华笑了："不是好东西哪里敢拿出来见老板您。"说话之间手不经意碰到了酒杯，有点意外，问志邦："怎么上洋酒杯，不是喝茅台吗？"

志邦解释道："茅台、洋酒都带了。问了老板，老板说喜欢洋酒，所以就上了洋酒了。这是'拱桥'，也不错。"

欧老板听了又有点不高兴，对国华说："叼你国华，禁鸠多意见。"

国华听了又解释："我就怕老板您没喝好，没别的意思。

我、我、我自罚三杯。”然后就拿起酒杯，倒了半杯一饮而尽。

欧老板见他喝得如此急，打圆场道：“好啦、好啦，今晚我们大家叙叙旧，不搞那么多规矩啊！”

菜一个个上，鲍鱼、冻蟹、星斑鱼。酒过三巡，大家聊开了，先谈了当年在工厂的往事，然后又谈了近况。志诚从他们的谈话中把三人的往事和关系理了出来。

国华与志邦原来一同在欧老板工厂打工，两人能干，很快就升到管理的岗位上。有次，小城的国有制衣厂需要港企的管理人才，请当时的纳税大户欧老板工厂推荐，欧老板就把国华荐了上去。国华不负众望，把工厂搞得有声有色，加上欧老板当时在小城也是有头有脸的人物，经常在领导面前推荐国华，国华很快就进入了事业的快车道，后来国企改革，几个辗转，成了公司的领导。

谈着，欧老板起来拿着一杯酒走到国华面前对他说：“听说你有一个精品店的项目要启动，里面包装不少？”说话间酒杯在国华酒杯上碰了一下，示意来敬酒。

国华连忙端起杯子，把酒喝光，然后回答：“只是在做计划，还没定。老板您消息真灵通。”

欧老板说：“你和志邦是我门生当中最犀利的两个，有资源可以共享一下嘛。有可做的生意，当然肥水不流外人田啦。”

国华脸上又堆上为难的表情，说：“老板我虽然是老总，但您也知道不是我说了就算。”

欧老板连忙说：“国华，我不管啊，如果认我这张老脸，你就多照顾一下志邦啊。”然后拿起酒杯对着志邦，喊着：“志邦，我们三个来一杯。”一干到底后，又对志邦说：“我帮你帮得够出面啊。你自己看着点。”

志邦连连称诺。这时一个厨师推了一辆餐车进来，把一个人头大的海螺放在餐车的炭炉上烤制。志邦马上介绍："这个菜是我专门叫厨师做的，你看这么大的一个响螺要烧好，火既不能太猛又不能太温，要恰到好处……"把烧螺说得神乎其神。烧好后，厨师在他们面前切了螺片，有手掌那么大。四人吃了都赞不绝口。国华这下才来劲，主动拿起酒杯向志邦走去，向志邦说："我们都好像好久没喝酒了。谢谢今晚的用心款待啊。这说明你兄弟够重视。"

志邦拉上志诚一起回敬，又趁着机会介绍了志诚的公司，把话题打开了。在酒精的作用下，饭局进入了亢奋的阶段，灼热的气氛下，四人如同进入了同一个熔炉，融在一起，不分彼此。

饭后，志邦送走了欧老板和国华，独自与志诚探讨，他对志诚说，有欧老板出面，从今天饭局的情况来看，应该是有把握的。志邦沿袭了一贯的风格，没把话说死，他提醒志诚提前做好准备，迎接国华考察。

第二天，志诚就把国华公司的项目与晓晴、Eric 分享。晓晴冷淡如前，Eric 则表示有浓厚的兴趣，公司为国华的项目做了专门的构想方案。正如志邦所料，没过多久，国华提出到志诚的设计公司考察，只提前了半天通知。当晚，志诚就从内地赶往香港公司，早早就召集公司一众人等迎接考察。本来说好了九点在志诚公司见面，但一直到九点半国华还没到。晓晴一直埋怨。志诚打了电话给国华，没接。过了一会儿，对方回电，一个自称助理的人说已经到门口了。再过十分钟，国华一行终于到达，八九个人，统一的老干部装扮，气质也差不多，凑成一团，真的数不清具体数目，总之就是八九个人。志诚香港的设计公司是轻资产的企业，香港地租贵，公司的办公场地并不大，而且在内地有分支机构，这边配的主要是骨干，人数精简，算上晓晴、Eric 也就六号。国华一行穿暗色调的八九个人过来，有如大军压境，迅速占据了公司。

志诚想着当天饭局上与国华融成一炉的场景，想把那段热情接驳上，所以马上上去热切地对国华说："华哥，欢迎，欢迎。"

想不到国华脸上却冷峻，显然炉火没添柴，熔化的铁流已经变回冷冰冰的铁块。几年的商海沉浮，志诚早练就出一张厚脸皮和一颗百毒不侵的心，对国华的套路早就了然于心，所以并没放在心上，保持殷勤。国华一行在公司巡逻了一圈，便被接待到会议室。豆大的地方容不下所有人，即使选了一些核心人物进场也觉得局促。志诚进了四个，其他都是国华的人，黑压压的，四人如同被敌军围困。国华拿起桌面上早就准备好的公司资料。志诚想介绍，国华做了个手势打断，然后用了半分钟把资料翻完，说道："从今天考察的情况来看，你们公司的设计还是可以的……"

志华想接话，但国华的话根本就没有断点，甚至连插针的空隙都没有，没法接。

"但是缺少了中国文化的元素。你们别小看中国的文化。几千年了，四大文明古国只有我们中国可以延续到现在，什么原因啊？文化！说起这文化，从孔子开始……"国华开始滔滔不绝起来，渐入佳境，肢体语言并举。

"咔嚓。"外面进来了一个小年轻，为国华照相，在国华肢体语言最有张力的时候，"咔嚓、咔嚓、咔嚓"重点抓拍。

"例如，这个、这个，计算机，啊，是的，计算机。不也是中国一阴一阳的理论吗？我们几千年前就有了……”国华讲话的时候眼扫四方，目光所到之处，一片点头称赞。发表了近一个小时的言论以后，讲话终于在一片高昂的呼应声中结束了。

志诚想趁机会介绍一下公司，但国华还没把话语权给他的意思，钦点了旁边一位同志发表意见，随手点起了一支香烟。晓晴假咳了两下，望着桌面上一个禁烟标志，国华也望了过去，脸上马上阴沉起来。志诚见了，有意高声对旁边的人说：“把牌子拿出去，拿个烟灰缸进来。”

旁边的人出去以后又回来，在志诚耳边说：“公司平时禁烟，没有烟灰缸。”

志诚又故意提高声说：“没有烟灰缸？！”

然后自己出去了，回来的时候用一次性纸杯装了点水，边上还故意剪了个缺口，用来架烟，亲手放到国华身前。国华一看，大喜：“哎呀，这有创意啊！”问旁边的人，“你们看是不是？”

大家都附和。国华又说：“我们今天过来，志诚打破公司本来禁烟的规矩，说明够重视；现在这个小发明，说明他们有创意。而这两点都说明了我还是有眼光的嘛。”又问随行的人，“你们说对不对？”

当然又是赞同声一片。志诚与国华的那炉火添了新柴，铁块开始有了温度，虽然始终没恢复到那天晚上的状态，但融化的状态足够润滑，使这场考察顺利通过。

志诚等送国华一行出电梯。电梯门一关，晓晴就对着电梯门一声：“呸。”志诚问 Eric 意见。

Eric 回答：“不就客户吗？我只看他的单子有多大，其他都无所谓。”

志诚赞 Eric 说：“专业。”然后与他们两个说，“别看国企的盘子大，其实里面的老总收入并没有香港的高管高，压力又大。人的心理总需要平衡的嘛。”

他又专门对着晓晴说：“这种人其实也有他好的一方面，你对他恭敬一点，他不会过分为难你。”

晓晴还是赌气，掉头便走。

晚上，志诚回了酒店，他已经很久没有去晓晴的住处了，上次彼此在灵与欲之间大家仍保持着一分清醒，都意识到亲密的关系似乎走到了尽头，只不过成年人之间并没有把这个说破，只是彼此了然，就由着它慢慢地冷下来。

志诚独自坐在酒店房间巨大的落地窗前，面对着维多利亚港的璀璨夜景，其实他不喜欢能观赏维多利亚海港的大酒店，公司订了就没换，他宁愿住进港岛老区，下去就是老街、老店，藏着很多历史可以发掘；或者屋邨旁边，窥探一下香港人的日常。记得有次在城门河旁的酒店散步，他深深被傍晚两岸屋邨亮起的灯打动。他点了一杯伏特加，抿了一小口，让酒精从喉咙流入身体，一线炽热，清晰明了。酒是用来御寒的。眼前维港夜景，尽管霓虹万丈、灯影辉煌，却犹如俊逸之巅的海市蜃楼，高处不胜寒，悲凉凌烟处。一杯酒下肚，徐徐地睡了，不知是雨里还是雪里。

几天后，志邦来电了，说国华公司的标书已经出来，公开招标。志诚到他公司商议，看了一看方案，觉得问题都不大，问志邦的意见。

志邦说：“我也觉得问题不大。找了欧老板出面，国华这边不可能不给点面子的，所以我们起码不会因小问题被扣分。

我觉得成数挺高的。”

志诚问：“那欧老板那边是否应该有表示？”

志邦说：“问过了，想半卖半送地给他一些项目的股份，但一提到要出钱，他就想这想那，最后还是回绝了。这老头老得龟缩了，跟当年完全两个样。”

志诚说：“人上了年纪可以理解。”

志邦又拿了另外一份资料放到志诚面前，说：“这是其他参与投标公司的名单，你看一下，知彼知己，百战不殆嘛。”

志诚接手一看，Philip 公司的名字扎进眼球，他问：“这家香港的设计公司怎么会来竞标？”

志邦说：“现在内地的饽饽香啊，谁不想过来分一杯羹。这家香港公司与一家内地公司联合，与我们的模式差不多，同时也是我们最大的竞争对手。”

志诚问：“它真是最大的竞争对手？”

志邦：“嗯。”

志诚胸有成竹地说：“那稳啦。起码设计部分我可以出一个他无法比的价格，另外还可以报一个门店装修的设计方案赠送给客户。就看你那边了。”

志邦听志诚那么一说大喜，连忙说：“你放心，成本控制是你老哥的拿手好戏。”

两人信心满满地看好这个项目，一直谈到下班。志诚中午见客户喝了酒，来的时候没开车，志邦叫司机送他。

一缕斜阳照在门口，金灿灿，暖洋洋，他想起自己与盈盈以前在工厂一起看日落的情景，不由得归心似箭。可是车到门口的闸口前被前面一辆电动自行车挡住了。只见电动自行车上是一家人。这时两夫妇已经下车吵起来，都穿着志邦工厂的制服，显然都是厂里的工人。男的年纪与志诚相若，头发稀少，头上薄薄地留下了一层大汗后的油，眼眶轮廓清晰，两只黑色的眼珠陷得深，浑浊无神，那张仿佛稚气还没脱的脸上已经起斑，不新不旧的制服下面穿着一双掉漆的皮鞋，正对着妇人喊话。妇人体态肥胖，一看就知道是生产以后自动放弃身材与中年发福提前到达双重作用下的产品，还留着一把长头发，与体态极不相称，正与丈夫对骂的脸上目光如炬，有种凌厉的横。两夫妇年纪虽不大，但孩子却有初中的年纪，宽松的衣服，一张反叛期的脸，不屑地站在一旁。志诚对这样一张反叛期的脸好像似曾相识，往事突然浮上心头，似乎有点头绪，却又沉下去了。

司机见他们吵得不可开交，没放号，却是下车去劝说。劝了好一阵子还是没结果。志诚心急了，也下车处理，越走越近之间，一个名字突然冒上来。

“浩宇。”志诚终于想起了那个初中生脸上的不屑，就是当年志邦的外甥浩宇的复刻。

中年男人有点惊讶，看着这个从老板车里下来的男人，一脸懵懂。

志诚补充道：“我是志诚啊。想起来了吗？当年与你一起在志邦厂里打工的那个志诚。”

浩宇模糊的眼里闪了一下，像是记起了。不过也没做什么反应。

这时司机埋怨道：“你们俩有事回家吵吧，这老板还要赶回家吃饭。”

浩宇脸上突然涨红，无神的眼里充满了血丝，像个要炸开的爆竹，对着妇人斥骂：“你走不走啊，在这儿丢人！上车！”

妇人见有外人在，也不好意思跟丈夫计较，嘴里唠叨着就上了车。孩子却还站着。浩宇见状，对着孩子又骂："还不上车，是不是想屁股开花。"

孩子无奈地挤上了电动车。三人重压之下，电动车轮子被压得扁扁的，像一只被农场主强迫驮货的小绵羊。然后浩宇却开足了马力，油门一扭，如同一记狠鞭，电动车一溜烟地开走了。

上车以后，司机问志诚："您认识他？"

志诚说："是啊。如果刚才响号驱赶，我可能就认不出了。"

司机说："我哪敢响号赶他们，我不怕他打我小报告。你知道他是志邦外甥啊。"

志诚说："这个不至于吧。"

司机又说："绝对至于，他这种人不会想自己的错，一个劲把责任推给别人。还不是名正言顺地指出你的错误，专门无中生有，在志邦面前打小报告。"

志诚问："看他样子好像混得不太好。"

司机说："当然啦。听说志邦开第一家厂的时候他已经在了。后来半路出去了，好像是自己开了一家理发店，不、不，他说是发型设计。他老婆就是那时候请的女工，一来二往地就好上了，结果理发店没搞好，老婆、孩子却搞到了。呵呵，你说是不是有意思？"

司机兴致勃勃，没停下来，接着说："你猜猜他老婆平时怎么说吗？她说那时候以为浩宇会有出息的，哪知跟了以后才知道他屁也不会响一个。就刚才，两人因为中午在菜市场忘拿了把菜，就吵起来。你说这样的格局，怎么会有出息？"

志诚问："志邦难道就不帮一下？"

司机说："帮。志邦帮得可不少，但那小子就是不靠谱，眼高手低，啥事都做不成，现在只好放在厂里养着。人家还觉得委屈。前两年又生了一个小的，说是把希望寄托在孩子身上。我呸，要不是志邦，他早就露宿街头了……"

志诚听着浩宇的经历不禁唏嘘。以前大家曾在一个工厂里共事，浩宇曾经问过他：为什么他坐在办公室吹空调，自己却在车间劳作。志诚曾经思考过，那时的优越是出生地不同造成的。那现在呢？他与浩宇已经在各自的人生道路上越走越远了，出生地造成的影响已越来越小，何况自己也不是试过一败涂地吗，但最终还是走出了低谷。

志诚回到家里。盈盈还在厨房做菜，做好的放在餐桌上，餐桌上方是一盏小黄灯。两岁的孩子见爸爸回来，跑过来抱在他膝下。志诚一把抱起了孩子，搂在怀里，没有进厨房，而是抱着孩子坐在灯下。天渐渐昏暗，志诚回答着孩子一些童稚的问题，闻着孩子身上仍有的婴儿香，甜甜腻腻的。盈盈从厨房里出来，看见父子俩在谈着，没打扰，把菜放在餐桌上与志诚相对而笑。灯光下，志诚看着盈盈端菜，听着孩子的牙牙学语，暖意融融。小城里有无数盏这样的灯，灯下是自己故事还是浩宇的故事，不可知。一阵晚风吹过，掠过千家万户。

标书上报以后，志诚信心满满。这天电话响了，竟然是Philip，他猜想Philip一定是为国华公司投标的事找他，但同为竞争对手其实也没有什么可谈的，犹豫之间，Philip就挂了。志诚知道Philip是一个艺术家气质较强的人，自尊心也强。同场竞技的情况下，他主动来电，肯定是放下自尊心来协商了，电话响了两声就挂了，说明他的自尊还没完全放下。志诚突然心生怜悯，回了电。Philip马上就接了电话："喂，志诚。你好啊，好久没见。”

志诚说：“是啊。好久没见，吹什么风了，你打电话给我？”

Philip 那边停顿了一下。志诚确定他是有事的，但欲言无语。想着 Philip 那边尴尬的样子，刚才放下一句有点挑衅的话，心里觉得有点内疚，补充了一句：“大家都是老朋友了，有事直说。”

Philip 还是没把事直接说出来，只是跟志诚约了一个时间，到志诚公司详谈。

挂掉电话后，志诚与晓晴、Eric 商量。晓晴冲口就一句：“别管他，当初高高在上多神气，现在怎么就知道主动找我们。”

志诚看了一眼 Eric。Eric 比较温和：“他在业内属于老前辈了，现在屈尊降贵来找我们，应该是形势所迫吧。我是从他那里出来的，老主顾了。志诚还是见个面吧，别太难为他了。”

志诚点了点头表示赞同，同时问：“Eric，如果我们见面的话，你出席吗？”

Eric 有点为难。志诚笑了一下，拍了拍他肩膀，说：“还是出席吧。他的心情我们照顾不了，社会就是这样的，你也学着面对以前的上司，毕竟学会面对他们也是你个人心路成长的必经阶段。”

志诚要 Eric 在业内收集一下 Philip 公司的风声，知彼知己，百战不殆。两天以后，Eric 回报：由于内地经济崛起，很多国际大牌都已经把内地市场作为战略重点，人、财、物都往内地倾斜，甚至在设计上也会把内地市场作为一个重要的参考因素，风格也随之而变。香港的设计公司在国际上的份额慢慢萎缩。Philip 公司近年的业绩很不理想，所以现在迫切想打开内地市场。但在竞标的过程中报的价格比志诚公司的高出不少，现在正为此事烦恼。长此下去，Philip 很可能要考虑缩减规模。

志诚知道 Philip 现在正面临着自己当初的困境，他是过来的人，心里不免同情，但他明白商场如战场，也不能把这份同情放在业务上。想起了当初自己到 Philip 公司时的种种不待见，心里不是滋味，但他对 Philip 的印象始终是好的。在他的身上，志诚看到自己尊敬的屹立精神，商海浮沉不以成败论英雄，能有自己的一份坚持已经可以让人尊敬了。

是日，他早早就站在公司门口等 Philip，想着这次较量 Philip 注定是要输的，想让高傲的 Philip 优雅地败去，为他保留一份尊严。Philip 带着三个设计师到了志诚公司，其中一个是 Hugo。Philip 一如既往穿着整齐光鲜，特别是头发梳得条理分明，冷峻如军旅校将，只是深黑的眼睛里盘根错节、干燥枯槁，见志诚竟然在公司门口等待自己，他加快脚步，人未到手已经伸过来与志诚握手，显然对志诚此举有点喜出望外。

志诚带他们到会议室坐下，志诚这边也是三人，他、晓晴和 Eric。大家知交甚深，本来也不需要太多的开场白，但 Philip 仍是没省下这仪式。他说："志诚，你现在真可谓士别三日，令人刮目相看啊。"

志诚："我们这里都是师承 Philip 你的，没有你哪有我们今天。"

Eric 趁着志诚说话的期间向 Philip 一方深深地点了一下头。Hugo 向志诚插嘴打趣道："你学古惑仔吗，认祖归宗，立堂口啊？"

志诚本来也是一个喜欢打趣的人，连忙回答："Hugo 哥你这么一说，看来我们要立个关二哥，再摆个神台啊什么的。"

Hugo 马上跟进："对、对、对。还要歃血、拜天地……"

Philip 清了一下喉咙，冷冷地看了 Hugo 一眼。Hugo 马上会意，闭嘴了。

这一幕令志诚想起自己当初想说服 Philip 参与自己网上项目的那个会议，当时自己万分焦急，也是被 Hugo 们的打趣连番打断，他明白那份焦急不好受，所以马上就把话题向主题拉，问道："Philip 你们今天过来有什么要商议的吗？"

话题一抛，Philip 终于忍不住了，他直接把自己的想法说出来："是华望公司的标，有些地方想与你商量一下。"

志诚见他一针见血，也可见他的焦急，答道："请讲吧。"

Philip 说："我这方找人打听了一下大家的底细，发现在生产环节你们的优势不明显，可是设计环节，你们的报价太低了，我公司也是搞设计的，所以今天过来大家沟通一下。"

志诚说："我们公司的报价应该没搞错。"

Philip 反驳道："志诚，大家都知道，这个价格不现实的，你如果为了得到标故意报了一个不现实的价格，做不下去结果只能是双输。所以我给你一个提议，趁还有退路尽快放弃，免得到时大家都难。"

志诚听了心里不禁惋惜，Philip 是一个专业的设计师，对现在的形势却是如此知之甚浅，可能就是因为内心的优越感令他一直没有走出自己的认知世界，故步自封，最后外面的世界已经被推毁重建了，他仍禁锢在自己优越感的围城内。志诚带点无奈地说出："Philip，首先谢谢你的忠告。但我觉得你完全不用为我们的处境担心。我们现在主要的业务都放在内地，设计师也在内地招聘，成本控制做得很好。这个价格是完全没有问题的。”

Philip 听了有点不服，他说：“设计这个行业是很讲作品质量的，像你们这样的作品很难保证质量，到时产品不受市场追捧也是失败收场。”

志诚答：“首先，请明确一点：我们这次竞的标是针对内地市场的。对内地市场我们已经深耕多年，对内地消费者的喜好风格把握得还算准。我的公司屡次获得内地客户的好评，这个可以让 Eric 介绍一下。”

Eric 一时不注意，被志诚这样一点，打了个怔。他把这几年对内地消费者喜好风格的摸索经验毫无保留地说了出来。开始的时候声音中还带一点颤抖，但越讲越有信心，最后竟带了点激昂。

Philip 听着他的阐述，本来带点前倾的身体慢慢靠在座椅上，眼中的枯槁逐渐扩大，慢慢把他吸干，最后他凹进座椅里，慢慢说出自己心中的信仰：“你的风格不能完全听从市场，一个设计师如果连自己的风格都没有那就等于失去了灵魂。”

Eric 说：“有市场的东西才会持久，自己的风格与市场其实可以相融的，平民大众的喜好只要经过提炼就可以出好的作品。莎士比亚、雨果的作品以前都是流行剧和流行小说啊……”

志诚伸手把 Eric 的话打断，因为他看到了 Philip 脸上的那种茫然。他尊重 Philip，不希望有人在众人面前把他那份屹立砸得粉碎。既然在战场上已经绝杀了对手，就为他保留一份尊严，这是他唯一能做到的。所以志诚说：“很高兴，今天 Philip 这个老前辈过来提醒我们，我们也会根据你的意见重新审视一下自己。我看时间都差不多了，不如出去吃个饭。”

Philip 缓缓说出：“大家都忙，饭就不吃了。后生可畏啊，后生可畏啊！”然后慢慢从椅子上站起来，郑重地拉直了自己的衣服，再挺直了身体，伸手向志诚，又说，“后生可畏，后生可畏。”

志诚伸手紧紧地握了 Philip 的手，手有点凉，还感觉到薄薄的一层汗。志诚把 Philip 一路送到公司门口。

这天晚上，志诚要公司专门订了一间维多利亚港的海景房。晚上，他眺望着维多利亚港的高楼，它们如迎风傲立的丰碑，经受着岁月风雨。海边一片雨云压来，暴雨横洒，隔着重重雨雾，高影巍峨、轮廓历历，狂风卷起，烟雨凄迷，茫茫苍苍。志诚又点了一杯伏特加，对景举杯，一口闷了，任由炽热的酒精在体内翻涌流转，贯入整个身体，进入亢奋，他并不是以一个胜利者的姿态敬下这杯酒，他并不享受高处的孤寒，而是表示一场告别，对一个对手告别，对一个时代的告别，对一切一切往昔追思……

项目有高性价比为基本面，又有欧老板和志邦在技术面张罗，标的成功拿下。国华公司把门店的装潢项目也发包给志诚公司，一切井然有序地进行着。在与国华公司的交流方面，志诚安排 Eric 负责，避免晓晴过多与国华公司的人接触。尽管如此，晓晴也是责骂声连连。但这些都不影响项目的进展，归功于深耕内地市场多年的经验，项目推进十分顺利。

蝉鸣荔熟又一夏。夏天总令人浮想，高悬的蓝天、灿烂的艳阳、斑斓的树影仿佛处处都提醒着你不能辜负如此美好的时光，在煽动、在挑衅你内心的不安分，然后你悸动，想入非非仍无法安抚一颗不安的心。

晓晴请了一个长假，志诚以为她受不了国华公司的工作暂时走开，但一天接到了晓晴的电话。晓晴告诉他，在外婆以前的房子前等他，要他过去。盛夏，志诚本来就不安分的心平添了几分担忧。那里是他与晓晴开始的地方。花季往事早已随年华逝去，随着年月的流淌沉积在深处，如果没有触动，它会慢慢地被年月冲走，静静地不留痕迹、也不留欢乐悲痛地就过去了，正如晓晴外婆家的房子在城市发展中早已凋零，静处在老城当中等待风雨摧磨，慢慢长出野草，越长越高，把房子遮盖，最后完全被遗忘。

志诚匆匆地赶去，他的车已经无法进入老城了，只好在附近停下再步行前往。走在旧街上，往事点点浮上心头，到了街口，他停了一下，整理自己的心情，才意识到这里是他当年犹豫是否约会晓晴的地方。现在从这里往房子望去，才真正感受到那份凋零，看见晓晴站在外婆家的门前驻足抬头，望着房子，穿得特别清纯，一件松身白色T恤，紧身牛仔裤，配一双小白鞋。他慢慢地走了过去，四下无人。晓晴头也不回就知道定是他来了。她说：“来啦。记得以前经常对着这个窗往外看，与你猜想隔壁房子后面是什么，现在房子倒塌了，才知道，原来房子后面还是房子。”

志诚无言以对，只好默然。晓晴又说：“今天陪我一天可以吗？”

“嗯。”志诚答。

晓晴问：“当年是在这里上了你的车的吧？”

志诚说：“怎么把话说得那么黑，应该说当年我是到这里接你的。”

晓晴笑了：“当年你可不会这样顶嘴。”

志诚说："我是在自卫反击。"

晓晴没理他，走在前面，志诚跟着。她沿着沧桑的麻石板街追寻着旧日的足迹，走过一路树影婆娑、阳光斑斓，路两旁的房子早已被遗弃，有的倒塌，残垣败瓦，再也拾不起什么。晓晴还是坚持走着。傍晚，他们登上了过往观日落的天台。放眼远望，发现以前连连不断的老屋后面已是新城区的高楼，天际线已经不在，取而代之的是高楼筑起的围墙，残阳之下围墙边被染成一抹血红，一点点渲染到破败的老城中。晓晴说："记得以前从这里往下看是一派热闹景象，千家万户都登上天台乘凉，吃饭的、聊天的、下棋的什么都有。现在再也看不到了。"

志诚说："经历过就行，留在心里吧。"

晓晴："志诚……"

"嗯。"

"志诚……我……我想离职。"

"啊？！"志诚被晓晴惊住了，"这是为什么？"

晓晴说："我想试一下新的生活。"

志诚问："你觉得现在不好吗？"

晓晴说："不是不好，我只是想趁年轻去试一下新的东西。"

志诚问："那你去哪里？"

晓晴答："我有个朋友最近任国外一家投资公司负责人了。我想去投资公司试一下。"

志诚呵斥似的问道："朋友？！是 Oscar 吧。"

晓晴没有回答。

志诚接着说："你原来很喜欢设计工作，现在在行内又已经有了基础，这很不容易。为什么要到自己完全不熟悉的行业？你的感情我管不了，但是不需要连自己的事业也搭上去吧？”

晓晴说：“Oscar的公司刚起步，我现在过去算是开山元老了，地位不会差的。”

志诚问：“金融你懂吗？”

晓晴说：“我过去是干行政，对业务知识要求不高。”

志诚说赌气地说：“不可理喻。”

晓晴又说：“Oscar公司初来乍到，没有我这样的本地人为他操持，他公司很难落地的。”

志诚怒瞪了晓晴一眼，说：“他的公司关你什么事？”

晓晴无言以对。志诚吸了一口气，缓和了一下心情，然后沉默了一下。他知道晓晴的选择已经完全脱离理性与现实，她已经陷入了感情的旋涡中。他又说：“晓晴，Oscar已经是过去。如果他在乎你，他早就向你表明态度了，不会暧昧了这么久。你现在可能是陷入了旧日的旋涡中，所以迷失了。如果有一天他离你而去呢？你会很受伤害的。”

晓晴有点不屑地说：“你又不是我，怎么知道我在旋涡里。”

志诚对着她大喊道：“因为你就是我的旋涡！”

晓晴低头，很久，很久，直到残阳把血色染到他们身上，她从口里慢慢地吐出三个字：“对、不、起……”

天已经彻底黑了，他们走在石板路上，旁边是老城的骑楼，多数人已经搬离，骑楼横在老城里日渐破落。偶然一两户人家坐在门口乘凉，皆是风烛残年的老人，双目无光地守在老房外。房内昏黄的灯光照到门口，灯光失去了暖意却平添几道凄凉。旧式收音机播着的粤剧沙哑地唱着，隐隐约约地传来，还未来得及听清是什么孤凄事，就枯落到沧桑的板砖上，随着裂痕流走，化了。

“所爱非人，往往是女性创作者在年轻时需要离开家庭所能做的唯一的事。爱上坏男孩，意味着爱上自我中坏男孩的部分，确立她精神上的自由和野性。坏男孩是她内心反叛的部分，而这部分又往往因她女性的教养而企图自我压抑。唯有等到她将坏男孩的部分与自己的个性合二为一时，她才能放弃他那种粗暴的爱。要是应付得了这一点，她就会更坚强。那是她成长的表征，融合了坚韧、温柔和独立性。”艾瑞卡·琼《我挡不住我》曾说。

志诚再也没有劝说晓晴了。他依稀觉得晓晴也清楚跳槽不明智，但很多问题不可以用理性逻辑去思考。自己当初也不是一往情深、义无反顾跳入晓晴的旋涡？于他，他的“坏”是晓晴，所以经历过晓晴后，他坚强、独立。于她，“坏”就是Oscar了吧——只不过她的“坏”来得太迟了。而世事多是明月装饰了你的窗子，你装饰了别人的梦。

志诚买下了晓晴在设计公司的股份，他要打款给晓晴，晓晴总是推辞。志诚找了Eric商量。Eric也没什么主意。志诚说：“其实我的想法是找个地方把这笔钱存起来，使这笔钱不至于贬值，以后晓晴无论出现什么情况都可以作为她的一笔后备资金。存银行肯定不划算，拿去投资没时间打理又怕亏了。”

Eric听了，马上说：“买房子啰。香港每年的人口出生率虽然下降，但公屋供给还是跟不上人口的增长，而且现在内地有钱人都往香港挤，房价一定不会跌。又可以为她安一个家，多好啊。”

志诚马上认同：“对啊，买房子最好。买了以后她不住我还可以把它租出去，享受溢价和租金双重收益。”志诚又问，

“哎，对了 Eric，你在香港还没买房吧？”

Eric 说：“还没。想再存点钱，首付多付一点以后还款压力就没那么大了。”

志诚说：“你还不出手！这样吧，你按六成首付算，还差的部分我免息借你，以后在你的项目分红里面扣。”

Eric 听了非常高兴，连忙说：“谢谢老板。老板年轻有为，纵横上海，所向披靡……”

志诚接着说：“千秋万代，一统江湖是吧？既然是这样你赶快把我的大旗插在香港楼市上。”

一个星期后志诚与 Eric 去了香港清水湾的一个高档楼盘。Eric 问：“老板，怎么看高档盘？我只想买个中档的。”

志诚对 Eric 说：“买房是自住也是投资，投资这事能买就买最好的，中档盘不保值，高档盘升值快又保值。”

Eric 还在犹豫，志诚说：“犹豫什么？钱我借你，免息。就凭这一点就可以下手啦。再说，我看好我们公司，几个项目下来你就可以还清了。”说完后在 Eric 身上拍了一下。

Eric 笑道：“嘻嘻，老板财大气粗啊！”

两人正要进门，看见一个熟悉的中年男人站在他们前面，原来是 Hugo。大家打了招呼后。志诚客套道：“连 Hugo 哥您都过来看这个盘，看来这个盘的设计不错啊！”

Hugo 脸上堆起微笑说：“我只是过来看一下，这里有点贵，看一下而已。”

于是三人一同走进了售楼大厅。迎面而来的是一个叫 Mandy 的年轻女置业顾问，面容和身材都中上水平，一套西装把整个人衬得斯文利索。她向志诚三位问好。Hugo 看见 Mandy 就有点心不在焉，在介绍沙盘的全程他都想着。沙盘介绍完毕 Mandy 准备推销购买方案时，Hugo 恍然大悟，看出了这个女孩对 Eric 的心意。

接着，Mandy 向他们介绍了置业方案。Hugo 阴阳怪气起哄起来。Mandy 也反应过来，介绍完毕后，她娇滴滴地对 Eric 说："帅哥，你如果要买，一定要帮衬我哦。"

此话一出，志诚和 Hugo 都笑得趴在桌面上。Eric 呆住了，然后红着脸慢慢地说："好、好。当然啦。"

Mandy 气定神闲地说："那我留一下你的手机号码好吗？"

Eric 没办法，只能缴械。

Mandy 说："我见三位都是真心想买，有个消息想告诉你们，要买赶快，下个月楼价可能又涨了。"

Hugo 说："做销售的都说要涨，不过想我们赶紧买罢了。香港哪有那么多有钱人？"

Mandy 说："话可不是这样说。现在买房的有不少是内地的富人。"然后指了一下志诚，又说，"像这位先生，他是内地人啊？"

志诚点了点头。

Mandy 又说："不过先生，我想提醒你，特区政府可能要针对外地买房客出台楼市措施，外地人在香港买房，首付要增加一倍。"

志诚说："这个无所谓，我全款。"

Hugo 听了一脸吃惊羡慕。

Eric 在旁边提醒道："老板，你如果不是写你的名字，那就不是外地人买房。"

志诚点点头说："这个也是。不过我全款。"

三个港人也只能无奈地笑了。

Mandy 送他们出去，临走之前还特意打了 Eric 电话，检查一下真伪。

三天之后 Mandy 约了 Eric 在公司楼下的咖啡馆见面。Mandy 一见面就单刀直入说："大家都忙，我就不浪费你时间了。我们的楼盘你考虑得怎样？"

Eric 推搪说："买房子又不是买菜，要考虑一下啊。"

Mandy 笑了一下，说道："李生，还有什么事比置业更重要啊？"

Eric 笑而不语。

Mandy 说："我也没别的意思。我只不过想你在置业这个问题上也成熟一点罢了。"

Eric 应付说："好的、好的。"

Mandy 说："你别总说好的、好的。你究竟考虑得怎样？实不相瞒，下个月楼市肯定要涨。"

Eric 问道："何以见得？"

Mandy 分析道："香港每年的土地供给很有限，楼市其实就几个大开发商轮流坐庄，几个大的代理在开发商下推波造势，行业的结构非常简单，开发商吃大的，我们代理吃小的，就这样一个圈子，定价权在开发商手上，我们收到的风声是下个月会有一拨涨价。"

Eric 激动地说："楼价都那么高了，还要涨？你自己不是很介意自己住公屋吗？你这不是为虎作伥？"

Mandy 直接怼了回去，说："住公屋又怎样了？世情是这样，它要涨还是得涨。反正都要涨，我还是为虎作伥把可以赚的先赚了。"

Eric 问："你们把楼价煽高了，你的收入永远跟不上楼价，那你不是一辈子住公屋？”

Mandy气愤地说：“你才一辈子住公屋。形势就是这样，你不买其他人买，其他人不买，内地人可以把盘子扫光。你把脾气发在我身上干吗？我想它高的吗？我每天那么辛苦工作，难道不应该在涨价中也赚一点？”Mandy动了真情，眼里有泪光闪烁。

Eric没想到她会如此激动，低声问：“那你是想它高还是想它低？”

Mandy怒道：“我什么都不想！像你这种富人怎么会知道我的难处。”

不知怎的，Eric觉得眼前这个势利女子突然有点可爱，眼里的泪花煽起了他的怜爱之心，他说：“其实我也是住公屋的。我买房也是自己拿一部分，我老板免息借我一部分。”

Mandy看了一下Eric，平静了一下，说：“那好吧。如果你要买记得找我。”

Eric答：“那好吧，我买。”

Mandy十分意外，定眼望着一下Eric，过了一会儿，才说：“那、那我可能要跟你再讲一下购买的注意事项。”

Eric问道：“买两套可以吗？”

Mandy笑了，说：“你傻啊，你买越多我越高兴啦！”

Eric说：“那天我老板是铁定要买的。我回去再跟他推荐一下吧。”

Mandy点了点头说：“那、那谢谢你了！”

Eric又问道：“那天那个张生呢？我也可以去游说一下他。”

Mandy偷笑了一下，脸上的那点忧伤马上收了起来，望着

Eric 道："李生，恭喜你。你又找到那天晚上的决心了。不过我之前已经问过张生，他说我们那里太贵，他已经打算在沙田买一套二手房。"

Eric 答："哦，那、那没事了。"

Mandy 一边收拾东西，一边说："那我迟一点把详细的置业方案发给你。"

两人起身，正要走出咖啡厅，Mandy 突然凑近 Eric 的耳边说："其实我觉得你挺可爱的。"然后在 Eric 的脸上吻了一下，轻步走出咖啡馆。Eric 站在那里，久久没动。他想：是的。世道是这样，她又有什么办法呢？但他又想：雪崩之时，哪有一片雪花是无辜的？自己能够改变命运可能也是一种幸运，又不知有多少个 Mandy 在人海。最后他想到了那泪花：是的，世道如此，它才是弥足珍贵。

Eric、志诚购置了清水湾的房子。志诚把房子写到了晓晴名下。志诚一家有时来香港就落脚在那里。那里离公共泳滩不远，他经常带着孩子去玩。这天泳滩下起大雨，雨水从附近的山上流入海中，形成了一条临时的小溪。天晴以后，小孩子们各自拿着耙子、铲子在小溪旁玩着。玩得正兴时，一个女孩错拿了志诚儿子的铲子。儿子见状，理直气壮地从女孩手中抢了过来。女孩大哭，儿子却当作什么都没发生。双方家长都看到了，都保持平静的态度。女孩家长安慰了几句就收场了。小孩子之间不记仇，一会儿后儿子与女孩竟一起玩得开心。志诚意识到，在儿子这一辈人里，他当年那双破旧的布鞋与崭亮的皮鞋间的差距已经不在了，无论在物质上还是心理上。但于志诚而言，贫穷、卑微并不是坏事，它曾鞭策着他走出低谷，今后还将一直鞭策着他走下去。

过了一段日子，晓晴打来电话。志诚拿起电话轻轻地说：“喂？”

晓晴停了一下，小声地问：“你说话方便吗？”

志诚答：“说吧。”

晓晴说：“我有事想你帮一下忙。”

志诚问：“哦，什么事？”

晓晴说：“我们公司刚设立，急需项目。那天我提了一下国华公司的项目，公司对这挺有兴趣。我想约国华出来谈一下。这是我初来乍到第一个项目，你可要帮一下忙。”

晓晴的语气带着哀求，志诚只好答应了。

晓晴还补充道：“请上志邦一起吧，有他在，话好说一点。”

志诚说：“你不是一直说人家土，不肯与人家交流吗？”

晓晴说：“此一时彼一时。”

……

志诚现在与国华是合作关系，说起话来方便，约起饭来也方便。晓晴知道国华的脾气，见面之前做足了功课，包括吃的、喝的都要安排好，幸亏有志诚搭把手，一切准备得十分顺利。到了吃饭当天，志诚和志邦早就到了，国华保持了迟到的习惯，奇怪的是晓晴居然也迟到了。国华比约定时间迟了二十分钟，到了以后又是连声道歉，说得顺其自然，估计迟到已经成了他生活的一部分。当知道还有一方没到时，国华脸上又马上蒙了一层灰，语气有点重地问道：“怎么还没到？现在都几点啦，怎么这么没时间观念？”

志诚心里骂，你自己不是也刚到，口里却说：“可能过关的时候有点堵，很快到，很快、很快。”

他连忙打电话给晓晴，晓晴答已经到门口了。志诚马上向国华说：“向杨总汇报，她已经到门口了。”

国华还是有点不悦地说：“反正迟到的罚酒三杯。”

志邦低声向志诚抱怨：“你那小美女也是的，知道国华什么脾气还不跟紧点？”

志诚无奈中听见门外有“嗒嗒嗒”的高跟鞋踏地声，心知是晓晴来了，但听着不是一双而是两双。门推开，晓晴艳丽的面容出现在众人眼前，暗红的头发染得油亮，浓妆艳抹，深蓝色的眼影，大红色的唇膏，把原来的脸深深地藏在脂粉底下，一身行政套装，干练，也犹如盔甲把一身守得严严密密。令志诚意外的是，晓晴身后跟着一个白人美女，金发碧眼，妆也浓，与晓晴不同的是那上翘的眼线和唇线，飘出一丝丝妩媚。装束上与晓晴的差别就更大了，丝质的紧身超短裙令丰满的身材与白皙的肤色一览无余，特别是深V的衣领内，白嫩光滑肌肤间纹理深陷的“事业线”，时刻刺激着男人们。

国华本来一脸愠色，一见两位美女同时出现，嘴打开了，形成一个洞，把那一脸愠色都吸走了，只留了瞪大的双眼。

晓晴马上上前伸出手向国华道：“你好，杨总。我是晓晴啊。上次在志诚公司跟你见过一面，你还记得吗？”

国华喜形于色，说道：“啊！上次考察一心工作，竟然把大美女错过了，实在罪过、罪过。”一边与晓晴握手。

晓晴觉得国华胖胖的手像熊掌般肥厚，有点小滑，不知是不是渗出了汗水，双方手握紧以后有一道力把她向着国华的方向拉。晓晴利用国华手里的小滑，抽手而出，身体同时一闪，把后面的白人美女推了上去，马上向国华介绍：“杨总，这个是我们公司的公关经理，Lucy。”

Lucy 向国华露出了一个甜美的笑容，伸出手，用比较生硬的普通话向国华问好：“杨总，你好。我是 Lucy，很高兴认识你。”

国华惊喜万分，倒吸一口气，却顾不得与 Lucy 握手，指着她对众人说：“哎呀、哎呀，居然会说普通话，这个不得了，不得了。”然后才伸出手在握的同时把 Lucy 拉近，上下打量，一股娇艳的香水味顺势而至，前调玫瑰茉莉，中调黑加仑苹果橙花酸樱桃，后调是麝香琥珀广藿香；前调花香媚，中调果香甜，后调麝香野。估计国华心中早就翻了几朵浪。

见大家就座，晓晴主动拿起酒杯，向国华说：“杨总，先跟您汇报，我刚刚跳槽到一家投资公司上班了。这家公司在国外已经有很久历史了，刚刚在香港设立子公司，现在想开拓内地市场。我向公司介绍了杨总的项目，他们非常感兴趣，所以借志诚和邦哥的面子，把您大驾请来，大家认识一下。”

自从与 Lucy 打招呼以后，国华脸上就洋溢着微笑，他拿起酒杯说：“呵呵，哪里，哪里。你言重了。本来我们这个项目完全是想自己搞的。后来志诚说有外资公司想投资，我还有点怀疑。今天看了真的可以把它搞成国际合作项目了。呵呵，呵呵。”

一听“国际项目”，志诚知道，国华心里的浪已经翻到国外了。饭局上杯觥交错。Lucy 业务娴熟，尽职尽责，以至于志诚和晓晴可以溜到外面透透气。

他们俩坐在走廊的沙发上，与各个房间传出来热烈的谈笑声与碰杯声相比，这里显得特别冷清。只有间或一两个服务员端菜送酒匆匆地走过。除此以外，走廊里空空如也。趁着还清醒，志诚压着一身酒气，问晓晴："工作还顺利吗？"

晓晴也有几分薄醉，答道："还可以。"

志诚问："你跟 Oscar 呢？"

晓晴说："我现在虽然领行政总监的衔，但基本上是二把手啦。外企的薪酬你也知道的，不会低。"

志诚知道晓晴有意回避自己的问题，对于她与 Oscar 的关系，他更忧心了。但晓晴自尊心一直很强，他不好点破，即使点破了又能如何呢？他就没有追问。

晓晴说："我们有些小礼物要送给国华的，也有你的一份。"

志诚问："什么好东西？"

晓晴说："没有啦。外国公司在这方面抓得还是很严的，送给客户的小礼物，有明确的规定。"

志诚问："那到底是什么？"

晓晴说："是 Oscar 就读的大学网球俱乐部的皮具而已。"

志诚问："什么大学？有名气吗？"

晓晴说："伦敦大学。"

志诚问："有徽记或者标志什么的吗？"

晓晴说："有，大学的和俱乐部的都有。"

志诚又问："俱乐部出过什么有名的人吗？"

晓晴说："这肯定有。你问那么多干吗？"

志诚说："你还不懂？"

晓晴恍然大悟。

在白人美女和酒精的作用下，国华大醉。饭局结束，Lucy 扶着国华走出房间。晓晴把小礼物拿到国华跟前说："杨总，这是我们 CEO 就读的伦敦大学网球俱乐部的皮具，上面有大学与俱乐部的联名，俱乐部出了不少名人，很多人现在还在用。”

国华醉醺醺的脸上突然闪过一丝清醒的神色，脱口一句：“哦。内部专供啊。不错、不错。”

志诚和晓晴听了，都愣住了。对一句话的理解原来可以有这么多的角度，志诚以为把伦敦大学和名人作为排场可以令这件小礼物增色，哪知人家抓住“内部专供”这个特性，简直就把小礼品抬举了几个档次。晓晴马上应道：“是的、是的。杨总识货啊。”

志诚、晓晴和志邦三人跟在后面，任 Lucy 扶着国华，一路东倒西歪地走出去。Lucy 又扶国华上车，弓腰时，“事业线”清晰预示着国华前进的方向。国华心血翻涌对着他们喊着：“我们的项目前程远大啊！”

“扑”，车门一关，“前程远大”顿时静了下来。

两个星期后，志诚和志邦被国华公司告知：项目有重大调整，各项准备工作暂停。志诚心里忐忑。又过去一个月，志邦匆匆地到了志诚公司，表情有点着急，却又带着点喜悦。

他说：“老弟，我刚从国华公司打听到。他们已经决定了跟晓晴那边合作，听说要在全国铺开，抢占市场，下个月就开发布会了。这下我们生意可做大了。”

志诚心里却不踏实，说：“当初国华公司说是稳打稳扎地上项目，我觉得还有机会。现在又搞资本又铺全国的，靠谱吗？”

志邦说：“老弟，你是做过终端销售的，你觉得怎样？老哥听你的就是了。”

志诚说：“说白了，国华的公司虽说是国企，充其量也是个市一级的企业，前几年国华进去抓起来的是生产环节，销售方面讲直接点是完全空白。晓晴公司我还没打听过，打听一下再说吧。”

没几天晓晴公司的情况打听出来了，果然不妙。志诚思量再三，最后还是决定去找晓晴说明情况。晓晴的新公司位于香港的中环，那里是香港政治经济的中心，租金高昂，寸土寸金，但金融企业愿意扎堆在那里，而且更热衷于把自己公司的名字装点在一座座钢筋混凝土铸造的丰碑上，有如诸侯封邦建国后在领土上树立自己的旗帜。高楼下是各家大品牌时装的舞台，美国新贵简约高雅，日本潮牌另类时尚，欧洲一众老牌更是古典贵气，一个个轮番登场，上演着拜物煽情的歌舞剧，群芳吐艳，摄人心魂。晓晴的公司在大厦的 38 层，公司租的面积很大，装修布局都很上档次，而且有一面是面海的。带路的前台说，要上了 35 层才能看得见海景。里面的工作人员，也都衣着光鲜、精神抖擞。会议室里有一个年纪较大的人，正指着 PPT 投影给一群小年轻上课。上蹿下跳的曲线和五颜六色的图形，还有授课者坚定自信的眼神，无不给人一种通往成功的憧憬。

她正在办公室看份文件，见志诚来了，起身迎了上来。志诚见她穿了一件 Hugo 白色蝴蝶结白衬衫、一条 Prada 黑色紧身铅笔裤、Bally 黑色高跟鞋，保持着知性干练，椅子上还挂着一件简约的粉色 Channel 外套，旁边的办公桌上放一个黑色的 Celine 包。志诚见状不禁感叹：“嚯，怎么一身大牌了，你不是喜欢轻奢吗？”

晓晴笑了一下，说：“金融这个行当就是要靠金装，入乡随俗而已，找我不是过来看我的衣着风格吧？”

志诚开门见山直接问：“你们跟国华的那个项目还继续吗？”

晓晴说："当然。"

志诚说："你们现在把盘子铺得那么大，他们公司的情况你调查清楚了吗？"

晓晴说："当然啦。他们公司在轻工业产品领域已经经营多年，产能都不成问题。"

志诚说："他们公司已经改制了，已经没有国资背书，这几年外贸不好做，所以产能有点过剩，才想出这个项目。其实现金流并不是很好。"

晓晴说："现金流我们有啊。我们做过调查，他们公司的资产非常不错。"

志诚说："那资产都是土地和厂房等固定资产。如果你们项目搞不好，难道他们肯把自己的老巢卖了去发展项目？"

晓晴听出志诚说话有点兴师问罪的味道，目光稍微迟疑了一下，拿出自己调查的情况说："我们做过市场调查，这几年国内精品店市场都稳步上涨，我们现在抢占先机，这符合商业逻辑。"

志诚有点急说道："什么狗屁市场调查、商业逻辑，这些可靠吗？你回想一下我第一次搞实体店时是怎样失败的。调查全做了，逻辑全正确，就是搞不起来。你们公司根本就不专业。"

晓晴有点不服气，说："我们公司怎么就不专业？"

志诚说："你自己清楚，Oscar这公司在国外其实是做资产管理的，项目投资只是沾点边而已。"

晓晴被扎中了痛处，有点气急败坏，又没有反驳的理由，反而反问志诚："你怎么就觉得我们不会成功？"

志诚说："因为我曾经在这个地方摔倒过。要做终端销售，渠道不是一两天就能建好的。前车之鉴啊！”

听了志诚的话，晓晴思考了一下，说：“对啊，志诚，你公司有渠道啊，可以一起合作。”

“你！”志诚被晓晴这句气得说不出话了，没办法只好气冲冲地离开晓晴公司。

这次谈话中，他仿佛明白了 Oscar 公司与国华公司之间的把戏：其实大家都明白对方的底细，只不过一个需要资本输出，一个需要资本输入，大家都不点破，共同编排表演着一场资本戏剧。或者双方都太入戏了，到现在根本分不清哪里是现实、哪里是舞台。想当初自己要应对失败，为了战略撤退，分演两个角色的时候几次都在现实和舞台之间徘徊。现实这边的路总是艰难，而舞台上却是灯光灿烂，但一步失慎登上舞台后可能就永远舍不得返回现实了。

他走出了晓晴公司，一路上只见过往行人都一色大牌行装、自信高昂，身上的牌子有如图腾，标志着他们那拜金尚物、自诩精英的教派。顺着海风吹过来的方向走，他一直走到天星码头，坐船过渡，渐渐远离那一座金银岛，毒辣的阳光照到海面反射出耀眼的粼光，海面飘起烟霞，岛上飘着热气，“呜——”一声船鸣，仿佛提醒世人那一切金雕玉砌不过是海市蜃楼。

Oscar 公司与国华公司的新闻发布会终于召开了，令人意外的是双方公布的投资额，比志邦打听到的还翻了一倍。迷惘的人总是冒进大胆，正如喝醉的人总觉得自己没醉，会做出反常大胆的行为。两家公司邀请了多家媒体报道发布会，一时间两家公司合作的新闻街知巷闻，志诚和志邦的公司也跟着成了新闻的二级挖掘对象。

志邦来电，他带点试探性的语气问：“喂，老弟，两家公司的合作新闻铺天盖地，好多家大媒体在跟进，我觉得媒体也不是吃素的，那么大面积的报道，这个项目应该靠谱吧，我们近水楼台的，要不要也投资一份？”

志诚听了心里泛凉，他想志邦算是个老江湖了，怎么也跟着糊涂起来，语气有点重地说：“老哥，我百分之百地反对。当初老弟我差点破产是怎么一回事，你最清楚了。我的意见是：别碰、别碰、别碰！”

志邦笑了：“哎呀呀，嘻嘻。老哥不碰就是。老弟你不用动怒，少安毋躁。”

“谎话说一百遍就成了真话。”这句话志诚今天算是真正领会到了。尤其是在贪婪的催化之下，谎话讲三遍就可以让人相信。志邦的电话只是开始。新闻在志诚的圈子里炸开了，电话、信息轰炸似的投来，道喜的，问路的，拉关系的，该来的一个不落。对比于现在的热闹与当初失败的孤清，不免令他感叹世态炎凉。

在轰炸之下志诚已十分疲劳，电话又响了，是 Eric。志诚接通，电话那边的 Eric 用急切的语气说：“一份律师函寄到设计公司啦。你有时间赶紧下来看一下。”

志诚疑惑，怎么会有律师函，而且香港律所是发给自己的服装公司，他根本摸不着头脑。心生忧虑的他马上赴港。原来是 Hugo 委托律师发过来的一份信函，信函提出：志诚服装公司的商标为 Hugo 创立，但志诚无偿使用至今，要求志诚补缴授权使用费，或者一次性买断。志诚回想着，当初设立商标时 Hugo 的确是负责图样设计的，但商标的内涵与构想都是自己的主意。因为创立之初没有考虑得太长远，就让 Hugo 帮着设计了，当时没有做好权属交接。

志诚想 Hugo 是 Philip 公司的人，他猜测想必是 Philip 在后面搞小动报复。想到自己当初处处维护 Philip，现在却被他反咬一口，志诚心里气愤。他径直踏进 Philip 公司讨说法。志诚跟着前台走往 Philip 办公室的路上，只见 Philip 公司的座位空了一大片。之前这里给志诚的感觉闹哄哄的，设计师们聊天、吹牛，像个社区小院，现在门庭冷落，偌大的办公室透出这个地租昂贵城市里不该有的空旷。目睹这番惨淡，志诚的愤怒平息了，他推开 Philip 办公室的门，Philip 正在玩着“消消乐”的手游。他见志诚来了，也没起身，只是伸手让志诚坐下，然后继续手中的游戏。

志诚坐下把信函打开说：“我收到 Hugo 发给我的律师函，他说我服装公司的商标是他设计的，所有权归他，现在要讨使用费用。”

Philip 听了以后十分惊讶，马上从手游中抽身出来，拿起律师函读了，然后慢慢地把它推回给志诚，说：“志诚，Hugo 已经被辞退了。他所做的这一切与我们公司无关，我们也不知道他的这个举动。”

“啊？！”志诚十分意外，一时想不出什么言语回答。

Philip 补充道：“对你，我也没有什么可以隐瞒的。我们的项目越来越少，华望公司的标落选以后，我们的项目收入已经无法承担开支了，只有缩减人手，所以辞退了一批设计师。”

志诚问：“那 Hugo 现在在哪儿？”

Philip 说：“不知道。不过他的状况应该不太好，前些日子才买了楼，你知道香港这几年楼价疯涨，估计他买得不便宜，每个月都要供，他本来压力就大，现在又没了工作，看来是上绝路，狗急跳墙了。”

志诚倒吸了一口凉气。因为香港的楼价疯涨，他也是推波助澜者之一。当初出资购置晓晴股份的时候，一心想着帮她置业当作存钱，所以没比价就直接把清水湾附近的一套房买了下来。一个公司的五分之一股权是一笔大钱，比起这片土地上的工薪阶层，自己无疑是不可抗的购买力竞争者。而内地有多少他这样与香港有业务联系的企业家呢，与他们的实力相比，即使香港的精英阶层也是逊色的，更不论中产了。然而世事就是如此难料，环环相扣，息息相关，自己不小心的一个动作今天通过某人某种方式反作用回来。虽说不上因果报应，但说果出有因总也没错。对此，他也没理由可以责怪谁了。

志诚问：“他设计了那么多作品，我这种情况应该不少吧，为何单单选中我作为追讨对象？”

Philip 笑了一下说：“当然选你啦。华望的项目那么大，新闻铺天盖地。你是他们的中标企业，不选你选谁？”

志诚无语了。过了一会儿他用安抚的语气问 Philip：“那你们公司以后打算怎样？”

Philip 答：“大不了关了，我自己到欧美打工算了，饿不死。”

志诚说：“那你保重，以后如有需要给我打个电话就是。”

Philip 说：“谢谢你！”

志诚起来走到门口。Philip 喊住他：“志诚，还有一句话。”

志诚停下脚步转身。Philip 说：“我们也有过这种投诉，一般原告和被告都认识，原告一般都不出面，委托律师调解，你不用找 Hugo 了，找他律师就行。”

志诚爽快地应了一声：“收到，谢谢！”就出了 Philip 公司。

刚走没几步，就接到 Eric 的来电。电话那边的 Eric 用半哀求的语气说："老板，可以在香港多留一天吗？"

志诚怎么也想不到 Eric 有什么事哀求自己，便问道："什么事？"

Eric 说："Bruce 刚刚给我打了电话，他说想到我们公司工作。你知道我们公司现在的人手都已经饱和了，所以我没答应他，但他的情绪比较激动，所以我还是约了他明天见个面。我给你打电话是想……是想问你……你能不能帮我出面拒绝一下他？"

志诚有点恼火，他质问道："Eric，你现在是设计公司的负责人，怎么拒绝一个求职者都要我出面？！上次与 Philip 公司见面，我不是要你尽快进入自己的角色吗？"

Eric 还是哀求道："老板，你说的我都知道，我努力进入公司负责人的角色。不过这次情况不同。Bruce 是我出来工作时的兄弟，他学历、能力都比我高，以前帮了我不少忙，你都知道的。此前招揽他两次他都没答应，现在主动投诚，我觉得他是真的出问题了。我……我跟他之间的情谊，令我无法在他面前说狠话，只能向老板您求救啦。"

虽然志诚觉得 Eric 做事有点婆婆妈妈，但念他对朋友一片真心，他的心也软了，他语气平和下来，反问 Eric："那你有打算吗？"

Eric 说："虽然公司现在已经饱和，但我还是想招聘 Bruce 的。这样会影响收益。但是以我们的发展趋势，增加人手是迟早的事。"

志诚又问："那你打算给他什么岗位？"

Eric 说："我不想坏了公司的规矩，从基层做起吧。不过相信以他的能力要晋升不难。”

志诚满意地笑了一下说：“李总，那我接受你的安排吧。”

第二天早上志诚与Eric谈起Bruce的情况，问道：“现在业内行情怎样，他到其他地方能找到工作吗？”

Eric说：“不好找，香港的市场在萎缩。而且他可能最近心情也不太好，听说一直没房子结婚，女朋友要闹分手了。”

志诚叹了一口气，然后对Eric说：“你呢？房子有了，打算什么时候跟Mandy结婚？”

Eric说：“在装修呢，应该很快。”

志诚笑：“买房子送装修见得多，买房子送老婆还是第一次见。”

Eric说：“你省点吧。”

志诚说：“Hugo起诉的事，我们要重视，两条腿走路吧。我先去Hugo的代理律师那里了解一下情况；你在香港物色一下律师事务所，尽量找一家有实力的。第一次面对在香港的诉讼，不可以掉以轻心。”

Eric点了点头表示赞同。

志诚叹气说：“这世道究竟是怎么了？”

此时前台通知Bruce已到。两人往会议室走去。Bruce西装革履出席，见志诚和Eric来到，连忙起来，并向他们俩都递上一份简历。志诚见他此举，心里觉得他是拿出了足够的诚意，又见他正襟危坐在那里，怜悯之心顿生。他说：“Bruce，简历我就不看了，你的实力我是清楚的。你就不要一本正经坐在那里了，我们都是故人，习惯跟你嘻嘻哈哈的。”

Bruce整个人放松了，舒了一口气，说：“那就好，反正以后还望你们多多指教。”

Bruce说这话的时候，志诚留意到Bruce的眼神，话里虽然是说“你们”，但讲话的时候却是只瞧着志诚，没看Eric。志诚心里马上有点存疑。他觉得还是要把Bruce的心态搞清楚，说道：“Bruce你以后是在Eric的公司做事，你们以前是兄弟，大家应该彼此了解吧，所以合作没问题吧？”

Bruce答：“我跟Eric是兄弟啦，以前都是我带着他。大家合作不成问题。”然后转头过去面对Eric说，“死仔，以前我带你都是吃饭的，现在你带我了，不要让我喝粥啊。”

志诚想不到才礼貌了一句，Bruce就真的嘻嘻哈哈起来，而且听他的语气在Eric面前倚老卖老，心里不免有点担心，所以趁着Bruce在嬉笑，他用手机发了一条信息给Eric：“这样的手下你管得了吗？”

Eric回信：“没问题。我猜他只是暂时没调整好自己罢了。”

志诚觉得Eric是心存侥幸。他觉得还是要把问题处理好。所以话锋一转对Bruce说：“首先我代表我们公司欢迎你的加入。我跟你介绍一下具体情况，因为我们公司目前没有管理岗位，所以你要在基层开始。你觉得这样有问题吗？”

Bruce嬉笑的脸马上收起笑容，有点为难地说：“那、那、那是什么情况，我在这个行业内摸爬滚打十年了，也算是有名气，如果要我从基层做起，是不是太那个了？”

志诚说：“Bruce，我们都是老朋友，今天大家把话敞开。如果我们前两次招聘你加入，管理岗位肯定没问题。但你也知道我们现在的队伍都满了，你才过来，我们真的没办法。”

Bruce没做回应，用哀求的眼神望了一下Eric，Eric叹了一口气说：“志诚说的都是实情。Bruce，希望你理解。公司其实不缺人手，不过志诚念你是老朋友才特意增加的，这对公司的收益也有影响。”

Bruce 有点激动说：“不、不、不，不是这样理解的，如果是对公司的收益有影响，我可以把薪酬降低一点，但你如果要我去基层当个助理什么的，你知道业内的圈子其实很小，那我以后怎样出去见人？”

志诚反问道：“Bruce，现在公司的团队已经基本固定，管理的岗位有限，我总不能把在岗的管理人员撤下来，让你上吧？”

Eric 补充道：“Bruce 其实很快就会有新项目，你先在基层一段时间，如果有新项目要组建新团队，我马上给你安排。”

Bruce 不领情质问道：“很快是多久？一年，两年，还是十年？”

志诚严厉地说：“Bruce，我本来不太同意你加入，是 Eric 说服了我，你不领情可以，但别怀疑你的兄弟。而且 Eric 以后好歹是你上司。”

Bruce 无奈，喘着气对志诚说：“好、好。我认他是我上司，我认。但志诚，我也是在业内有点名气的人，你总不能要我去当什么助理吧？”

志诚见他服软，语气也缓和了，说：“Bruce，你的能力我是知道的，如果有新项目我会安排你上的。”

Bruce 没说什么，把简历翻开，然后走到志诚前面说：“你看这是欧洲的奖项，还有，你看这是日本的，这、这是美国的。”他一边说一边指给志诚看，“还有，这、这是英国的。”

志诚有点不耐烦，说：“Bruce，我们公司走的是内地市场。”

Bruce 没说话了，把简历收回，转身就走出会议室，到了门口把他的简历狠狠地摔在地上。“啪”的一声，志诚心里猛地一震，他仿佛觉得这只是一个前奏而已。

三天后志诚再次赴港到 Hugo 的律师事务所了解情况。事务所在中环。Hugo 的代理律师 Brian 已经等候多时。志诚见了马上道歉：“不好意思，我迟到了。”

Brian 刚开始没有与志诚谈正事，对他发了一通牢骚、抱怨才说切入正题。

志诚从 Brian 律所出来天已经黑了。Hugo 提出的请求是以两百万港币的价格一次性买断商标，或者在每年的利润中提取百分之十作为使用费。Brian 宣称 Hugo 手上有商标的原始设计图纸，胜诉的概率很大。

志诚从律所出来，连日来的忧心、奔波过后的疲惫使他心力交瘁。他被一个个路障拦阻，像是误入了迷宫，走不出去。走着，走着，觉得自己像纤夫，身体就是那艘逆流而上的船，沉沉地拖住了他。他只能用清醒的头脑向前倾斜拉动那逆流行走的船，步履维艰。他的意识被搅得模糊，一时之间，他已不知身在何处。

就因为国华公司的一个项目，一切一切都疯狂起来了。Bruce、晓晴、志邦、国华、Hugo，甚至一个上次连自己都不敢认的浩宇现在也称自己是兄弟了。

他举头仰望。原来自己站在号称地球上行人最多的铜锣湾十字路口。他看到灿烂的霓虹灯映照下，路人的脸色竟然是漠然苍白。

他抬头望天，灰蒙蒙的，已被灯光尘烟迷茫，瞬间身入虚幻，已分不清何时何地。

……

志诚找了一家香港律师所应付 Hugo 的官司，自己带着盈盈和小孩到海边一个小渔村里度假。

冬日的天阴沉沉的，与灰色的海水连成一片，天边几缕残云被风吹得翻了又翻。暗黄色的沙滩上只有他们一家三口。志诚搂着盈盈，儿子独自在海边上游玩着。志诚问："如果我把公司卖了，你觉得好吗？"

盈盈说："你又有事需要忏悔了吗？"

志诚笑而不语。

盈盈说："卖了就卖了呗，反正我们什么都不缺。"

志诚还是笑而不语。

"哎。"盈盈像是突然想起了什么，然后说，"那卖了以后你干吗？"

志诚说："那以后我什么都不干。"

盈盈马上说："那、那不行。你什么都不干，天天吃吃喝喝，就会长胖，越长越胖，我就不爱你了。"

志诚答："那、那我留一点点吧。"

盈盈说："还能留一点点吗？"

志诚说："嗯。留一点点。"

盈盈拍了一下他胸口，说："不行。你一定在撒谎。"

志诚笑了："我没有。"

盈盈马上说："怎么没有？每次你这样就一定是在撒谎。"

……

志诚望着在拼图的母子，他走过去对盈盈说："我想清楚了。"

盈盈抬头望了他一下，说："好哇。"然后又拼图了。

风，一直吹。无论是东南季风，还是猎猎北风，交错着，不曾停息。他从一个懵懂少年到"万人瞩目"的企业老板，一路走来，其实只是顺势而为。晓晴从高冷到市井再到迷失，Hugo、Bruce从玩世不恭到歇斯底里，还有欧老板、志邦，甚至浩宇，形形色色的人们，百态千姿，也只不过是在风中升沉聚散。风再起时，又不知它把你带往何处何方。

他要退出。记得晓晴说过，对他的服装销售的渠道感兴趣。他琢磨着。时下，ZARA、优衣库等快时尚品牌热销，以纯、美斯特邦威等知名品牌被挤到三四线城市，自己的服装品牌不是它们的对手。早点出售或者更明智。而目前要出售，必须先解决与Hugo间存在的商标纠纷。

假期后他马上到香港找委托律师。合议后，他们向Hugo方提出解决方案：志诚一方同意出价五十万元港币作为购买Hugo商标的费用。Hugo如果在一个星期内确定，就支付五十万元港币；如果这周内不确认，按照每个星期五万的数额递减，一直减到零为止。此后，因为商标的使用和注册都在内地，请Hugo方到内地起诉。

Hugo本来并不同意，但是商标的使用和注册都在内地，Hugo对内地的司法并不熟悉，而且又没人脉，到内地起诉不现实。眼看着一个星期五万地递减，Hugo心里万分焦急。他多次致电志诚，志诚都没接。电话来了四五次，志诚觉得火候已到。他要律师通知Hugo：如果Hugo同意转让商标的设计著作权，明天上午十点半前同样也可以按五十万元的价格购买，过期无效。

第二天Hugo和律师早早就到了。志诚故意延迟到十一点才到。这时 Hugo 他们早就把协议读得清清楚楚。志诚到了，二话没多说，直接问：“你们同意协议条款吗？”

Hugo 想啰唆几句，但一开口，志诚就说：“那么多意见就是不同意啰。”起来便走。Hugo 怕错失时机，而且早就等得没有脾气，连忙拉住志诚把协议签了。双方签署以后，志诚语气平缓地跟 Hugo 说：“其实我这些钱完全可以不给你，我此举不过想帮你一把。其实你如果放得下身段，完全可以加入我们公司，以你的经验和辈分很快就可以升职，五十万一年不成问题。”说罢就走了，留下 Hugo 呆呆地站在那里。

商标拿到手以后，志诚又马不停蹄地约国华他们谈出售服装品牌、渠道的条件。他故意避开晓晴。他怕看见她，也不敢去想晓晴现在的样子。既然世事不由人，那由它随风去吧。

在项目都被世人看好的时候，志诚用了一个高溢价把服装公司的体系卖给了 Oscar 与国华的合作项目公司，其中包括商标、渠道、加盟体系、机械设备、管理体系等，但厂房和土地等不动产他牢牢把握在自己手上。现在他的商业版图上只留网上销售公司和设计公司。没过多久，他与 Eric 决定把设计公司全部迁到内地。

志诚出售公司后志邦来电，说：“哎呀，老弟，你卖了个好价钱呀。如此决断看来真的不看好国华哦？”

志诚答：“我什么时候骗过老哥你。”

志邦又问：“那、那我们供货给他还合适吗？”

志诚有点意外，心想，志邦这么精明的人怎么会问这问题，看来项目真的把他搞蒙了，他对志邦说：“老哥，你老江湖了。交货数期上的讨价还价比我强吧？”

志邦如梦初醒答：“哦、哦、哦。老哥糊涂，那数期我盯紧一点就是。”

志诚挂了电话，一切一切都像沉寂下来了。他与盈盈在小城过着平静的生活。早上与盈盈一起送孩子上学，逛菜市场，然后回家准备一天的饭菜，中午处理一下公司的事务。下午又与盈盈接孩子放学。晚上没应酬，辅导一下孩子作业，再玩一下，早早就睡了。他醒来，倒一杯温水，向窗外远眺，于是那歌词诗赋、声色光影又在他心中泛起，又慢慢地静了下来，念之悠悠，怆然淡淡。

这天志诚电话响起，是一个来自小岛的区号。志诚心中犯疑，他觉得可能是晓晴，但电话那头传过来的却是一个苍老沙哑的声音。

“喂，志诚吗？我是余叔啊。”

“哦、哦。余叔，好久不见。您老人家还好？”

“余叔，身体不是很好，走动不方便。”

自从那次工厂失去余叔公司的订单以后，两家的联系就不多了。这几年大家在生意上没有交集，走动就更加少了。只是听父亲说余叔的身体出现了些问题，他连忙说：“余叔，听说念祖他们都发展得不错，您就安心享福吧。”

余叔说：“我找你就是要你帮他处理一下老宅的事。”

志诚答：“没问题。您尽管交代。”

余叔说：“村委会说要对土地、房产进行确权，念祖回去办理。他自小就没回去，人生路不熟，你如果可以就多帮他一下。”

“好。没问题。”志诚答道。

余叔还是不放心，说：“你一定帮一下余叔，把这件事处理好，啊。”

志诚答："我一定尽力，您放心好了。"

念祖回乡的那天，志诚让司机特意准备了商务车，想去接一趟，但到了半路却接到念祖的电话，说他已经到了村里。志诚唯有掉头赶往村里。两人在约定的地方会面。念祖也是从车上下来，一张温文尔雅的脸，带着几分冷峻，身材高大健硕，年纪虽与志诚相若，但体态保持得很好，身上一套外国的户外装备，给人就是社会精英的形象。

志诚上前握手，说道："你好，念祖。"

念祖连忙回应，轻轻地握着志诚，说："你好，志诚。"

两人寒暄了一下，念祖说："别叫我念祖了，这个名字太土，我英文名叫 William。"

志诚有点意外，只认了一下。念祖又说："老宅在哪儿？"

志诚指了一下方向说："那边，很近。我们走路过去吧。叫司机在后面跟着。"

念祖点了点头，向司机做了个手势。两人走着。念祖说道："我虽然对内地了解不深，但不少朋友在内地有企业，这次回来其实完全不用打扰你。但我爸他老人家一定要你过来，想必也不只是帮帮手那么简单吧？"念祖试探似的望了望志诚。

志诚的愕然浮于脸上。念祖看到笑了一下说："看来他真的没跟你说。"

志诚笑了笑，说："他只是说你人生地不熟怕你麻烦。老人家嘛，年纪大了都念叨着儿女，把你当孩子看也正常。"

他们走进一条狭窄的村道，道上有一棵乌榄树，榄树上面立着一个古树名木的铭牌。念祖走了过去看了一下，问道："这么一棵树有一百多年了？"

志诚说："你别看它叶子稀疏，树头有这么大，这个年份不假。"

念祖说："一棵立在这里怪奇怪的。"

志诚说："以前这里是一片乌榄林，一棵一棵被砍了推平，现在只剩一棵了。"

念祖说："回来之前我还想内地农村多少有点泥坑土坡，所以一身户外装备地回来了。想不到都是水泥沥青。不过还是有林子漂亮一点吧？"

志诚答："确实令你失望了。"

念祖接着说："我在香港出生，读书又在加拿大，对内地确实陌生。"他停了一下，看了志诚一眼，又说，"如果确权以后，可能就要多往内地跑吧。其实我们都打算移民到加拿大了，以后往回就不太方便。"

志诚笑而不语。

念祖又说道："我爸请你搭把手，可能是让你管着我，不让我乱来。"说完后，笑了一笑，一副无奈的表情。

这时志诚指了一指前面，说："那家青砖建的就是。"

两人在一青砖老宅前停下来。自从麻婆去世宅子就空了，老宅的大门已经蒙尘生锈。念祖从裤袋里拿出一串钥匙，对着铁门上的匙孔想插进去，但匙孔可能也有锈，插了几次都插不进，来回之间震下了门上的灰尘。他咳嗽了几下，退后几步，拿出纸巾遮盖口鼻，想再试。志诚把钥匙拿了过来，使劲几下就把门打开了。宅子是古式的建筑，进门左手是厨房，右手有一个小间，然后是一个天井，过了天井才是客厅和睡房。麻婆在的时候，余叔他们装修得颇精致，不过时隔多年，屋内全是灰尘蛛网，也发出一阵陈腐的味道。

念祖用纸巾遮着口鼻，穿过天井，探头到客厅望了一下。然后就退回天井了，说："怎么还是这种布局，窗都没一个，不通风透气，味道很难闻啊。"

志诚说："他们都是照顾麻婆的观感。那年代的房子是这样布局的。"

念祖说："才不是。我听我爷爷说，以前从家门口望出去，看得见的田地都是我太爷爷的。我太奶奶住的可是大宅，使唤的工人、丫鬟也不少。不过后来都变了。哎，现在只剩这么一点点，留着也没用。"

这时念祖的手机响了。他接了电话，"哦、哦"地认了几声，越来越不耐烦，说道："爸，其实我们不久就移民去加拿大了，这房子一旦确权，以后要管理，我们还要大老远地从加拿大飞回来。别说时间，来回机票也不值啊。这么亏本的生意，你怎么一定要做？"之后又激动几句，就把电话挂了。他走过来，正想跟志诚解释。志诚的电话又响起了，竟又是余叔。余叔激动地说："志诚，你帮我劝一下。我、我、我、我就想在自己生长的地方留下点什么。反正我想把宅子留下来……"唠叨着要志诚帮忙。

念祖一脸不耐烦地看着志诚。志诚开免提，然后对父子俩说："我看这样吧，余叔。如果念祖嫌管理房子麻烦，我在村里找一个你们这脉的亲戚。大家签订协议，你们办理确权以后，以允许他免租金居住为条件，委托他管理房子的一切事务，并负责维护房子。这样房子还在你们名下，也免去念祖等后辈来回的麻烦。你们看怎样？"

过了很久，余叔才轻声地说："那好吧，那好吧，总比没有好……比没有好。"

念祖也点了点头。志诚说：“既然大家都同意，那我就着手找人了。”

念祖问：“大概要找多久？我不可能在这里太久。”

志诚无奈地笑了一下说：“这个说不定啊。最快也得两三天吧。”

念祖脸有点泛红，说：“是。这个事哪说得准。是我愚钝。”

志诚笑着说：“你哪里愚钝，你心急如焚罢了。”

念祖没回应，递手向志诚说：“谢谢你。”

两天后，志诚接到念祖电话约在老宅前见面。志诚到后，只见念祖站在老宅的前面，旁边停着一辆挖掘机。志诚知道大事不妙，连忙上前对念祖说：“不是说好了不拆吗？现在怎么回事？”

念祖说：“我这两天想过了。就算是找人打理，东西还在，老爷子以后可能还想回来，他走动不灵便，这不是自己找罪受吗？”

志诚急切地说：“那也不用拆了，你找个人送了不好？”

念祖说：“反正有东西在，老爷子都会念叨，现在拆了，一了百了。”

志诚还想说两句，念祖却毫不犹疑地对挖掘机上的司机说：“拆吧。”

“隆隆”的声响下，机械臂一推，青砖墙瞬间倾倒。没用几分钟，一座青砖老宅已经成为瓦砾。一阵尘烟扬起，在风中绕了几下，又被卷起飘散了。志诚吸着尘土的气息，望着朦胧的烟霞，才明白余家几代在风雨飘摇中存下来的老宅，不过土堆纸叠之物，不堪一击。

志诚坚守的老城区最近开了一家精品咖啡店。咖啡与老城一样，是要一点一滴细品才能领略韵味的，正如志诚手中那一杯萨尔瓦多冰滴，要酿滴一天才能酿出咖啡豆的风情。甘草、柑橘、茉莉、黑胡椒，香味类型丰富，纷纷扬扬后，慢慢沉淀，此时冰滴酝酿出来的酒香又令人回味。志诚喝着咖啡，望着窗外成荫的老树。一辆洒水车路过。街上骑电动自行车的一家三口赶着上了行人道，还是被洒了一身。本来是一件很狼狈的事，一家三口却洋溢欢声笑语，如同天真的小孩戏水。志诚被温馨的场面打动，心想这种温馨只有在安居乐业的家庭中才能出现，不禁细看这一家三口。原来爸爸正是他企业的员工。看着这个并不富裕但快乐的家庭，志诚觉得自己为别人的幸福美满创造了机会，心里也扬起了一份幸福，比起登峰造极的荷尔蒙快乐，他更喜欢这种清新安稳的多巴胺快乐。

现在志诚已经不听新歌了，他耳里的是哥哥张国荣的《风再起时》，歌唱道：

我回头再望某年
像失色照片乍现眼前
这个茫然困惑少年
愿一生以歌
投入每天永不变
任旧日路上风声取笑我
任旧日万念俱灰也经过
我最爱的歌
最后总算唱过

无用再争取更多
风再起时
默默地这心
不再计较与奔驰
我纵要依依带泪
归去也愿意
珍贵岁月里
寻觅我心中的诗
风再起时
寂寂夜深中
想到你对我支持
再听见欢呼里
在泣诉我谢意
虽已告别了
仍是有一丝暖意

怒目低眉

Oscar与国华的项目在经历过短暂的辉煌后，逐步走向下坡路。大牌的打压、对手的围堵、风格的缺位、品牌建设的低效等，都把这个项目往失败的方向拖。在经历过一段时间的输血后，公司总部设到上海。Oscar兵败回朝。总部委派另一高管过来接管。香港的公司仍然保留，但不开发新项目，主要的工作是对项目进行善后，收拾烂摊子。Oscar回朝的一个星期后，总部委任晓晴作为香港公司的负责人。这些事志诚从志邦处了解到，他没有联系晓晴，晓晴也没有联系他。

已经好一段时间了。那天收到晓晴发过来的一首《深爱着你》后，再也没有收到晓晴的信息。志诚担心，回复晓晴自己去香港找她。车上收到了晓晴发来的信息，见面地点定在香港著名的奢侈品购物中心——海港城。

进了海港城，忙往中庭走，想找个地方歇息一下，却看见独坐在那里的晓晴。偌大的一家商场就她一人，空空荡荡。她穿着颜色明艳的套装，但盛装披裹下低弯的腰，前倾的双肩构成的曲线，像折断的旗杆，任由旗帜颜色如何明艳也无法掩盖下面的疲惫和绝望。望着她落魄的样子，志诚心生怜悯，一边想着怜惜的话语，一边慢慢地走了过去。

晓晴从洁净的地面上看到了志诚的倒影。未等他走近，她就抬头打招呼了。四目相对。晓晴脸上画了浓妆，浓浓的眼影里面，双眸空洞，找不到焦点，梳得顺滑的散发中，尖脸骨感已现。与志诚对望瞬间，眼睛马上铺上一层亮，但很浅很薄。她起来走到志诚跟前，用带点撒娇又带点责备的语气说："怎么这么迟？等你好久了。"

志诚沉默了，他等着她迎头痛哭，却并没有等到。想好满肚子的安慰话只能在肚里打转。

晓晴挽起包向女装店荡去，步履看似轻盈，但空旷的中庭内响着一双高跟鞋沉重的踏地声，"嗒——嗒——嗒——"，缓慢、累赘。志诚默默地跟在后面。

她走进店里拿起衣服比画，回头对志诚说："我已经是香港公司的负责人了，想买点衣服，找你给点意见。以后在公司是'一把手'了。会经常与内地商界打交道。你的眼光在行一点。"

志诚继续沉默，他等着她吐苦水，却并没有等到。那颗为她担忧惋惜的心忐忑着。

晓晴见志诚一路沉默，找了个话题，说："嗯？可能包比衣服更能彰显实力吧。毕竟衣服牌子多，包包的大牌就那几个，辨识度也高。我们看包包吧。"说罢，拉着志诚去看包。

志诚还是沉默，他等着她在他身上捶打撕扯、歇斯底里地发泄心中的愤恨，却并没有等到。那伟岸的身体还是绷得紧紧的。

晓晴拿着挂包在镜里照着，说："这家的显年轻一点，不稳重，你觉得呢？"见志诚没有回答，她拉着他向另一家走去。在走廊里，她说："Oscar 在总公司那边费了好大功夫才为我争取到这个职位，我……"

"啪！"志诚狠狠打了晓晴一记耳光，斩钉截铁说："你根本什么都没拥有过。"转身便走。

晓晴瞪大眼睛，手慢慢地提起，轻轻地摸着被打的脸。炽热，痛。她很久很久，或者从来就没有尝试过痛，即使有，也会敷衍过去。原来痛是这样，一点点往心里钻，她感觉到了，撕心裂肺，钻出一个口子，这些年的所有的痛如洪水决堤般汹涌而至。

她被冲散了，倒下。

瘦削的身体撑着那华丽的衣裳倒在空旷的商场里，有如一副骷髅架起一面花布在荒野中被风吹拂，孤孤寒寒，声声低泣，更是凄凄寂寂。

志诚从光亮幕墙的倒影中看到了她。他迟疑了，想再看清楚一点。但四周映照过来的光亮却把晓晴的身影照得模糊。志诚梦牵魂绕已往昨日，想起了当年消失在国贸光晕中的那只高雅的精灵，一时恍惚，不禁问自己：这是一场梦？

回首，那一副空凉的骨架犹在。

不是梦，一切都是自己切切实实经历过的。他慢慢地走过去，扶起她，说："走吧。我在海边为你置了一个家。"